墨兰计划

THE METAVERSE AGENDA

赵京雷 著

图书在版编目（CIP）数据

墨兰计划 / 赵京雷著. 一南京：江苏凤凰文艺出版社，2023.1

ISBN 978-7-5594-7184-0

Ⅰ.①墨… Ⅱ.①赵… Ⅲ.①长篇小说一中国一当代 Ⅳ.①I247.5

中国版本图书馆 CIP 数据核字(2022)第 175141 号

墨兰计划

赵京雷　著

出 版 人　张在健
责任编辑　孙建兵
特约编辑　王　怡
责任印制　刘　巍
出版发行　江苏凤凰文艺出版社
　　　　　南京市中央路 165 号，邮编：210009
网　　址　http://www.jswenyi.com
印　　刷　苏州市越洋印刷有限公司
开　　本　880 毫米×1230 毫米　1/32
印　　张　11
字　　数　260 千字
版　　次　2023 年 1 月第 1 版
印　　次　2023 年 1 月第 1 次印刷
书　　号　ISBN 978-7-5594-7184-0
定　　价　52.00 元

目　录

引　子

阳光被山体封锁，山谷昏暗而幽静，偶尔传来一两声鸟鸣。

考古小队沿着山谷开始往回返。走了好一会，旁边的山势越来越陡，山谷里的天色越发昏黑。杂草丛中更是开始出现很多荆棘，像昨天来村寨路上碰到的荆棘一样，不得不靠柴刀砍出一条窄道，勉强侧着身通行。

通过一个转角后，山谷旁出现一道刀切样的悬崖峭壁，高高耸立。这时，夏昆才意识到他们在山谷里应该是走错方向了，现在绕到了山的背面，在山顶的时候他曾经往这一面看过。

“悬棺！好多悬棺啊！”一个同事突然指着岩壁上方说。

夏昆抬头望去，在悬崖中上部的岩壁上，密密麻麻悬挂着很多棺木，至少有上百具。他之前从山顶上往下看时，视线被崖壁顶部的杂草遮挡，并没有发现这些悬棺。

夏昆赶紧拿出相机拍照，拍完照以后，开始和同事就这些悬棺讨论起来。这一趟阿王山之行的收获真的很大，几个人都非常兴奋，过了好久，他们才停止讨论，准备折返。

“小岚。”他回头找小岚，却看不到小岚的人影。

“小岚去哪里了？”他问另外两个同事，两个同事也摇头说不知道。三个人不由得面面相觑，然后几乎同时大声喊了起来。

“小岚，小岚……”

喊声在空旷的山谷中回荡，小岚依旧不见踪影。

“小岚，你在哪里啊？”夏昆非常焦急，发疯一样地喊道。

此时，山谷的天色突变，噼里啪啦下起雨来。水顺着脸庞流了下来，夏昆分不清那到底是雨水还是泪水。他再次往崖壁上看去，竟发现一个人影骑在半山腰的一具棺木上，他简直不敢相信自己的眼睛，仔细看了看，那个人影正是小岚！

“小岚，你怎么上去的？快下来啊！”小岚仿佛听到了夏昆的喊声，朝着夏昆挥手。夏昆感觉身子一晃，山谷里地动山摇，崖壁上石块纷纷往下掉，紧接着，一具具棺木也开始往下掉。夏昆瞬间绝望，一下子晕了过去。

夏昆醒来时，发现自己靠在悬崖边一块裸露的岩石上，小岚和另外两个同事守在他身边，雨早已停了。

“小岚，你没事吧？”夏昆坐起来把小岚紧紧抱在怀中。

“我们刚才都出现了不同程度的幻觉。”一位同事说道，“雨有问题。这个崖壁上有很多曼陀罗，我怀疑雨水把曼陀罗的毒素给带了下来，曼陀罗之所以又称为醉心花，就是因为它可以致幻。”

夏昆放开小岚，点点头，同事的解释很有道理。他想起了昨晚那个大爷向他描述的经历：大爷早年和一个伙伴误入阿王山深处后同样遭遇了一场莫名其妙的雨，然后出现一头巨兽一口将他的伙伴吞下。大爷当年应该也是出现了幻觉。

“小岚，你刚才去哪里了？”

“你对着崖壁上的悬棺拍照时，闪光灯一闪，我看到那边草丛中有个东西发出非常刺眼的光芒，就过去看了看，捡到这样一块牌子。”小岚说完从身旁拿出一块巴掌大小的暗灰色金属牌，边缘像一团燃烧的火焰。

通过长期的考古研究，夏昆对金属还是有很深的了解，他把金属牌拿在手里看了看，非铜非铁也非银，这个牌子并不是一般的金属。表面看着并不像能发光或者反光的样子，它刚才为什么发光？不过，他现在更关心的还是小岚。

“那你没有听到我们喊你吗？”

“没听到，那一瞬间，我可能也出现了幻觉，就好像在梦中一样。”

“不过我们开始喊你名字的时候，还没有下雨啊？”夏昆困惑地看向刚才解释雨水中曼陀罗毒素致幻的同事。那个同事挠挠头，回应道：“我们现在先不管这些了，快往回吧，如果天黑了就麻烦了。”

考古小队几个人不再说话，掉头急匆匆往村寨方向走。再度看到大片的烟草种植地后，夏昆长出一口气，招呼大家稍微休息一下。

一轮夕阳正缓缓从西边的山上落下，一缕余晖逗留在晒了一天有些发蔫的烟草叶片上，依然不舍离去。

第一章　剧本杀

周日早上九点，俊彦在一阵闹铃声中醒来。他揉了揉眼睛，想起象棋年终决赛就要上演，于是拿起手机，准备点个早餐外卖，一会边吃边看比赛。

刚触到屏幕，宇翔的语音电话来了，俊彦用力按了下太阳穴，接了起来。昨晚虽然只喝了一点红酒，不过俊彦不胜酒力，沾酒就醉，现在头还有些发蒙。

“你小子算是没救了，你就单着吧。你爸妈这辈子别想抱孙子了!”宇翔劈头就是一顿骂。

昨晚，俊彦去见了宇翔为他介绍的第六个女孩，听到宇翔的话，俊彦知道这个又黄了。

“我努力了啊。”俊彦答道。

“你小子，还努力呢，你努力了啥你说说?”

“你不是嘱咐我找个高级餐厅吗，我找了一家衡山路上的西餐厅，吃了西班牙菜。感觉和那个姑娘聊得挺好的啊，还点了红酒。”

“你知道姑娘怎么说你的吗？”宇翔语气稍微缓和了些，他知道能让俊彦喝酒，确实意味着俊彦努力了，即便是宇翔，一年里面也忽悠不了俊彦喝几次酒。

“怎么说的，嫌我不会聊天？嫌我话少？”

“亏你还有点自知之明，人家说你没什么兴趣爱好，和你有代沟。你不打游戏，也不出去玩，连现在流行的剧本杀都没玩过！哎，你小子整天除了写程序还能干点啥，你如果少加点班，多学点新鲜玩意儿，孩子现在都能打酱油了。对了，剧本杀，你真得找时间去体验体验，你不知道现在很多人玩这个其实就是用来交友吗，说不定你也可以认识一个女朋友什么的。还有啊，喝喝酒是对的，没事多练练，酒量是练出来的，现在干啥不都要喝酒，下次咱哥俩……”

俊彦头疼得更加厉害，也没留意宇翔最后说了些什么。挂断电话，俊彦长舒了一口气。宇翔和他来自同一个湖南小镇，俩人是初中同学。宇翔比俊彦大一岁，初二的时候由于爱玩，学习不太好，留了一级，进了俊彦的班级。俊彦当时是班里成绩最好的，但平时不怎么说话，到了学校就埋在书堆里，就连课间也不怎么动。所以当时老师特意安排宇翔和俊彦同桌，并且让宇翔靠墙坐，这样宇翔要出来就没那么容易。

想到这里，俊彦笑着摇摇头，打开了“象棋总决赛”的直播。俊彦确实没什么其他爱好，除了象棋。

今年进入总决赛的是象棋等级分排名第一的“天外来客”和排名第二的“西南少侠”。“天外来客”已经连续八年等级分第一了，他下棋算度深远，还经常祭出天外飞仙的招数，常人难以理解，所以有“天外来客”之称。排名第二的“西南少侠”天赋也非常高，尤其擅长开局。无奈既生瑜何生亮，在前些年里，“天外来客”就是他的天花板。不过，“西南少侠”今年风头非常强劲，已经在联赛里斩获了 25 连胜，等级分仅仅与“天外来客”相差 0.8 分。这次总决赛，二者再次相遇，如果“西南少侠”获胜，他的等级分将超越“天外来客”。外界都认为象棋界可能会改朝换代。

这种火星撞地球的比赛，俊彦怎么能够错过。他上小学时，父亲开始教他下棋，但是到了初中，父亲就已经下不过他了。“天外来客”和“西南少侠”这一战，杀得是步步惊心，两个小时后，棋局依然在胶着中：双方子力互缠，盘面错综复杂；更重要的是，两位棋手都想争胜，都不想兑子简化局势。如此复杂的棋局，极度考验棋手的算力，一着不慎，就可能满盘皆输。

在棋局阅读上，俊彦有种特殊的能力，他仿佛能通过棋手的着法读懂棋手的思想力——他们的担心，他们的恐惧，他们的决心，他们的抉择。对于俊彦来说，观看顶级棋手对弈，就像看一部电影大片。

棋局持续了近四个小时，最后双方握手言和。不过，和局中等级分高的一方将被扣分，所以这一战后，“西南少侠”的等级分还是超越了“天外来客”。俊彦看到这里，不免有些小小的失落。俊彦谈不上是“天外来客”的粉丝，只是，“天外来客”在对弈中的思想力更打动他。

棋局结束后，俊彦才想起，自己到现在连饭都没吃。但是相对饿意，俊彦这个时候感受更多的是困意。观看棋局——准确说是推演棋局，消耗了他太多精力。他把手机充上电扔在一边，倒头又睡下。

俊彦下楼时已是黄昏。上海的初冬，已经有些透骨的凉意。一出公寓门，俊彦不自觉打了个寒战，顿时觉得又冷又饿，走进楼下临街的馄饨铺，吃了些东西，才算恢复过来。

最近，俊彦有一种强烈的感觉：自己正在脱离这个时代，或者说这个时代正在脱离他——有太多新东西他已经跟不上了。在公司吃午饭，同事们总是有各种新鲜话题，而他总是很难接上茬。久而久之，他很多时候都是独来独往了。

想到这里，俊彦决定听从宇翔的建议，去玩一玩剧本杀。“就算不是为了找对象，也需要做出一些改变!”俊彦对自己说。

俊彦在手机上搜索了一下，发现离住处一公里多就有一家剧本杀剧社。他在网上联系上了客服，问什么时候可以预约，客服对他说：“你现在就过来!”命令的语气实在有点怪。不过，俊彦也没有细想，“窝了一天了，正好散散步。”他打开手机导航，朝剧本杀剧社走去。

俊彦租住的地方位于上海一个古镇的边缘，这个古镇有点像七宝和朱家角古镇，有江南水乡的韵味，不过因为没有太多的商业开发，所以有些破败。前几年，政府在古镇边上规划了一个软件园，俊彦所在的公司拿到了政府给的一些高科技补贴，入驻了软件园。在一个网络安全方向的软件开发公司，加班是常事。为了方便，俊彦就租住在软件园旁边政府配套修建的公寓里。

定位到的剧本杀剧社，看位置是在古镇里面。古镇虽然近，俊彦也只去过一次，那还是和宇翔介绍的第二个相亲对象见面的时候，当时和那个女孩刚进古镇，还没有怎么转，女孩就说临时有事走了！想到这里，俊彦苦笑了一下，继续顺着一条河道往前走。一些老房子逐渐显露出来，古镇就在眼前了。

和很多江南古镇一样，镇上大部分都是老式平房或者两三层的阁楼式建筑。原住民大部分已经搬离，很多房屋都租了出去，租户大部分是一些收入较低的打工者。不像商业化古镇，这里没有什么游人，白天本就人不多，晚上更是冷清。大路上路灯稀少，小巷里更是连路灯也没有，只有租户窗户里透出的昏黄的灯光，以及一些夹杂在租户中的小店铺的灯光。这里的房租相对便宜，有人把整套的老房子租下来，一家老少从外地搬来上海住，年轻的在外面打工，年长的就用剩下的屋子开个商铺，卖些烟酒副食。

对一个剧本杀剧社来讲，这倒是一个好地方：一方面房租便宜；另一方面如果把整个宅子租下来，布置一些剧本杀的场景，也不用担心影响到他人。俊彦边走边想。

俊彦沿着导航拐入一个昏暗的小路口，突然有个声音传来："帅哥，来这边看看吧。"

俊彦循声望去，在他右面，一个穿着旗袍的女子站在一扇透着微光的窗户旁，正向他招手。灯光虽然微弱，但依稀可以看出女子浓妆艳抹，旗袍的开衩更是到了大腿根。

"做个按摩吧帅哥，便宜的。"女子再度开口。

俊彦有点惊讶，现在居然还有这种"站街女"！穿这么少拉客，也不怕冻着。俊彦连忙摆摆手。

俊彦隐隐约约有些害怕，"这什么地方啊！不要玩儿了，回去吧。"不过，看了眼导航，上面显示离剧本杀剧社只有五十米了。俊彦犹豫了一下，一咬牙，顺着巷子继续往前走。刚走了没几步，后面的"站街女"扑哧一笑："你是要玩剧本杀的那位吗？请跟我来。"

“站街女”带着俊彦向右拐入一条小弄堂，走了没多少步，“站街女”回过头来，伸手向旁边一个小门一指，“就是这里了，亲爱的，请进。”

剧社在一个独立的小院里，是一个二层的阁楼式老屋。一楼的前台坐着一个戴眼镜的青年男子，见到俊彦进门后热情地过来和他握手。

“欢迎欢迎，你是第一次来吧？想打点什么样的本？以前玩儿过吗？我们这个地方有点不太好找是吧。哎，那个地图定位有点偏差的，我们是租下来以后才知道，可把我们坑苦了。不过，你算是选对地方了，我们这里有很多独家本。来来，你看看。”

还没等俊彦说话，男子递给他一个平板电脑，上面有一个剧本目录，还有各式各样的选项。俊彦有些窘，老实说，他也不知道该怎么选。他把平板还给男子，对他说：“随便来一个吧，好玩就行，我以前没玩过，先学学。”

“原来是这样啊。那好说，要不你先从二人本开始打吧。晶晶，你来教教他。”俊彦回头一看，刚才带他进来的姑娘就站在他后面，正妩媚地冲他挤眼睛。

晶晶带俊彦走到一楼靠里的一个房间，房间比较空阔，中央有个圆桌。圆桌的正上方有一盏射灯，灯光像舞台上的聚光灯，垂直投在圆桌区域，圆桌外围则是一片昏暗。

“坐吧，亲爱的。”晶晶走到圆桌前。俊彦抬头看了看头顶的射灯，抽出一张椅子坐下。晶晶则坐到俊彦对面的一张椅子上。

借着灯光，俊彦细看了下这个叫晶晶的姑娘。虽然涂了很厚的妆，但依然能看出她年龄并不大，五官精致，算得上是个美女……

“亲爱的，看够了没啊，哈哈。”

俊彦顿觉十分尴尬，脸一下子涨得通红：“你多大了？90后吧？”

“我猜你肯定没有女朋友，上来就问人家的年龄！我说得对不对啊？”晶晶俏皮地笑了笑。见俊彦没有吱声，她把身子往前探了探，“不开玩笑了哈，我先给你介绍一下二人剧本杀。二人本和多人本不太一样。多人本中，疑犯就在参与者中，大家搜证推理就是要揪出这个人。因为每个人都可能是目标，所以不存在绝对的信任。而二人本则更多是合作推理，就是两个人合作来解谜，因此二人本最重要的就是信任与通力合作。”

俊彦还没从刚才的尴尬中回过神来，听了晶晶的介绍，他盯着桌子中央，呆呆地点了点头。

“对哦，你之前从来没玩过剧本杀，这样吧，我们通过一个本儿来说明，你就明白了。”晶晶边说边递给俊彦一个小册子，封面上写有“氖星”，看来应该是剧本的名字。“只能先看第一页哦！”晶晶把“只能”两个字说得很重。

俊彦打开小册子，翻到第一页，上面是关于这个剧本的介绍——

氖星是一个意识星球，生命体已经进化到没有肉身，只有意识。借助能量工厂，这些意识体生活在各种“虹宇宙”中。每个意识体都在追求克隆更多副本，以及与其他意识体进行“交配”生成更加高级的意识。对意识体而言，拥有更多的分身和子代就意味着可以在更多的“虹宇宙”中生存以及永生。

但是，意识体的“克隆”和“交配”都需要消耗巨量的“氖能”，氖星所在星系的“氖能”几乎就要耗尽，氖星开始出现“氖能危机”。为了继续生存和繁衍，氖星上的意识体面临两种选择：继续扩张，到宇宙各处去掠夺更多“氖能”；找回生命真正的意义，降低对“氖能”的依赖。

几百年前，一个氖星的意识体来到了地球，考察肉体生命，不过在即将返回氖星时，却离奇消亡。一个意识体的消亡在氖星并不是一件小事。

几百年后，该意识体的子代来到了地球……

俊彦看完后，脑子里蹦出一个问题：没有肉体的意识，那是一种什么样的存在？他疑惑地抬头望向晶晶。

晶晶没有觉察到俊彦的疑惑，对他继续说道：“现在，假设我是来自氖星的意识体，你是地球的侦探。后面，会有一些直接或间接的线索给到我们，我们需要合作进行推理。明白了吗?”

晶晶说完，不知从哪里抽出一瓶红酒，咚的一声，立在桌子中央：“现在，我们先来建立信任!”

俊彦醒来时，已经是凌晨，发现自己赤身裸体躺在公寓的床上，晶晶一丝不挂地趴在他的胸前，两只眼睛直勾勾地盯着他。

“亲爱的，你醒啦?”

俊彦脑子混沌一片，不过他马上意识到自己昨天又喝了酒，因为满屋子的酒味。初中毕业时，俊彦喝酒导致过敏，昏迷了三天三夜。那之后，他一年中也沾不了几滴酒，而这个周末，他喝的已经超过了一年的量。昨天自己是怎么稀里糊涂喝倒的，又是怎样被晶晶送回了家，之后又发生了什么，他一点也想不起来。

晶晶虽然卸了妆，但在发黄的灯光下，显得更加妩媚，看上去就像一幅唯美的人体油画：她的乳房圆鼓鼓地挺着，纤细的腰部勾画出完美的曲线；两条大腿修长，足尖缠在一起；一头柔顺的长发散落在她的肩头。

俊彦心跳得厉害，他一只手撩起晶晶的一缕长发，滑向她的耳后，顺着她的脖颈向下游动，在背部停了下来，半搂着她，颤颤地开口问道："你到底是谁啊，为什么要和我这样？"

晶晶没有回答，只是调皮地左右晃了晃头，眨了眨眼睛。

"那么，没有肉体的意识体会是什么样子？"俊彦突然想起了昨晚看到的那个剧本，昨晚困扰他的问题现在又冒了出来。

晶晶听后，往前一扑，大腿跨了上来，骑到了俊彦的身上："亲爱的，想知道吗？那我们需要先深入了解一下肉体。"说完，湿润的舌滑进了俊彦的耳朵……

第二章　七星聚会

俊彦早上洗漱完毕，准备去上班时，晶晶睁开了眼睛。“你昨天加的客服，可以联系到我。剧社下午一点上班，能在你这里再躺一会吗?”

“当你自己的家好了!”

说出这句话，俊彦心里仿佛有股暖流淌过，好久没有过这种感觉了，有些怪怪的。他笑了笑，冲晶晶挥挥手，走出家门。在电梯口，他伸出右手轻按在鼻前，深吸了一口气，指缝间仿佛还留有晶晶的体香。

昨晚的事情对俊彦来说有些不可思议。来上海这么多年，俊彦还没有过女朋友。他的生活就像象棋比赛中的一个和棋谱，从开局就是奔着和棋而去，过程和结局都被设定，没有波澜，甚至可以说是一片枯燥，却被他心安理得地接受。

不知怎么，俊彦突然想起了英子。

初中开学第一天，英子坐在俊彦后面的座位，用手指戳了戳俊彦的背，对他说：“我认识你呀，你和你爸以前来过我们家，你记得吗?”俊彦当时没说话，脸红红的，只是摇头说不记得。后来，俊彦通过别的同学了解到，英子的爸爸是他们镇的镇长。

英子爱说爱笑，课间经常发出爽朗的大笑，和同学们谈天说地；上课时嘴也闲不住，时常和同桌的女同学嘀咕；还会时不时和前面的俊彦开些玩笑，搞得俊彦每次都很紧张。后来，班里调换座位，英子因为个子比较高，被调到了教室的后排。俊彦和英子接触得就少了。

初二快结束的时候，有关英子的事传遍了整个学校。几乎所有的同学都在暗地里议论她，说在一个还没建好的房子里，有人看到她和宇翔赤身裸体地在一起。男同学谈起来尤其绘声绘色，还夹杂着嘿嘿的笑声。每当有同学当着俊彦的面谈起英子，俊彦都会默默走开。初三开学后，俊彦再没见到英子，传言她爸爸把她送到县城的中学读书了……

“先生，你下吗?”电梯门打开，里面的人问道。

“下的，谢谢。”俊彦回过神来，乘上公寓的电梯。

早上项目组召开例行晨会。俊彦像往常一样坐在会议室的一个角落，捧着笔记本电脑，边听边写着程序。俊彦所在的项目组，做的是公司的重点产品，解决企业云系统部署中的安全问题。

项目经理的开场非常简洁：“今天会议我们主要有三个环节：第一，研发这边讲一下当前版本的开发进度；第二，产品这边重点介绍下新版本中将增加的一些主要功能；第三，贵州客户在部署我们产品的时候，遇到了系统的兼容性问题，需要讨论一下解决方案。”

俊彦在公司的职位是“网络安全工程师”。六年前公司成立时，他就进来工作，可以说是公司里的资深工程师了。这个项目立项时，主管技术的副总裁找到他，想让他担任该项目的技术负责人。这种机会非常难得，因为核心产品的技术负责人基本都会是未来这个方向的技术总监。不过，俊彦当时直接推辞：“我只会写程序啊！”最后，比俊彦小五岁的少华做了这个项目的技术组长。

会议的效率很高，很快进入到第三个讨论环节。

项目经理介绍说：“贵州电力公司准备升级他们现有的云基础设施，公有云采用的是某个互联网巨头的，私有云则继续使用以前的系统。二者混合使用时，网络安全成为首要的问题。目前客户在对比三家公司的安全解决方案，包括那家提供公有云的互联网巨头，贵州当地的一家公司，以及我们。在小规模测试我们的解决方案时，发现资源消耗非常严重，偶尔还会出现系统拥塞问题。售前团队进行了初步排查，推测是系统兼容引起的。情况就是这样，大家讨论下。”

会议室安静下来，大家仿佛意识到问题其实不小。过了一会，少华轻咳了一声，说道：“我们在发布这个版本时，特意针对该客户，对系统兼容性做了大量细致的测试，当时并没有发现问题啊。”

项目经理一听，皱了一下眉头，没有说话。

销售那边有点急，冲着少华直接来了一句：“那你说怎么办呢？现在确实是出了问题，售前搞不定！”

项目经理这时接过话茬：“少华，要不你们技术这边派个有经验的工程师过去看一下吧。”

“那，”少华停顿了一下，“要不俊彦过去吧，俊彦对各种系统都比较熟悉。”少华说完看向埋头写程序的俊彦。

俊彦从笔记本电脑上抬起头，咬了咬嘴唇。要在以前，他二话不说就去了。而现在，他却有点犹豫。他想到了剧本杀剧社，最重要的，他想到了晶晶。

俊彦并没有犹豫多久：“好的，没问题。”他把笔记本电脑合上，继续说道，“对我来说，在哪里工作都是一样的，我可以拎包就走。”

听到俊彦后半句，销售的同事大笑，“俊彦，你这是一人吃饱，全家不饿啊。哈哈，太羡慕啦。”

会议结束后，俊彦和少华又聊了几句，然后订了明天早上八点的航班。下班后，他没有回公寓，而是直接奔向剧本杀剧社。

走进剧本杀剧社，晶晶正坐在前台，她抬头看到俊彦后，妩媚一笑：“亲爱的，你来了，还是一个人吗？”

再见到晶晶，俊彦有说不出的紧张，内心更是有很多期许。他冲晶晶点了点头，不自然地笑了笑。

晶晶一边走出前台，一边说道：“昨天实在不好意思，怎么说呢，心情有些不太好，就想找个人喝喝酒。不过，没想到你那么不能喝哈，你也不和我说一声。你还好吧？今天想玩点啥？”

还没等俊彦答话，门口传来一阵嘈杂声。一群年轻人推门鱼贯而入，七八个人，有男有女。

晶晶一看，对俊彦说：“不好意思，你稍等一下。”她迎上前去，招呼这群年轻人。

晶晶和这些人嘻嘻哈哈地说笑，看起来很熟的样子。这时，里面有个戴棒球帽的青年，突然用手拍了一下晶晶的屁股，然后一把搂住了晶晶的脖子，歪头对晶晶说："小坏蛋，你真是太淘气了，想我了没有？"

见到这一幕，俊彦顿觉内心一阵刺痛。这到底是怎么回事！晶晶她到底是什么意思！俊彦那多年荒芜、寸草不生的心田里，好不容易长出的一棵幼苗，一脚被人踩死了！

俊彦深呼一口气，抬头望向前台上方的墙壁，上面贴满了各种剧本的宣传海报：有古装的宫妃，叼着烟斗的侦探，穿着机甲的怪兽。各式各样不同风格的形象组合在一起，形成一个光怪陆离的奇异世界……

"亲爱的，实在不好意思，今天玩儿什么，还玩上次的二人本吗？"晶晶回来了，走到俊彦的身边，问他。

俊彦的目光依然还落在墙壁的海报上，头也没回，机械地回了一句："哦，好的啊。"

"本来不该说的，上次那个剧本，其实……"晶晶停顿了一下，接着说道，"那个本挺难的，到目前为止，还没有人解密过。你确信还要玩那个吗？"

俊彦转过头来，盯着晶晶的眼睛，仿佛在阅读一个棋局。但这个"棋局"，他实在是有点读不懂！

晶晶见状，嘴角掠过一丝不易察觉的苦笑，"亲爱的，跟我来。"她边说边带俊彦走向昨晚的那个剧本杀房间。

俊彦落座以后，晶晶说道："今天老板不在，我要招呼客人，不能陪你玩儿。最主要的，我推理很差，也帮不上什么忙的。我帮你介绍一个高手一起玩哈。"

俊彦这个时候觉得，如果晶晶不在，对他倒是一个解脱。

"好的，谢谢。"

过了足足有二十多分钟，一个女孩走了进来，向俊彦打招呼。

“你好，听晶晶说有人要玩《氖星》，我就跑过来了。我上次在第一幕的搜证环节就卡住了，完全没有头绪。”

女孩进入射灯的投射区域后，俊彦打量过去：她身着一件灰色的小西装，短发，戴着一副眼镜，整个人看上去很知性。

“我叫瑞秋，也可以叫我 Rachel，很高兴认识你。”女孩走到圆桌前，大方地伸出手。

“瑞秋你好，我是俊彦，很高兴认识你。”俊彦起身和女孩握手。可能是天气的缘故，女孩的手握起来有些凉凉的。

“我们开始玩吧。”女孩坐下后对俊彦说道，“听晶晶说，你之前已经了解过剧本，那我们今天就直接进入搜证吧。”

“好啊，不过，既然你以前接触过这个剧本，有一些问题，我能先问问你吗？”女孩冲他点点头。

“一个没有肉体的意识体，会像变形金刚一样，拥有一副机械的身躯吗？”

瑞秋用手托住下巴，微微扬起头，眼睛盯着上方的亮处，想了一会回答道：“躯体，对他们而言应该算是一种束缚！他们好不容易‘自由’了，为什么还要再束缚自己呢？不过呢，在一个世界中，总要有人干一些基础的体力活，比如建造能量工厂等基础设施，做这些事情时，他们需要加载一副机械躯体。”

“那意识体平时所生活的虹宇宙会是什么样的呢？”俊彦接着问道。

瑞秋用手扶了扶眼镜框，看向俊彦：“虹宇宙是‘氖星’

上的虚拟世界，怎么说呢，我想和剧本杀差不多吧，在里面，可以‘扮演’虚拟出来的角色。不过，和剧本杀不同的是，虹宇宙中的行为会对现实世界造成很大的影响。或者说，虹宇宙对他们来讲，就像现实世界对于我们而言一样。所谓的虚拟，某种意义上可能就是现实。其实，我也不懂啊，也许只有解密后我们才能明白。要不，我们现在开始吧？”

俊彦没再说什么，他点点头。

瑞秋翻开剧本，递给俊彦：“这张图片，就是第一幕的主线索，我就是到这里就进行不下去了。”

“七星聚会！”俊彦一看到图片，马上喊了起来。

瑞秋身体一颤，她摘下眼镜，眼睛睁得大大的，盯着俊彦。很明显，她想听俊彦的详细解释。

“这幅图片是一个象棋棋局，准确地说是一个残局排局。这个排局，正是被称为江湖四大排局之首的‘七星聚会’残局，在民间流传非常广，影响很大。”俊彦轻咳了一声，抿了抿嘴唇，指着图片继续对瑞秋说，“你看该局中，红方和黑方各有七个子力，排列呈北斗七星的形状。”

瑞秋凑近图片看了看，冲俊彦点点头。

“乍一看，红方双车炮加双兵合围黑帅，貌似只要几步棋就能活捉黑帅或者多子胜定。不过，棋局陷阱四伏，黑方其实隐藏着解杀还杀、起死回生的妙手，红方一不小心就可能被反杀。”

“这样一个棋局，会有什么样的意义，又代表了什么呢？”瑞秋若有所思地问道。俊彦并没有回答，而是盯着棋局，陷入了对棋局的推演。

俊彦一步步思考红棋和黑棋可能的应着和对策。棋局仿佛一下子在他眼前活了起来，就像一个古战场。红黑双方厮杀在一起，你来我往，炮声隆隆，车轮滚滚。这中间，瑞秋把一杯水放在了俊彦面前，他也没什么反应。

时间仿佛凝固了一样，也不知过了多久，俊彦突然用手一拍桌子，兴奋地说道："我解开了！"他端起面前的水杯咕咚咕咚喝了大半杯水，抹了抹嘴。"红方第一步正确的应着是炮二平四，主动弃子！然后，和黑方经过激烈战斗兑子以后，棋局将总共剩下七枚子力，红黑双方各剩一车和一兵的进攻子力，只要应对得当，最后将是一盘和局。"

"厉害厉害，但这意味着什么呢？这些和那个氖星意识体在地球的消亡有什么联系呢？"

这次，俊彦再没有答案……

回到公寓后，俊彦鞋也没脱，倚靠在床上。俊彦有些累：他的精神非常紧张，放松不下来；脑中更是一片混乱。俊彦一会想起那个残局排局，一会又想起晶晶，而这些好像都超出了他思维的理解范围。

明早要出差，他起身简单收拾了几件衣物，装进一个背包里。忙完后，他走到窗前，双手放进裤兜，望向窗外。

今晚的天气格外好。一些星星挂在天际，和远处软件园外围的灯光交汇在一起；半空中，一弯新月低垂。

如果剧本杀中的那个意识星球真的存在，会在星空的哪里？那个意识体来地球考察肉体生命，他经历了什么？他找到拯救氖星意识体的答案了吗？他又为何消亡？还有，晶晶是个什么样的姑娘？昨晚，她是因为心情不好才和自己在一起？还是，她本来就很随便……

依然是一连串的问题！俊彦不由得摇摇头，自己这是怎么了，一直想这些虚无缥缈的事情，有什么意义呢？重新躺回床上，定好早上的闹钟后，他准备给宇翔发个消息。

每次出差前，他都会告诉宇翔。

“我明天出差贵州，有事电联。”

字打好后，刚要发送，一幅景象却突然浮现在了俊彦的眼前：在一个刚砌起砖墙、还没有装窗户的平房里，宇翔和英子靠墙搂在一起。宇翔用脸抵住英子的脖子，摸索着解开英子上衣的扣子，手伸到她的胸前。英子用力地咬着宇翔的肩膀。宇翔把手抽出来，开始拉扯英子的腰带。英子有些害怕，揪着不放。过了一会，她手松开腰带，像发疯一样，反过来脱宇翔的衣服……

俊彦回过神来，将手机上的字删掉，把手机扔在一边，轻轻叹了口气。

第三章　背尸人

昨晚有些失眠，俊彦非常疲惫。登机时，俊彦和空乘打了个招呼，送餐食时不要打扰。起飞后不大一会，困意袭来，俊彦昏昏沉沉睡去。

航班很顺利，十一点准时抵达贵阳龙洞堡机场。飞机上这一觉睡得很好，下机时，俊彦感觉自己整个人的精神恢复得不错。

驻贵阳的销售同事王大帅来机场接他，见到俊彦后，王大帅热情地和他打招呼："辛苦啦俊彦，可算是把你盼来了！"

俊彦和大帅在其他一些项目上有过合作，对他比较熟悉。大帅长得并不算帅，但是人高马大，走起路来虎虎生风，嘴特别能说，和人自来熟，天生就是做销售的料。公司的一个同事有次问大帅，为什么父母给他起这样一个名字，大帅的回答是——因为我生下来就很帅！

"贵阳真是个好地方，有各种美食啊，姑娘更是漂亮，保证来了你就不想走。我如果不是已经有了老婆，就在这儿买房娶媳妇了。”大帅说道。

“其实，你现在也可以。”俊彦冒出了一句。

大帅哈哈大笑，“你小子啥时候学坏了。”

俊彦也忍不住笑了。这两天他经常被自己的话语惊到，“估计是受了刺激的缘故!”俊彦想。

一路上，大帅不停讲这讲那，大部分时候，俊彦都默默听着。

“少华那小子，就会在领导面前演戏，不干实事。这次，我就知道，他肯定不来。”车下了高速，大帅摇下车窗，点了一根烟，继续说道：

“我跟你说俊彦，技术这边，销售的兄弟们都服你，其实大家都觉得你应该做这个产品的技术负责人，真不知道王总当时怎么想的! 这次你来了，我就放心了。为了贵州这个项目，我半条命都快搭进去了。我跟你说兄弟，不是我吹牛，只要技术上不出问题，这个项目咱们肯定拿下!”

到电力公司门口时，正是中午吃饭的时间，大帅对俊彦说：“吃完午饭再进去吧?”“不用了大帅，我在飞机上已经垫了一点，先和售前技术支持的同事碰头再说。”

电力公司的科技部专门腾出来三间挨着的会议室，分别作为三家解决方案供应商的临时办公室，并为每家竞标企业配了两名系统集成工程师，来进行集成测试，可见对项目的重视。

俊彦进入测试办公室后，向售前工程师详细了解了一下故障现象，取得电网方面的层层授权以后，进入线上环境。电网的内部系统非常复杂，俊彦调出各种运行日志，逐模块地分析排查问题。

大帅也在测试办公室，整个人比较轻松，斜躺在电脑椅上，二郎腿跷在桌子的一角，在手机上和电网方面相关的负责人时不时地发消息。

时间一分一秒地过去，俊彦依然在电脑前排查故障，时而还眉头紧锁。大帅逐渐有些焦躁起来。明天电网方面将进行初审，这轮评审主要是看每家候选方案的集成测试情况。先前，他还发消息给电网相关的人，让他放心，说问题马上就能解决，而现在已经快下午五点了。

大帅开始坐不住了，出门去楼下抽了根烟，顺带买了些比萨和水果上来。一边招呼售前工程师和电网方面的工程师一起来吃，一边拿了一些放在俊彦的旁边。

“俊彦，吃点东西，慢慢来。”大帅言不由衷，他知道催俊彦也没用。俊彦扭头撕了一块比萨咬在嘴里，继续干活。

这间由会议室改成的测试办公室没有窗户，空气本来就不流通，大家吃过东西后，各种奇怪的味道混在一起发酵，屋子慢慢变成一间生化实验室。大帅实在有些受不了，起身去开门。

这个时候，俊彦转过身来，说道：“咱们的解决方案没有问题，一切运行正常。”

大帅一听，顾不上再去开门，一下子跳了起来，振臂一挥：“太棒了，哈哈，怎么解决的？”

“没有解决什么，我说了，咱们的产品没有问题！”

“啊！那运行时那些故障是怎么回事？”

俊彦用食指碰了一下鼻子，表情一下子变得非常严肃：“为了防止大面积断电，电力系统有一个基础的安全保护机制，叫作‘解列’。如果局部区域发生故障，系统将切断该区域与整体系统的联系，锁定并收缩相关资源。这就像火车的一节车厢着火，把这节车厢从火车上脱钩一样。”

大帅听到这里，点点头。

“现在，有不明程序模拟了‘区域故障’，导致原有系统发生解列，对资源保护性收缩。我们的安全解决方案正确阻断了这个不明程序，让计算任务正常进行。所以，在集成测试环境中，正常的计算任务运行在了收缩后的计算资源上，产生了系统拥塞。”

“能不能讲得简单些？”大帅怔了怔。

俊彦看了一眼大帅手里的手机，解释道：“比如你手里这个最新款的 iphone，假设有个程序，把它变成了 iphone5，但是依旧跑现在的系统，自然就会卡死了。”

“俊彦多大了，成家了吗？”电力公司科技部门的李科长问道。

“三十五了，还没对象呢。”坐在办公桌对面位置的俊彦老实答道。

李科长今天准备下班时，接到了大帅的电话。听了大帅的描述，李科长让大帅带着俊彦马上来他办公室。这种事情非同小可，他需要当面问清楚。

“也不能只忙事业，婚姻大事也要考虑起来啊。”

“没人要。”俊彦并没有开玩笑，对他而言，这是实情，至少到上个周末为止。

李科长听后哈哈一笑，然后话锋一转，开始询问俊彦下午查到的问题。

俊彦于是从头到尾，非常细致地把他发现不明程序的过程向李科长说了一遍。

李科长听后神情凝重。贵州山区多，一些落后地区的电力基础设施还正在完善，局部确实经常发生一些因为天气等原因造成的电力系统故障。但没想到，居然有人会在这上面做文章。上个月，电网的电力输出总量相比同期大幅缩小，导致电力供应紧张，一些下游用电城市不得不采取限电措施。虽然说今年煤炭等能源短缺，上游一些发电厂出现减产，但不至于出现这么大的缺口。当时，他就隐隐约约感觉哪里不对劲。

李科长看向大帅。“大帅，这个事我们会进一步查明，在这之前，需要保密。明天的初审我会帮你们说话，你放心好了。”

大帅非常认真地点点头。

“俊彦啊，你看能否在这边多待一段时间，协助我们排查?”李科长问俊彦。

“没问题!”俊彦知道这个项目对公司的重要性。

离开李科长办公室，大帅显得很是兴奋：“这件事情对咱们来讲，绝对是好事——其他两家竞标公司的解决方案都没有识别出那个恶意程序！哈哈。”

俊彦此时则是心事重重，“恶意程序模拟区域故障是为了干什么呢?”某种意义上，这是一种对电力资源的变相窃用。之前倒是见过一些盗用计算资源、存储资源之类的恶意程序，比如盗用计算资源来进行比特币挖矿的。

“比特币！不会同样是有恶意程序窃取电力资源进行挖矿吧?”俊彦突然联想到。

比特币挖矿不仅需要大量的计算资源，更需要大量的电力资源支撑。四川、贵州等地因为存在非常多的水电资源，电力价格相对比较优惠，所以前些年出现了大量的比特币矿场。后来，国家政策开始明确反对比特币挖矿。会不会是有矿场在得不到电力支持以后，在暴利面前，开始通过这种手段窃取电能？不过，从技术上讲，该恶意程序的实施难度要比之前那种窃取计算资源的高很多，比特币矿场会有这种技术实力？

“快上车，俊彦，我带你去好好吃一顿。”大帅心情大好，他斜叼着烟，打开车门，对有些发呆的俊彦喊道。

饭店宽敞宏伟，大厅里摆着几十张餐桌，围着中间的舞台形成一个圆形。

“这边的菜品都是老贵州特色菜，还可以边吃边欣赏民族风情表演。”大帅介绍道。

俊彦顿感很饿。对他来说，虽然吃饭没个准点是常事，但这次，如果从上个周末算起，已经连着几天没有好好吃顿饭了。菜上来以后，大帅在旁边介绍每道菜的典故，俊彦则大快朵颐。

不一会鼓声响起，大厅中央的舞台上开始了特色表演。几段苗族和布依族等民族的歌舞之后，俊彦被一个表演者深深吸引。

表演者戴着顶奇特的帽子，由五颜六色的绳子编织而成，帽顶的几根彩绳顺着脸颊垂下后绑在下巴上；脸部用白色颜料画着一些神秘的图案，闪着荧光；身上的衣服则是先由彩绳编织成“绳片”，然后由“绳片”交叠缝制而成，样式看上去有点像古代打仗穿的软甲。他双腿弯曲成马步，双手擎着一根紫红色的木板，木板的中部压在头顶，随着鼓点的节奏，双脚依次向两侧抬高摆动，一步步移动。到舞台中央以后，他转过身去，开始背朝着俊彦所在的餐桌。后背上，彩绳交织在一起，形成了北斗七星的图案。

“七星!”俊彦心里一惊，喊出声来，他突然想起了那个未解的剧本杀中的棋局。

“怎么样，有意思吧?”大帅看了一眼俊彦，“你知道这个舞者表现的是什么吗?”俊彦非常感兴趣，迫不及待。

这个时候，前面结束表演的几个苗族姑娘来到了他们餐桌前，每人捧着一只碗。

“俊彦，苗族的姑娘来敬酒了，这是她们待客的最高礼仪，所谓的高山流水酒，今天必须要喝一杯。”大帅说道。

俊彦心里正在期待关于前面舞者的答案，“我绝对不能再次醉倒!”俊彦暗暗嘱咐自己。

虽然姑娘们和大帅劝了好一会酒，但俊彦不为所动，大帅也没招。“那我来给你表演。”大帅说。

几个苗族姑娘摆好姿势，或站或半蹲，双手捧着碗，碗口叠着碗口形成一条由高到低、由碗组成的“酒道”，最低处的碗口伸到大帅的嘴里。一个高个子的姑娘开始往最高处的碗里倒酒，酒顺着每个碗依次流下，流入大帅的嘴中。大帅心情好，咕咚咕咚也不知道喝了有多少。喝完后，大帅用手把嘴一抹，对着苗族的姑娘们喊道:“高山流水，友谊长存。”

喝了酒的大帅，人格外兴奋，他把外套脱了下来，挂在椅背，开始接上前面的话题:“我跟你说，俊彦，刚才那个表演，表现的是一个背尸人!”

“背尸人?”俊彦听后非常好奇，把座椅朝大帅挪了挪，身子往前一探。

“在古代西南地区，生活着一个神秘的民族，叫作僰人。他们英勇善战，传说中曾参加过周武王的牧野之战，立下很大的战功后，被封为侯，以川南为中心，在西南地区成立了‘僰侯国’。后历经各个朝代，僰人部族都是西南地区一股强大的力量。不过，整个僰人部族却在四百多年前神秘消失了。”

俊彦听到这里，很是佩服大帅的口才，他娓娓道来，像说评书一样：“俊彦，你听说过悬棺吧？”

俊彦点点头。

“僰人消失以后，唯一留给后世的就是悬崖峭壁上的‘僰人悬棺’。四川为主，但是在云南、贵州等地也有一些。”

“这么说，刚才那段舞蹈表现的是一个僰人？”

大帅朝俊彦竖起大拇指，然后接着往下讲：“在僰人的信仰中，人死以后，如果葬于和天比较近的地方，那么人的灵魂就能升天。所以他们往往会选择高山上的悬崖峭壁放置棺木进行崖葬。这些悬崖峭壁可以说连鸟都很难飞上去，普通人更是无法登及。但僰人却能把很重的棺材安置上去，在古代，僰人也被称为‘会飞的人’。”

“所以，那个舞者头顶举着一块木板，腿一抬一抬的，是在攀登悬崖峭壁？”俊彦眼前仿佛又浮现出刚才表演者的舞姿。

“正是，表现的是僰人背着尸体攀登悬崖的场景。”

“舞者后背上的北斗七星是什么意思？”其实，这才是俊彦最大的疑惑。大帅挠挠头，他根本没留意。

古人常用北斗七星来辨别方位，背尸人背部的七星图案也许是为了给逝去的灵魂指明升天的方位吧。俊彦心里默默想着。“方位，剧本杀中那个七星棋局会不会也是在暗示某种方位呢？”想到此，俊彦脑海中浮现出那个“七星聚会”排局，以及红黑双方的各种应招……

在酒店安顿下来后，临睡前，俊彦的手机收到了一个好友申请："我是瑞秋～"瑞秋？他想了想，是上次一起玩剧本杀的那个女孩。

通过好友申请后，不一会，瑞秋发来了消息："你好，通过晶晶要了你的联系方式，那个剧本的解密可有什么进展？"

那个《氖星》剧本，俊彦确实挺感兴趣，或多或少，是因为里面七星棋局的缘故。小时候，他父亲也会摆一些残局排局让他解，每次，他都会废寝忘食地进行推演，直到找出正确的应招。剧本中那个棋局，也引发了他的好胜心，但那个棋局的谜底显然不仅仅是红黑双方的应招。到目前为止，他只是隐隐约约看到了某种通往谜底的路径，具体答案会是什么，或者说能否找到答案，他完全不知道。

"你好，还没什么头绪。"俊彦琢磨了会，回复道。

"哦，你出差了是吧？"

俊彦心里一惊：瑞秋和自己也不熟，她是怎么知道自己出差的！他回忆了下，确信并没有在剧本杀剧社向瑞秋或者晶晶透露此事。自己这次来贵州，甚至连宇翔也没告诉。

俊彦皱皱眉，没有再回复。

第四章　秘境

连续几天，俊彦往返于酒店和电网的测试办公室，就像在上海时往返于公寓和公司一样。俊彦到了办公室就埋头写程序；中午饭和晚饭大部分时候是外卖，有时也和大帅一起去外面吃一点；晚上回到酒店都很晚，稍稍洗漱就睡下。他的生活节奏并没有因为出差而打乱。

通过这几天的工作，俊彦主导发布了产品的一个“补丁”版本，在该版本中，只是对模仿区域故障的恶意程序进行了标记，做了日志记录，而不再对其进行阻断。这样，至少在现阶段，产品和电力公司原有系统的集成测试可以顺利进行。出于电力公司的保密要求，俊彦和大帅等人并没有和公司详细解释原因，公司依然认为是系统兼容性问题——无论如何，问题终归“解决”了。俊彦向公司做了申请，要等集成测试完成以后再回上海，少华和公司上层没有任何意见。大家都知道，俊彦在哪里干活都一样。

忙碌的节奏，让俊彦无暇顾及太多与工作无关的问题，直到这周五早上，电网科技部的李科长突然来到测试办公室。

“俊彦，你出来一下。”

李科长带着俊彦走到电梯口，李科长回头看了看，四周无人，开口对俊彦说道：“你需要和我一起去一个地方！”

俊彦没有多问，下楼后，上了李科长的车。

正值上班高峰期，路上很堵。李科长开车载着俊彦绕着二环走了半个多小时，下环路后经过三四个红绿灯，拐进一条小巷，在一座欧式风格的小楼前停了下来。李科长把车停好以后，打了个电话。不一会，里面出来一个穿灰色夹克的人，带李科长和俊彦在门卫室做了身份证登记和人脸验证，然后乘电梯来到三楼的一个房间前。

门虚掩着，接他们的人示意他们进去。李科长推门的刹那，不知怎么，俊彦突然觉得有些紧张，仿佛能听到自己的呼吸声。

房间不大，最里面有一张会议桌，桌上放置了几台电脑，电脑旁堆叠着一些文件。靠门正对会议桌的墙边放着一张大的三人沙发，两侧各摆着两张单人沙发。沙发前有一个茶几，上面的烟灰缸里散落着几个烟头。

房间里有三个男子，其中两人坐在长沙发上，低头看着手机，在室内居然还戴着黑色的口罩。李科长和俊彦进来以后，两个男子并没有任何反应。旁边单人沙发上还坐着一个没有戴口罩的男子，同样也在低头看手机。过了五六秒钟，没戴口罩的男子抬起头，用手指了指他对面的两个单人沙发，示意李科长和俊彦坐下，然后低头继续看手机。

李科长从进门一直没说话，只是静静地坐着。俊彦感觉房间里的气氛非常怪异，一边盯着自己的脚面看，一边想着这些人可能的身份。看李科长的模样，这三个男子不太可能是电力公司的人。“难道是公安局的?”出了这种事，李科长向上级汇报以后，上级十有八九会让先报警。俊彦抬头看了看三个男子，愈发肯定自己的猜测。但是，如果是叫自己来问询，为什么不是去公安局呢？俊彦再次打量了下整个房间，目光落在那个烟灰缸上，那明显是一只新烟灰缸。这个房间的摆设看起来就像一个临时搭起来的办公室。俊彦又看了看那两个戴着黑色口罩的男子，在心里思索着各种可能。

有个“答案”突然涌现出来——这可能是一个公安和国安部门组成的联合侦查办公室。没有戴口罩的男子也许是公安局的，两个戴口罩的男子则可能是国安部门的。此事国安部门如果也参与调查，那可非同一般！

“李科长，这位是你说的那个工程师吗?”此时，不戴口罩的男子抬起头。

“是的，他就是来自上海的网络安全工程师，俊彦。”李科长答道。

俊彦向问话的男子点点头。

“俊彦，我是公安局网络安全处的翁强，需要向你了解一些情况。”男子介绍道。

“翁警官，你好。”男子的话验证了自己的猜测，俊彦心里反而放松了下来。

问询大概持续了有一个多小时，这中间，两名戴口罩的男子只是在旁边认真听着，并没有插话。俊彦回答的内容大部分都是他上次向李科长讲的情况，外加上对一些系统日志的详细说明。

快结束时，一个戴口罩的高个子男子突然开口问道："俊彦，你有什么看法?"俊彦怔了怔，疑惑地看向那个男子。

"从你前面的表述来看，你的逻辑性很强。所以，我想听听你对此事的看法。想到什么就说什么，不用顾忌，这一部分是不会录音的。"男子说完冲翁警官做了个手势。

俊彦一时不知该如何是好，他确实有一些很不成熟的想法，但不清楚该讲不该讲。他歪头看了看旁边的李科长，李科长正看向前方的空无之处，没有任何表情。回头再看看刚才问话的戴口罩男子，男子像是鼓励一样点点头。

俊彦心里一横，遂把前面自己的怀疑——会不会有比特币矿场通过恶意程序窃电——讲了出来。

"其他的呢?"高个子男子听后用手把自己的口罩向下轻轻拉了下，继续问道。

"其他暂时没有了。"

"好，如果想起什么就联系我们。"翁警官递给俊彦一张纸条，上面有个手写的号码。

傍晚时分，宇翔打来了电话，俊彦跑出测试办公室，找了个安静的角落接听。

"俊彦，你小子，我跟你说，你时来运转了!"电话那端传来宇翔熟悉的声音，"你还记得我以前给你介绍的叫文婷的姑娘吗?"没等俊彦说话，宇翔接着问道。

"想起来了，见面时我带她去公司附近的一个古镇上玩，结果刚到那边她就走了。"俊彦努力回想了一下，答道，"有什么事情吗?"

"现在人家想通了，觉得你好，想嫁给你!"

俊彦一听就知道宇翔在开玩笑，他和那个姑娘完全不是一路人。“可怜下兄弟吧，别拿我开玩笑了！”

电话那头宇翔嘿嘿一笑：“好了，说正经的哈。那个姑娘有个表姐，前不久刚从美国回来，不经意间看到了你的照片，说想见见你！你说说，你小子是不是时来运转，人家对你有兴趣啊！”

俊彦一听，头顿时有点大。经历了前面几次相亲和最近的一些遭遇，他完全没有再去见陌生女孩的兴趣。

“我帮你做主，明后天周末，你找个时间出来和人家见见面。”

“不，不行宇翔，我整个周末都要加班，走不开啊。”这差不多是俊彦第一次对宇翔说谎——想起自己上午见到的那两个黑口罩男子，顿时也觉得心安理得。“那就找个晚上，请姑娘吃个饭。”

“宇翔，你知道我加起班来没个准点的。”

电话那端的宇翔一听，不由得骂了几句：“你的事我再也不管了！”说完挂断了电话。

周六一早，俊彦来到了贵州省博物馆。

他每到一个新地方，都喜欢逛当地的博物馆。对他而言，博物馆就是天大的宝藏，可以把一个地方的历史、文化和生活风情等全部浓缩在一个钢筋混凝土的大房子里。

逛博物馆这件事，洗去了他连续加班的疲惫。开门前半个小时，他已经在博物馆门口排起了队。从外观来看，贵州博物馆的设计很现代：外墙由彩色方格铺成，和大面积的玻璃窗融为一体，绚烂多彩，气派非凡。

进入馆内，浓厚的历史和文化底蕴扑面而来。

贵州的少数民族很多，民族的服饰、生活风情是博物馆重要的展示部分。苗族作为贵州人口最多的少数民族，盛装和银饰等展品琳琅满目，其他民族也多少都有涉及。

很多展台旁有反映各种民族生活的照片，比如成亲、添丁等等。“正是这一个个片段，组成了我们的生命之旅。”俊彦边看边想，“盛装、舞蹈、节庆等仪式强化了这些片段在我们大脑里的记忆，让我们面对苦难时更加有力量——这也许就是生活需要仪式感的原因。”俊彦喜欢追究事物的内在逻辑，这可能和他从小喜欢推演棋局有关。

“你好，请问有僰人相关的展区吗？”一个博物馆工作人员经过身边，俊彦问道，他想更多地了解下这个神秘的部族。几天前看到的那段‘背尸人’表演，给他留下了很深的印象；再加上大帅绘声绘色的介绍，让他对僰人很好奇。

工作人员看了俊彦一眼，摇摇头，说道：“僰人，没有的。”俊彦咬了咬嘴唇，有些失望。

“如果想了解僰人的话，你倒是可以去多媒体展示区看一下，那边刚和四川博物馆连通。”工作人员笑了笑，接着说道。

在工作人员的指引下，俊彦来到博物馆一角的多媒体展厅。展厅口排着长长的队，年轻人以及带孩子的父母居多。参观完走出来的人大多满脸兴奋，看来多媒体展示还是挺受欢迎的。

足足等了一个多小时，终于排到了，俊彦走进多媒体展厅。

展厅的整个空间被隔成许多正六边形格子间，如果从上往下俯视，应该就像一个蜂巢的截面。工作人员引领他走进一个无人的格子间。

“这是最新人工智能技术驱动的多媒体展台，通过它，你可以穿越时空，感受历史。”说完，工作人员示意他走到中央的一个圆盘上，并将一条腰带束在他的腰部，腰带边有弹性绳索连接到格子间的四周墙壁。接着，工作人员递给他一副半透明的手套和一个轻薄的内置 3D 显示屏的眼镜。

“操作很简单，你一用就会。”工作人员说道。穿戴好以后，俊彦对工作人员点头示意准备就绪。

俊彦眼前一亮，面前出现了一个体育馆模样的建筑，充满科技感，门口上方有两个大字——“秘境”。不一会，一个身穿民族服饰的姑娘走了出来，伸出手和他握手。

“我是‘秘境’为你选派的虚拟导游小敏，希望你能够玩得开心，更希望你能有所收获。”

俊彦不由自主地做出握手动作。虽然知道眼前的一切是虚拟的，但体验却是如此真实和震撼。那个姑娘站在面前，就像真人一样，握手的触感更是和真人没有区别。

“我想了解一下僰人。”俊彦说道。

“我先带你去四川博物馆看一下僰人相关的展览，然后，再带你‘穿越’到僰人生活的年代感受一下，如何？”

“那非常好！”俊彦兴奋地回答。

瞬间，俊彦的眼前已经是四川博物馆的展台，小敏带着俊彦边看边介绍。

“四川宜宾有着最为集中、保存最完好的僰人悬棺墓葬群。”小敏在一个展台前停住。展台边有一幅巨大的照片，展示的是悬崖峭壁上的一排排悬棺。悬棺紧贴崖壁放置，每个悬棺下面，都有从崖壁的岩石里伸出的两根木桩，悬棺正是固定在这两根木桩上。

“太厉害了!”俊彦暗自赞叹。崖壁近乎直上直下，在古代也没有什么先进的装备可以依赖，俊彦无法想象，在实际操作中，僰人的“背尸人”是怎样把棺木放置上去的。

“那边是移到博物馆的一个悬棺。”小敏指向展台侧后方一个隔离带圈起的区域。

俊彦走上前去，围着隔离带转了一圈，从不同角度来观望这位逝去僰人的棺木，同时想象着它在崖壁上所经历的风吹日晒。“也许对僰人而言，和盛装、舞蹈等一样，这是一种重要‘仪式’吧。”

接着，小敏带着俊彦参观了僰人在崖壁上留下的一些岩画，还有一些记载有僰人的史书片段等。

“考古界对四百多年前僰人部族消亡的原因并没有定论，有很多说法。但是主流的观点是，僰人对明朝的改土归流制度进行了激烈反抗，于是明王朝便派大军对僰人部族进行不断的征讨，并在1573年，于丝城大败僰人，从此僰人便在历史上消失。”

小敏介绍完后看向俊彦，他在思考着什么。过了一会，俊彦回过神来，“嗯嗯，知道了。”

“那接下来，我带你去玩一些好玩的吧，我们到僰人集市上去看一看。”小敏俏皮一笑。

说话间，俊彦和小敏一下子来到一个繁华的古代集市。人流熙熙攘攘，叫卖声、吆喝声更是不绝于耳。这些人大都穿着藏青色麻布做成的衣服，袖口、领口以及衣服的衣襟处缝有彩色短绳。俊彦看了看小敏，她也穿着同样风格的衣服，低头看了看自己的，也相差不多。由于太具民族特色，很难通过衣服来判断朝代。

“这里模拟的是一个僰人村寨在‘丝城大战’之前几年的集市，”小敏仿佛看透了俊彦的心思，“此时，虽然僰人部族和明朝军队已经有过几次交战，但是这个村寨由于特殊的地理位置，还没有过多受到战争的影响，经济比较活跃。”

“周围的这些人都是虚拟的吗?”俊彦问道。

“一部分是虚拟的，另外一部分则是其他进入‘秘境’的真实游客，就像你一样。”小敏解释说。

“我们在这里没有任何财产，除了咱们手里这罐腌制的酸菜。”小敏笑了笑，“我们需要把它卖个好价钱，作为在这里生活起步的基础。”

俊彦看了看脚下，在小敏和他之间，放置着一个膝盖高的陶罐，里面想必就是小敏所说的酸菜吧。

这时，有一个僰人突然从人群中冲了出来，跑到小敏和俊彦面前，神情慌张地对着小敏和俊彦说了些什么。俊彦正要问小敏是什么意思，“尊敬的游客，体验时间到，感谢您光临‘秘境’。”系统里传来了画外音，眼前的一切瞬间消失。

第五章　火焰牌

走出博物馆，俊彦在门口台阶上站立了很久，回味着在秘境中的游历经过。那个“虚拟世界”的真实程度，令他极为震撼。

之前玩过的《氖星》剧本中，意识体就是生活在被称为“虹宇宙”的虚拟世界中。“虹宇宙”会不会就是类似秘境的东西？一起玩剧本杀的女孩，曾就“虹宇宙”谈过自己的看法——“所谓的虚拟，某种意义上可能就是现实。”想到这儿，俊彦不自觉点点头。僰人市场发生的一幕依然历历在目，感觉就像是刚刚经历过的“现实”。

集市上那个僰人跑向自己和小敏，说的话是什么意思？神情为什么那么慌张？俊彦隐隐约约感觉，有些地方不太符合逻辑，但具体是什么，他一时想不明白。

俊彦决定再探一次秘境。周日博物馆一开门，俊彦直奔多媒体展区而去……

秘境的世界再次在俊彦面前打开，一个姑娘走了出来，和俊彦握手，但这个姑娘并不是小敏。

“我想找小敏，再去一趟僰人集市。”俊彦说道。

“先生很抱歉，小敏现在正在服务其他游客。”

“小敏不是一个虚拟人吗？她难道不能同时服务很多人？我的意思是她不是一个程序吗，为什么不能并行运行？”俊彦不知该如何表述他的疑惑，干脆换了一个他熟悉的方式来问。按照他的理解，一个程序当然可以“服务”多个用户，就像他们公司的产品一样。

“我们虚拟人的身份由数字加密技术标识，在秘境中都是唯一的。”姑娘答道，语气有些冰冷，“秘境中的所有物品也都是这样的。”

俊彦还是有些不太理解，作为一个安全工程师，程序观念在他脑海中根深蒂固。“比如，秘境中的一罐酸菜吧，也是唯一的？”俊彦问道。

“那肯定啊，如果那罐酸菜被人买了，其他人就只能买别的东西。”姑娘稍微有些不耐烦。“就算是两罐看起来一样的酸菜，也都有不同的数字编码，更可能有不同的价值，不能相互替代。”

俊彦想了想，看来必须按照现实世界的法则来理解秘境。“我能等小敏有空了再找她陪我去吗？”

“对不起，秘境的虚拟导游目前是随机选派的。”

“那我是否能去上次去过的僰人集市？”俊彦选择了妥协。虽然小敏的导游服务给他留下了非常好的印象，但此行的主要目的并不是要看小敏。

“可以，不过不能保证此时的集市还是你之前见到的集市。”姑娘看了眼俊彦，接着说，“你可以选择虚拟导游陪同，也可以选择独自前往。一个人去的话需要配备一个语言包。”

“我选择配备语言包，谢谢你。”

俊彦的面前重新出现了僰人市场。俊彦看看天色，此时这里已经接近黄昏。

自己的脚下，没有了此前见过的陶罐，也没有任何其他东西。再看看身上的衣服，更是破破烂烂、脏兮兮的，打着很多补丁。“看来，我在这个世界里一无所有。”俊彦不由得苦笑。

这时，一个消瘦矮小的男子走到俊彦面前，手里拿着一把尺子样的东西，向上抬了一下，示意俊彦站直。俊彦挺起身子后，男子上下打量了一下俊彦。

“个头和腰杆还可以嘛，跟我走，晚饭管饱，还有钱可赚。”男子说道。

俊彦瞬间明白过来：他这次在秘境里的角色是一个打零工的。俊彦马上痛痛快快答应，只要有可能，他想在秘境体验更多不同的东西。

“你今天很幸运，知道要去给谁干活儿吗？”

俊彦没有吱声。

“是阿沐苏村长！他的夫人，是我们现在的族长阿大王的妹妹！”男子扬扬得意地说道，“村长的儿子阿沐渣，今天要举行成人礼。事情太多了，人手不够，临时把你找过来帮忙。你要聪明一点啊，绝对不能出差错。”

矮个子男子边说话边领他来到一个很大的院落旁。院落的风格看起来有些像彝族的建筑，门口立着一个影壁样的牌楼，过了牌楼以后，迎面看到一排长长的二层正房，两侧各有几间偏房，偏房边上留有甬道，通往侧院。

正院四个角落各有一面铜鼓，每个铜鼓的边上竖着一根埋入地下的坚实木桩，木桩顶部飘着红底白字的旗帜，上面印着一个大大的“阿”字，每个旗子下方都绑着硕大的牛头骨。在院子的正中央，则放置着一个设有香坛的巨大条型供案。

矮个子男子看起来像是管家，他进到院子里，开始催促院中的人加紧干活，然后领着俊彦来到院子中央的供案旁，在供案不远处，用手中的尺子在地上画了一个大大的圆圈。

“现在你去侧院砍柴，要大块一些，砍好搬来堆在这里。”管家吩咐道。

夜幕降临后，仪式开始了。俊彦架起来的高大柴堆被点燃，火光冲天。院子四周的铜鼓也响了起来，震耳欲聋。一群穿筒裙的姑娘步入正院，开始围着火堆欢快地跳舞，一边跳一边伴随着鼓点拍手。院子边上很多人围着观礼，俊彦也站到他们中间。

不一会，一个青年男子缓缓从正房走了出来，后面跟着两个彪形大汉。青年男子的发髻高高束起，顶部扎着彩绳。他走到院子中央的供案前，跳舞的姑娘们停止了舞动，散开形成一个半圆，铜鼓声也停下来，院子里顿时变得非常安静。青年男子上前一步，在供案上的香炉里点燃几炷香，弯腰祭拜以后，跪在了供案前。此时，身后的那两个大汉拿出一根长长细细的铜条，让青年男子用嘴咬住，然后各自用力攥住铜条的一端。随着两个大汉一声大喝，他们一起向前猛地一拉。顿时，青年男子的嘴角鲜血直流。

俊彦看得直冒冷汗，这是什么成人礼啊！

过了一会，一个年老的男子走到青年男子的身边，亲吻青年男子的额头后，俯身在地上捡起两颗牙齿交给青年男子。青年男子站起身来，举起牙齿，兴奋地向四周展示。人群随即爆发出一阵欢呼声！

看到这里，俊彦知道这个年老男子就是阿沐苏村长，青年男子就是他的儿子阿沐渣。僰人的成人礼真是很奇特，竟然要活生生拔下两颗门牙。

“从现在开始，你就是一个成人，一名部族的战士了！”阿沐苏边说边从腰间取下一块暗灰色金属牌，边缘的形状就像一团燃烧的火焰。

“这块火焰牌我今天传给你，从现在开始，你将是我们村寨新的首领！”阿沐苏说完郑重地把火焰牌绑在他儿子腰间。

人群再度欢呼起来，铜鼓声重新响起，跳舞的姑娘们也开始舞动身姿。

俊彦以为仪式到此就要结束了，未承想，紧接着出现了令他目瞪口呆的一幕：几个大汉抬着一名双手被绑的姑娘来到阿沐渣的面前，阿沐渣用手挑起姑娘的下巴看了看，眼睛露出异常兴奋的光芒，他一把撕开了她的上衣。姑娘的乳房完全暴露出来，她惊恐万分，绝望地挣扎着，大哭大叫。围观的人群阵阵骚动。

“这就是我梦中的女孩！”阿沐渣大喊一声，把姑娘扛上肩膀，走近围观的人群。他像是炫耀一般，扛着姑娘在人群前走来走去。姑娘的头发散了开来，从阿沐渣的肩部垂到他的腰部。过了会，姑娘从阿沐渣的肩上拼命地抬起头，也许是惊吓过度，她嘴巴张得大大的，却发不出任何声音。人群此时却更加兴奋，发出各种嘶吼。

这是赤裸裸的施暴啊！俊彦的拳头一下子攥得紧紧的，恨不得冲上去暴揍阿沐渣。不过，他马上意识到这一切都是虚拟的。尽管如此，他还是感到很恶心，头部一阵眩晕，他痛苦地闭上了眼睛……

稍过片刻，他睁开眼，暴力还在持续。阿沐渣甚至开始随着鼓点拍打姑娘的臀部，每拍打一下，人群就发疯一样尖叫。人群陷入癫狂之际，阿沐渣再次大声喊道："这就是我梦中的女孩！"说完，转身扛着姑娘向一个屋子走去。

俊彦再也忍不住，他往前猛地一冲。系统画外音突然响起："尊敬的游客，体验时间到，感谢您光临秘境。"

时间过得很快，转眼间，俊彦在贵州待了有一个月。这期间，他的生活并没有太多的变化。工作日依旧是每天加班。周末的时候，做的也是很多人认为无趣的事情，比如去图书馆、科技馆、地质博物馆、风俗博物馆等地参观，甚至还有一次跑去了计算机历史博物馆。

俊彦后来又去过一次省博物馆，但是并没能再次进入秘境。博物馆的工作人员告诉他，秘境系统由于一些问题，目前已经暂停。具体出了什么问题，工作人员也不知道。

电网系统恶意程序的事情仿佛也沉入了水底，自从上次被叫去那个欧式小楼问询以后，再没有人和俊彦谈及此事。在电力公司倒是碰到过李科长几次，李科长见了面也只是点点头。"也许调查后发现事情没那么严重。"俊彦有一次这样想，但是，这个说法连自己都无法说服。"更可能，事情没那么简单吧！"俊彦后来想。

好消息是，经过更大规模的整合测试后，俊彦的公司和贵州当地的公司在上周顺利地通过了电网的第二轮评审。给电网提供公有云服务的互联网巨头在这轮评审中被淘汰，其中一个理由是，电网不能把云基础设施及安全都押宝在同一家公司身上。结果出来以后，大帅长舒一口气，他之前认为最大的对手就是那家巨头。大帅兴高采烈地返回上海，去给公司高层汇报。“我一定给你请功。”他临走前对俊彦说。

这周周二的晚上，俊彦接到了少华的电话：“俊彦，你明天回上海吧，我们要准备一下年终总结，电网那边已经打好招呼了。”

回到上海后，俊彦做的第一件事就是打电话给宇翔。宇翔自从上次说不再管俊彦的事情后，这段时间一直没再联系。“他不可能真的为这点小事生气，一定是碰到什么事情了。”俊彦认为。在贵州时，俊彦就想给宇翔打个电话，但是想着还要为自己身在贵州这件事继续撒谎，就作罢了。

“俊彦，我不管你在做什么拯救全人类的事情，你如果还认我这个兄弟，晚上七点等我，我去找你。”电话那端的宇翔劈头盖脸就是一句，听得出来，宇翔的心情不是很好。俊彦很是担心，“好的，那就在我楼下的那家馄饨馆见吧，我们上次在那儿吃过。”俊彦答道。

公寓楼下的馄饨馆可以说就是俊彦的食堂，他常在这里吃早餐，有时加班回来晚，也会在馄饨馆吃个夜宵。馄饨馆内部很小，总共也就四五张简陋的四人位餐桌。除了卖小馄饨、大馄饨，也卖一些盖浇饭和自家卤的鸡腿、猪脚等。小店的生意并不是很好，俊彦晚上七点钟来到馄饨馆时，店里空无一人。“先点一碗大馄饨，我朋友到了他再点。”俊彦和老板说。

简易的收银台上放着台破旧的电视，正在播放新闻节目，俊彦边等边看新闻。“欧美电荒进一步加剧。英国的电价在过去的一个月，再度暴涨两倍，其他主要欧洲国家的电价也大部分翻倍。一些制造业企业受到严重影响，英国有三家钢铁制造企业在上个月被迫关停，挪威的两家化肥公司最近也宣布停产。分析师认为，随着极端高压、大面积干旱等极端天气的侵袭，欧美风力与水力发电量有可能进一步下降，此外，天然气、煤炭等能源价格持续上涨，欧美电荒短期内缓解的可能性不大。”看到这个新闻，俊彦心头一震，仿佛一下子明白了为什么在电网系统恶意程序的侦查中，会出现国安部门的人。

“我说你发呆有完没完啊!”

俊彦一扭头，发现宇翔不知什么时候已经坐在桌子对面。

宇翔整个人看起来有些疲惫：“老板，给我来一个青椒肉丝盖浇饭，切一盘鸡胗和猪蹄，再来两个杯子。”说完，宇翔从背包里取出一瓶白酒，“不要再和我说滴酒不沾，既然和姑娘能喝酒，今天必须也和我喝两杯。”

俊彦未置可否，看着宇翔，“你没事吧?”

“是没事，没大事!”宇翔给自己倒了半杯酒，一口干掉，“俊彦，我现在觉得你比我明智多了！你看，你就不找老婆，不给自己找麻烦。”

听了一会宇翔的牢骚和抱怨后，俊彦明白了宇翔的遭遇。今年是他们初中毕业二十周年，同学们要在春节的时候组织聚会。前段时间，英子突然给宇翔打了个电话，问他是否回家参加今年的聚会，当时宇翔在卫生间，电话是他老婆接听的。通过此事，宇翔以前的一些风流韵事被他老婆越挖越深，夫妻间处于冷战状态。几杯酒下肚，宇翔的话愈发多了起来。

“英子你还有印象吧，初三前和咱们一个班。莫名其妙，这么多年不联系，也不知道从哪里要到了我的电话。”宇翔给俊彦倒了半杯酒，接着说，“是的，我是欠她的……但这么久了，什么债也都一笔勾销了，谁没个青春期!”

宇翔给自己的酒杯满上，把酒瓶重重摁在桌子上。“你知道吗俊彦，当时她的镇长爸爸找到我，扇我的耳光。可难道是我一个人的错吗，她如果不是和我一样冲动，能怀上孩子？英子当时还想把孩子生下来，自己才多大，才是个初中生！疯了吧!”

听到这里，俊彦眼睛里突然窜出一团火苗。他攥着拳头，盯着宇翔看了良久，然后，端起面前的半杯酒，一饮而尽。

两个人喝瘫在了座位上，馄饨铺打烊时，老板才把他们晃醒。宇翔扶着俊彦颤悠悠地走出馄饨铺，走了几步后，又歪倒在公寓的墙边。

“俊彦啊，你说……说看，我们出生，长大，结……他妈……的婚，再老去，死去。我们这一辈子，是他妈的为了啥?”宇翔头抵着墙，迎着上海冬日夜晚的冷风，口齿不清地喃喃自语。

地上的俊彦翻了个身，“仪……式，需要些……仪式，跳……舞，悬……棺……”与其说是回答，他更像是在说梦话。

第六章　虹的空间

刚回到上海的几天，俊彦在公司做得最多的事情就是参加各种会议，包括各种年终总结、项目评审以及明年计划的讨论，俊彦基本和以前一样，都是坐在会议室的一个角落，边听边写程序。在明年整体计划出来之前，产品并没有新的版本需要迭代，技术的同事大都已经停止写代码，忙于写各种报告，从而获得好的项目评分和年终奖。不过俊彦依然还是能找到很多事情做，比如规整测试脚本等等。

公司里一些人传言说，少华马上就要升任总监。少华也确实看起来春风满面。“俊彦，咱们这次针对贵州客户系统兼容性问题的解决，对于我们产品后面的迭代是一个宝贵经验，你一定要好好梳理总结一下给到我。”少华找俊彦说了好几次，向他传递的都是差不多的意思。对于少华来讲，这块是他们技术小组的一大工作亮点，更是他升迁的重要业绩之一。

周六早上俊彦醒了后，就在头疼这件事。自己前面在贵州解决的根本不是什么系统兼容性问题啊，但又不能明讲。编故事呢，又是俊彦最抵触的事情。

他突然想起来，十点钟还有个约会。

和宇翔一起醉酒后的第二天，宇翔打电话给他，说已经安排好他和文婷的表姐见面，当时俊彦一听就拒绝了。“虽然婚姻不一定甜蜜，但是一直单下去更苦。”这是宇翔给俊彦的见面理由，“周六上午十点，‘虹的空间’书店！”

俊彦当时听到后半句，就不再拒绝。一方面那个书店他听说过，是他一直想去的地方；另一方面，周六上午十点钟见面，这意味着她要八九点钟起床，这让他一下子产生好奇——周末的这个时间，很多姑娘应该还赖在床上睡觉吧，这是个什么样的姑娘呢？

“虹的空间”书店在一个商场的顶楼，就像安装有一个屏蔽网，进入书店后，外面商场的喧嚣马上消失。映入眼前的是一个椭圆形的大厅。四周墙壁上铺满了木制的书架，将整个空间环绕起来。书架上镶嵌着非常多的灯带，显得明媚又温馨。

抬头一看，大厅的穹顶仿佛是一个浩瀚的星空。远处，像杂志上射电望远镜拍摄的遥远星系，透着蓝紫色的神秘光芒；近处，则是繁星点点，闪闪烁烁，时不时还有流星划过。穹顶的一角，更是连接了一个圆形开放型书架作为上层的空间，通过镂空的旋梯和下面的空间相连，像是星空下映出的琼楼玉宇。俊彦不由得赞叹书店的设计。

主体空间内，一排排不高不矮的立式书架，把空间隔成了一块块曲径通幽的安静区域，书架旁散落着一些矮凳、软垫等供人坐着阅读。俊彦找了一个安静的角落，掏出手机看了看，宇翔说姑娘会电话联系他。俊彦把手机调成震动状态，随手从旁边书架上抽出一本书，坐在藤垫上翻看起来。

“俊彦!”一个非常小的声音从上方传来。

俊彦抬头一看，竟然是上次一起玩剧本杀的那个女孩。“瑞秋!”俊彦有些吃惊地喊道，他觉察到自己声音有些大，压低声音，“这么巧啊，来买书吗?”

瑞秋细声说道：“我就是文婷的表姐啊。”

俊彦顿时张大了嘴巴，满脸的困惑。看到俊彦的表情，瑞秋微微一笑，拿出手机低声道：“我们用手机聊吧，别吵到别人。”

俊彦记起以前和瑞秋曾经加过好友，于是也拿出手机，并示意瑞秋坐下。

瑞秋脱掉米色短大衣，找了一个软垫坐在俊彦边上，把眼镜也摘了下来，和大衣一起叠放在自己的腿上。她看了看俊彦，然后指了指自己的手机，开始低头打字。

“看来你有很多的疑惑。那么，就像我们上次玩儿剧本杀一样，你先来提问，我来回答～”瑞秋把消息发出去以后，指指俊彦的手机。

俊彦确实有很多的问题!他先发出了第一个问题：“你怎么知道我前段时间出差?”

瑞秋仿佛琢磨透了俊彦的心思，发消息给俊彦说：“我大概能猜到你第二个问题，你说出来我一起回答～”

“你怎么知道我认识文婷，为什么要通过宇翔找到我?”这是俊彦提出的第二个问题，确切地说是两个问题。

瑞秋看到俊彦的消息后用手抵住自己的嘴唇，强忍笑意，开始打字：

“说来话长。我从美国回来后，暂住在文婷那里。有一天我和文婷聊起一个话题，就是程序员。在美国，程序员是一个非常受人尊敬的职业；但是在国内，尤其是女性群体里面，对这个职业好像有些偏见一样～”

瑞秋把上面一段先发了出去，看看俊彦，低头继续打字：

“文婷给我讲了她和一个程序员相亲的经历，对那个程序员约她在一个破旧的古镇见面颇有微词，还很夸张地向我描述了那个古镇破旧的样子。不过呢，那个古镇激起了我的兴趣，相比很多商业气息过重的古镇，我倒觉得原始的才是最美的。后来，我去古镇上逛了几次，还在那体验了剧本杀～”

俊彦收到这段消息后眉头一皱，瑞秋并没有察觉，撩了下耳边的短发，又开始打字：

“你出差那天早上，文婷也正好在机场，她看见了你，还拍下了你的照片给我看，说这就是上次带她去古镇的那个程序员。我才发现我们竟然一起打过剧本杀，于是那天晚上我就加了你好友。通过这种方式和你再次见面，主要觉得好玩吧。”

瑞秋把这段文字发给俊彦，长出一口气。

俊彦读过后，仰起头，视线移到书店的“星空”穹顶。过了一会，他低头看向瑞秋，神情有些严肃。他没再打字，而是小声说：“《氖星》那个剧本是你写的吧？那可能不是一个完整的剧本，我猜后面几页都是白纸……”

这次轮到瑞秋大吃一惊，她愣了好一会，低声说道：“我们去外面走走吧。”

瑞秋和俊彦走出商场，沿着步行道，顺着大路慢慢走了一会，拐入一条小路。连续几天阴冷之后，今天上海的天气格外好，阳光明媚，气温回暖了很多。小路两边都是梧桐树，阳光照射在梧桐枝干特有的斑驳纹路上，像是一幅水粉画。梧桐树冠虽然大体光秃秃，但零星剩下的几片叶子上，竟然还有一丝绿意。

小路上车辆很少，行人也不多，俊彦侧头看了看走在身旁的瑞秋。她瘦瘦的，个头刚到俊彦的肩部。米色短大衣、小脚牛仔裤和白色运动鞋，虽然穿得很简单，但显得利落大方。

此时，瑞秋也侧过头来，看向俊彦，脸上掠过一丝忧伤。“俊彦，我是一个孤儿。”

俊彦停了一下脚步，看着瑞秋，轻轻点了几下头，仿佛在鼓励她继续说下去。

快到下个路口的时候，俊彦大致了解了瑞秋的情况：从记事开始，她就生活在上海的一个儿童福利院；在她七八岁的时候，文婷的姨妈和她美国的丈夫一起来到儿童福利院，将她领养；之后，瑞秋就跟随养父母去了美国生活。

俊彦一时不知该怎样安慰她。“他们对你还好吗？”路口等红绿灯时，俊彦问。

“他们对我很好。”

走过路口以后，瑞秋继续说：“我被大学录取的那一天，养母拿出一个锈迹斑斑的铜锁，说是我从小佩戴的随身物，可能和我的身世有关。铜锁上面刻着一个图案，就是那个棋局。从此，那个图案成为萦绕我脑际的谜团。”

“福利院应该会有一些其他线索吧？”

“我上大学，包括后来读博期间，曾多次来上海，每次基本都要去趟福利院，但也没找到什么线索。”

“所以，你在古镇玩剧本杀以后突发奇想，模拟了个剧本交给晶晶，寄希望有推理高手能给出有价值的信息？”

“推理高手本就不多，同时又懂棋局的人更是可遇不可求。

到目前为止，你是对那个图案解读最深的人。”

经过一个法式风格的老洋房时，瑞秋停下脚步上前欣赏。门牌下方的一块大理石板上，刻有这幢建筑的介绍。瑞秋从随身的小包里取出眼镜戴上，凑近阅读。俊彦扫了一眼介绍：这是一个革命先辈的故居，民国的时候曾潜伏在国民党机关，立下了很多功劳。

瑞秋看了一会，转过身来，冲俊彦招招手说：“我们一起去找点东西吃吧。”俊彦这才意识到，此刻已是晌午。

“要不要找一家西餐？”找吃饭的地方对俊彦本来就是个挑战，更不用说和女孩一起。瑞秋长期生活在美国，俊彦下意识便想着找一家西餐馆。

“哈哈，我想吃上海本帮面。”瑞秋用手指向斜对面不远处，“你看，那里就有一家！”

面馆老板非常热情：“美女请进！你们一起的吗？二楼还有位子。”

二楼层高很矮，看起来像是自己隔出来的，俊彦要弯着点腰才能不碰到屋顶。临窗的一张小桌正好有对情侣吃完拉手离开，老板上前收拾了一下，俊彦和瑞秋坐了下来。

窗外有棵很漂亮的梧桐，伸展的枝尖快要贴近窗边。“梧桐枝繁叶茂的季节里，这里的风景一定不错。”瑞秋说。

老板此时正递菜单过来，搭话道：“小姑娘，侬（你）算是港（讲）对了，这是我们祖上传下来的老房子。我的床以前就在你们坐的格（这个）地方。每天早上起来，我都会趴着窗户往外头看。春天的辰光（时候），树上会长出很多嫩芽，嫩黄嫩黄的；夏天，叶子变得深绿，密密麻麻的，都快要把一半窗户挡住；最美是秋天了，叶子变成深黄色，窗前一片金灿灿。上小学时，我写过篇梧桐树的作文，到讲台上朗读了呢。”老板的眼睛里闪着光芒。

“老板，我要一碗辣三丁面。”瑞秋冲老板笑笑，把菜单递给俊彦。“我也一样。”俊彦把菜单还给老板。

“小情侣真好啊，口味都一样。”老板接过菜单，边说边转身走开。

俊彦顿感尴尬，侧头看向窗外，“这个老板还挺有文采的。那个氖星世界，你是怎么想到的？”与其说是提问，倒不如说是随便找些话题化解尴尬。“来源于一个梦，”瑞秋觉察出俊彦的尴尬，“你信吗？”

瑞秋像是在故意逗自己，俊彦的脸开始有些发烫，他实在是不太善于和女孩聊天。

瑞秋把眼镜摘下，放入随身包中，继续说道：“大学期间，我学的是物理专业，后来读博，研究课题是一种氖的同位素，一种具有神奇能力的氖同位素。”

氖气是一种惰性稀有气体，放电时会呈现颜色，所以常被用于霓虹灯中，这些俊彦在高中物理学过。

“这种氖同位素的神奇能力，是可以复制灵魂吗？”俊彦终于找到一个可以开玩笑的梗——他记得瑞秋写的剧本里提过，意识体依赖于氖能进行克隆什么的。

“正是，可以复制意识体！”瑞秋哈哈一笑，往后一仰，靠在椅背上。

“你不会是氖星来的意识体吧？”看到瑞秋开心的样子，俊彦放松了下来，继续开玩笑道。

“假如我是呢？”瑞秋歪歪头，意味深长地看向俊彦。

俊彦不知该如何回答，刚才开的玩笑已经是他幽默感的极限了。

老板这时把面端了过来。“快趁热吃吧。”俊彦边说边递了双筷子给瑞秋。

从面馆出来后，两人继续在路上散步，也不知走过多少路口。瑞秋和他聊了一些在美国读书时的趣事，俊彦则向瑞秋讲了几件他小时候的事情，讲了讲在上海的生活，甚至还讲了些他之前相亲的囧事，引得瑞秋大笑。

这些年里，俊彦还没有在一天里走过这么多路，更没有在一天里讲过这么多话。在上海，俊彦的朋友很少，可以说只有宇翔。但是，俊彦心底其实对宇翔很多做事的方式并不是很认同，和他在一起的时候，更多是听宇翔讲这讲那，很少对他吐露心迹。瑞秋则不同，她给人一种很安宁的感觉，就像一湾深蓝的湖泊，让人不自觉地打开心扉；此外，瑞秋的遭遇，某种程度上，也唤起了他的同情心。认识时间虽然很短，俊彦已经把她当成了一个朋友。

下午两点半左右，瑞秋向俊彦告别，说一会还要和表妹文婷去一个地方。“最后，你还可以问我一个问题。”瑞秋有些俏皮地看着俊彦说。

俊彦挠挠头，然后像突然想起什么重要的事情一样，问道：“对了，你写的那个剧本中，如果说‘氖星’的名字源于你博士课题的话，‘虹宇宙’这个名字是源于哪里呢?”

“就只是这个问题吗?”俊彦点点头。

“来源于虹的空间。”瑞秋笑着答道。

这时，路边有辆警车响着刺耳的警铃呼啸而过。

瑞秋停顿了一会，等警车声音远去后，接着说，“现在，轮到我来问你最后一个问题了。”

俊彦神情严肃起来，他大概知道瑞秋要问什么。

“那个七星棋局，你有进一步的发现吗?”

“我想和方位有关。”俊彦想继续说一些什么，但欲言又止。

在棋局的谜底上面，俊彦沿着他的推演路径走了一段距离后，被一堵横亘的墙挡住了。今天瑞秋所说的一些事情仿佛帮他在这堵墙上凿开了一个洞。不过，他依然看不清墙后是什么。

“但还不确定。”

瑞秋笑了笑，没有再多问，伸手拦了一辆出租车，冲俊彦挥挥手，乘车离去。

第七章　魔鬼与天使

“俊彦，知道为什么找你吗?”翁警官身穿警服，看着俊彦问道。

俊彦满脸疑惑，早上他接到翁警官的电话，让他来上海浦东的这个派出所。他的疑惑有几点：首先是翁警官为何从贵州来到上海，再就是电网恶意程序的事调查到什么程度，最后就是翁警官问的那个问题——这个时候找他是何事。

想必还是电网恶意程序有关的一些事情吧，俊彦想，不过他还是对翁警官摇摇头。“有一起强奸案，你是目击者之一。”

强奸案?目击者!俊彦有些发蒙，不知道翁警官在讲些什么。

“前段时间，一位游客在游玩秘境时，被一个虚拟人强奸!这位游客还只是一名大二学生。虽然说是在虚拟世界中发生，但受害人在精神上受到极大的创伤，直接导致了精神失常。父母不得不帮她办了休学。”

俊彦恍然大悟，他想起了在秘境中经历的那一幕：在僰人村寨首领阿沐苏家中，在他的儿子阿沐渣的成人仪式上，阿沐渣对一个女孩进行的污辱。但是，当时他认为那个女孩是个虚拟人，他认为那一切都是虚拟的。

“开发秘境系统的公司，是上海的一家明星企业。公司辩解说，秘境的道德体系并不是那样设置和运行的。他们认为有恶意程序入侵了系统，篡改了虚拟人的人设以及秘境的道德体系，所以才导致事件的发生。”

翁警官顿了顿，等俊彦消化一下他说的话。

“虚拟世界也绝不是法外之地！”翁警官继续说道，“这次找你，一方面是例行对该事件目击者的调查，另一方面是希望你能协助我们做一些技术侦查。你上次对电网系统恶意程序的处理，让我印象非常深刻。我在网络安全领域办案这么多年，能让我佩服的人并不多。”

俊彦此刻依然沉浸在秘境经历的回忆中，他的耳边回荡着那个少女被侵犯时绝望的求救声。“我为什么不上前制止？”俊彦在心中问自己。成为一名犯罪案件的旁观者，成为一名坐视不理、充耳不闻的旁观者，这让俊彦懊悔不已。他拳头又攥了起来，不过这次想揍的人是自己！

“我们先聊一下事情的经过？”翁警官向俊彦确认。

“好的。”俊彦回过神来。

问询完成以后，翁警官从桌子上拿起一份“资深网络安全工程师”的招聘信息给到俊彦。

“此次事件后，秘境公司开始大力招聘网络安全工程师。如果可以，我希望你能过去应聘，在内部配合我们警方进行调查。”

“我不懂你什么意思！”俊彦完全没想到翁警官说的协助侦

查是指的这个，他扫了眼那份招聘信息，放回桌子上，“我有我自己的工作，况且我也只是个工程师。”

“俊彦，你不需要辞掉现在的工作，应聘时的尽职调查和退工单等，我们可以帮你搞定。我们每个人都有责任来……”

俊彦打断翁警官的话，“道理我明白，但是这不太可能，我做不了这个，你们还是找其他人吧！”

“你考虑下，我们真的很需要你的协助。”翁警官朝俊彦点了点头，把那份招聘信息重新塞到俊彦手里。

从派出所回到公司。办公室的气氛非常热烈，很多人围住少华在叫嚷一些什么。俊彦打开电脑，收到了一封有关人事变动的群发邮件：公司新成立了企业安全事业部，少华升任该事业部的技术总监。很多市场和销售的同事来办公室向少华祝贺，要少华请客。

俊彦呆呆地盯着电脑屏幕，脑海中仍然回想着在派出所时翁警官说的话，“……有起强奸案，你是目击者。”办公室众人的嚷嚷声环绕在耳边，就像是秘境中少女被侵犯时，围观人群兴奋的嘶吼声。“我也只是一名围观者，一名‘兴奋’的围观者。”想到这里，俊彦用力锤了下办公桌。

“俊彦，你没事吧?”大帅走过来，拍拍俊彦的肩膀，“你脸色看起来不太好。也确实，这个总监的位置本来应该是你的，换谁心里都会不好受，都会有情绪。你也别多想，后面还有很多机会。”大帅压低声音说道。

“不是这样的，我没事。”俊彦站起来指指门口，“我出去转转。”大帅“很理解”地点点头，再次拍了拍俊彦的肩膀。

走到公司楼下后，俊彦给瑞秋打了一个语音电话，此刻他特别想找个人说说话，第一时间想起来的人居然是瑞秋。自从上周末和她在“虹的空间”见面，一起吃饭和散步以后，还没有再联系过。俊彦心中很乱，他需要安静下来。而上次与瑞秋相处，留给他的印象恰恰是一种心灵的宁静，也许这正是他此刻想起瑞秋的原因。

“今天不忙吗?”网络那端传来了瑞秋的声音，伴有汽车的嘈杂声，听起来像是在车上。

“还好，你在忙什么?”

“我正要去一趟儿童福利院。”

俊彦停顿了一下，对瑞秋说：“需要我一起过去看看吗?”
“那当然好啊，不过你不上班?”

“可以不上的!”俊彦答道。

上楼回到公司后，办公室内已经安静下来，俊彦找到了少华。“少华，我还要再出去一趟，处理一些事情。”

少华有些吃惊地看着俊彦，在他担任技术小组组长这几年里，俊彦还从来没有请过一次假。而这次，俊彦上午请假后刚回办公室，又要请假出去……

“好的!”少华仿佛意识到了什么，“有事的话，就快去忙吧。”

俊彦乘出租车到达儿童福利院时，瑞秋正站在门口等他，身边停着一辆白色的电动轿车。

看到俊彦，瑞秋热情地挥手，“没想到你这个程序员上班这么自由啊。”

“我只是个看热闹的，在哪里上班都一样。”见到瑞秋，俊彦的心情平静了很多，自嘲般开起了玩笑。

“真是让人羡慕啊!”瑞秋掩嘴笑了起来。

和门卫打完招呼，瑞秋示意俊彦上车。福利院的大门慢慢打开，瑞秋开车驶了进去。

这座儿童福利院建在佘山附近，占地面积不小，院子里有大块的草坪，还种植了很多桂花树。不过里面的建筑并不多，只有三座低矮的楼房，最高的楼也就四五层。

“文婷去上班了，我就开她的车过来。”瑞秋微微侧头，对坐在副驾驶的俊彦说道，“时不时过来看看孩子们，对自己来说，也算是一种心理安慰吧。”

说话间，瑞秋在一座三层小楼前停下来，“我小时候就住在这里的一楼。”瑞秋指指这座小楼。小楼和草坪之间，有大片红砖铺就的空地。靠近草坪处，有些白线画出来的停车位，稀稀落落地停着几部车。瑞秋把车停好后，对俊彦说：“我给孩子们带了些礼物，在后备厢。”

俊彦打开后备厢，发现整个后备厢几乎被零食、玩具、衣服等塞满。这时，楼里面走出一位阿姨，穿着工作服，约莫五十岁。瑞秋迎上前去给了她一个拥抱，拉着阿姨的手闲聊了几句，就和阿姨一起过来帮着俊彦从后备厢拿东西。

三人拎着大包小包进入小楼，来到二楼一间教室门前，里面有二三十个孩子在做一些游戏，几个老师正在引导孩子们做一些动作。看到瑞秋后，有两个女老师到门口迎接，帮着把礼物拿到教室里面，瑞秋也跟着她们一起走了进去。阿姨和俊彦则在教室外面等着。

老师们先把礼物堆放在墙边，然后邀请瑞秋一起和孩子们做游戏。瑞秋很开心地加入，拉着孩子们的手，和孩子们蹦蹦跳跳的。俊彦透过教室门上的玻璃窗看到这一幕，觉得心头一热。

不过，他马上注意到了孩子们的异样：有的孩子一瘸一拐的；有的低垂的衣袖下空空如也；更有几个孩子的脑袋非常大，目光呆滞；还有一个一边做游戏，一边用手使劲揪自己的头发，抓自己的脸。

“这些孩子多多少少都有残疾。”正在俊彦纳闷的时候，旁边的阿姨说道，“有些孩子是身体方面的缺陷，也有些孩子患有脑瘫和精神疾病。这么一点大的孩子，确实是很可怜。”

“能看到玲子完全康复，真的是高兴。她小时候，也挺严重的。”阿姨抹了抹眼角，感叹道。

俊彦一怔，“玲子是谁?”不过他马上意识到阿姨说的是瑞秋，玲子应该是她在福利院时的小名。

“玲子是在福利院门口被发现的，当时大概两岁多。把她抱回福利院后，我们就纳闷怎么有父母忍心把这么健康的一个宝宝给抛弃。她长得又漂亮，又乖巧。不过很快，就发现了问题——她经常一个人对着墙壁，一边说话，一边做出一些奇怪的身体动作。那些话没人能听懂，开始大家认为可能是一种方言，不过她精神状态好的时候说的又是普通话。后来，医生诊断的结果是她患有严重的儿童精神分裂症。”

听阿姨说到这里，俊彦感觉头嗡的一下，就像有人在脑后给了自己重重一击。任凭怎样，他都无法把眼前的瑞秋和一个患有精神分裂的小女孩联系起来。

“玲子长大后第一次回到福利院时，我见到她，完全不敢相信。她小时候发起病来，简直就是一个小魔鬼，你看她现在变成了一个天使。上帝保佑。”阿姨说完，双手在胸前画了个十字。

俊彦再度隔着窗户望向教室内：孩子们在老师的引导下排

成了一个长队，瑞秋正在挨个给小朋友们发礼物，她脸上散发着天使一样的微笑。

“恶魔！走开！快走开！”

病房里，一个女孩在歇斯底里地吼叫，夹杂着一阵噼里啪啦的声音，像是什么东西摔在了地上。翁警官停下脚步，回头看了一眼身后的俊彦，示意他先在病房门口的长椅上坐下来。

病房里传出另外一个女性的哭泣声，“你快出去，出去！”

过了片刻，病房的门打开，一个中年男子走了出来，面容憔悴，头发杂乱地蓬松着，手里拎着一个塑料袋，里面堆着破损的餐盒、碎掉的水煎包。

“周先生。”翁警官立起身来，向中年男子打招呼。

“警官你来了。”看到翁警官后，男子把手里的袋子放在墙边，伸出手来像是要和翁警官握手，不过手伸了一半又缩了回去，有些不知所措地在裤兜处抹了几下。

“状态还是很不稳定，也不怎么吃东西。”男子长叹一声，“墨兰以前最爱吃水煎包了。”

翁警官转身指了一下旁边的俊彦。“周先生，这位是电话里和你提过的那位工程师，俊彦。”

“俊彦你好，我是墨兰的爸爸，真是麻烦你了。”男子有些僵硬地冲俊彦笑了笑。

“你好。”俊彦打完招呼后看了翁警官一眼。麻烦自己？麻烦自己什么呢？不知道翁警官对男子说了什么。今天晚上，翁警官带自己来这家精神诊所，说是看望一下那位在秘境遭受性侵的女孩。翁警官的用意俊彦很清楚，但协助查案这种事，他总不至于对外讲吧。

病房的门再度打开，一个女医生走了出来。“墨兰爸爸，你跟我去趟办公室，有个东西需要你签字。”

“女孩叫墨兰？上海人？”男子跟着女医生走开后，俊彦问翁警官。

翁警官点点头：“家是南京的。这家诊所是根据秘境公司要求，由第三方指定的，进行鉴定和诊疗。所以，他们才来了上海。说是什么上海最好的精神诊所，妈的，南京难道就没有好的精神诊所？我看就是存心为难人。人也好，公司也好，有钱了就膨胀，以为能够摆平一切！”

翁警官骂了几句，重又坐回病房门前的长椅上。“看今天的情况，不一定能看到墨兰。”

俊彦没有搭话，挨着翁警官坐下。他四下看了看，斜对面一个病房门上，金属皮在走廊灯光的照射下亮闪闪的，好像在炫耀这家诊所的与众不同。

沉默，并没有因为墨兰爸爸回来打破。他默默地坐到长椅靠近俊彦的一侧，弯下腰，低着头，双手一点点搓着自己的头发。

病房里又断断续续传来哭泣声，声音不大，但是穿透力却很强。“是我爱人。”墨兰爸爸轻声说道，像是在自言自语，“她喜欢兰花，在家里养了很多兰花。刚怀上孩子的时候，她就想好了，说如果生个女儿就叫墨兰，寓意乐观坚强。”墨兰爸爸直起身来，抬头看了会走廊顶部的灯光，继续说道，“墨兰一天天长大，她的性格真的就像她的名字一样，既活泼又坚强，身边的每个人都喜欢她。她还很善良，热心公益，助学偏远山区的学生什么的。”墨兰爸爸叹了口气，“出事的时候，她刚从贵州支教回来，和我们打电话说，在贵阳待一天，再回学校。”墨兰爸爸有些哽咽，他停顿下来，用手擦了擦眼角。过了会，他缓缓地拿出手机，打开一段视频。“这是她出事前几天发给我们的。”他边说边递给旁边的俊彦，手有些颤抖。

画面中，十几个小学生戴着红领巾站成两排，在开心地歌唱。一个较高的女孩站在后排的中央，应该就是墨兰，她的脸上洋溢着微笑。俊彦看了，心猛地震颤了一下：这样的微笑，他认识，那是天使般的微笑。

博物馆那口悬棺边上的围栏已被拆除。一大群游客围在棺木周围，里三层外三层，在观望着什么。俊彦很是好奇，身体裹挟在人群里往前挤。好不容易，他的手触碰到了棺木，他拼命地扳着棺木口，以免被人群重新挤开。终于，他站到了棺木边上。他定了定神，满怀期待地朝棺木里面望去。

是自己！棺木里躺着的竟然是自己！俊彦一阵惊慌，他弯下腰伸出手，想贴近棺木里那个“自己”的鼻前，试试还有没有呼吸。就在此时，身后人群的推搡就像一股洪流一样，一下子让他从棺木边上跌落，坠进棺木里。就在一刹那，棺木的盖子也随之盖了起来。

一片黑暗。俊彦四下摸索着，试图摸到另一个“自己”。但是，除了冷冰冰的棺木壁以外，却什么都没有。不对！还有蜘蛛网！棺木里的蜘蛛网越来越多，甚至试图从他的口中、鼻中伸入，像是要攻占他的肉体，侵入他的灵魂！俊彦的呼吸越来越困难……

俊彦靠在床背上，大口喘着粗气。

小时候，俊彦瞒着父母和一个小伙伴去河里游泳。他水性不好，就在岸边扑腾着玩，河水大概到肚脐。可是脚下一滑，跌入一个深坑，河水一下子没过他的头顶。他双脚拼命挣扎，但所及之处都是缠绕的水草。这个经历是他很多噩梦的根源。

过了良久，俊彦按亮房间的灯，走到书桌旁，打开抽屉，翻出了秘境公司的那份招聘信息。

第八章　花瓶

俊彦投递简历后第二天早上，就接到了秘境公司 HR 的电话，安排他当日下午前往公司面试。“这个岗位我们急招，如果你能顺利通过前两轮面试，下午正好技术副总裁也在，可以直接终面，一个下午就可以结束。”

这天下午，俊彦按照 HR 给的地址，来到了秘境公司。公司很好找，远远地，俊彦就看到了那座像体育馆一样的圆形建筑，就和在秘境系统刚启动时看到的一样。

“原来这座建筑真的存在啊，好宏伟漂亮。”俊彦不由得感叹。

进门在前台登记以后，俊彦被告知在 E 区大厅等候。整个建筑在内部被分成了若干彼此连接的区域，俊彦在前台工作人员的带领下顺着一楼的一个步道前往 E 区。步道四周被显示屏包裹起来，闪耀着各种光影，走在里面，就像在一个时空隧道内穿梭……

最近，俊彦身边发生了很多事情。如果生活就是自己和自己的对弈，俊彦的“双方”已经开始“变着”，不再按照和棋谱往下走。棋局将走向何方，是输是赢，俊彦没有把握。但无论如何，过程都不会像之前一样波澜不惊，不是吗？有了瑞秋这样的朋友，参与到网络安全案的侦破中，甚至辞职，这对以前的俊彦来讲，都是不可想象的。

提出辞职的时候，少华好像预料到一样，只是简单地哦了一声。不过公司主管技术的王总和HR总监后来分别找他进行了长谈。尤其是王总，坚持要俊彦留下来，“从六年前公司成立起，你就跟着我干。这次的事，我理解你的心情。累了就好好休息一下，哪怕休个长假，但不要撂挑子。”

穿梭在“时空隧道”中，很快就到了E区。HR助理在大厅迎接，带俊彦乘坐大厅一侧的电梯前往七楼的一个会议室。前两轮面试就在这个会议室进行。

第一轮技术面试对俊彦来说一点难度也没有，面试官本身对网络安全的理解程度并没有俊彦高，这点俊彦从他们提出的问题就能判断。第二轮技术面试俊彦遇到一些挑战，挑战源于他与面试官对“安全”概念的不同理解。俊彦用了很长时间，向面试官解释为什么他认为“安全不是一种防御”，俊彦给出了很多实例，颇具说服力。

第二轮技术面试结束后，有个简短的HR谈话环节，面谈的正是昨天和他通电话的HR。HR简单问了下俊彦未来个人的发展目标以及薪资期望，然后让他在会议室休息等待。

过了大概一刻钟，HR回到会议室：“我们的技术副总裁李总正好刚开完会，我们到他办公室聊一下。”

HR通过人脸识别刷开一道通往工作区域的大门，带着俊彦沿着一个过道前往李总办公室。过道两旁都是工位，俊彦边走边看，很多工位上有高高架起的非常昂贵的大型显示屏，上面铺着满满的代码，技术氛围满满。“这家公司的工作环境绝对属于一流。”俊彦暗自赞叹道。

进入办公室，李总正在打电话，他向俊彦点点头，示意俊彦在他办公桌对面的沙发坐下。俊彦抬头望了一眼窗外，不远处就是黄浦江和滨江公园。在这种黄金地段拥有自己的独立办公楼群，这家公司的实力可见一斑。

李总打完电话后上前和俊彦握手，坐在侧面的一张椅子上，和俊彦聊了起来。他先是问了问俊彦的老家，得知是湖南以后，就和俊彦聊起了湖南的各种风土人情。聊了会，他调转话题，开始问俊彦对秘境公司了解有多少，俊彦回答说不是很多。

“秘境公司成立于四年前，由来自硅谷的吴凯博士创立，愿景是构建一个虚拟和现实融为一体的全新世界，从而大大拓展人类的生存空间。”李总停顿了下，看着俊彦。俊彦向李总点点头。李总继续谈道：“从成立开始，秘境公司就获得了全球顶级资本的支持，一路飞速发展。就在上个月，秘境公司刚刚被评为了全球增长最快的独角兽。虽然公司还未上市，但估值已经接近某互联网巨头了。”

介绍完公司后，李总接着向俊彦介绍了秘境系统以及技术部门的情况。俊彦应聘的部门属于“平台技术部”，和另外两个部门“人工智能技术部”以及“硬件技术部”并列。

“秘境系统可以为你提供一个很好的实战环境，在这里，你的技术大有用武之地啊。”说完，李总站起身，与俊彦握手，然后朝一直静静坐在旁边的 HR 示意，这场面试到此结束。与其说是面试，不如说是一个邀请俊彦加入的宣讲会。看来在这个岗位上，他们确实求贤若渴。

从秘境公司出来后，俊彦坐地铁回家，刚下地铁，他就收到了秘境公司的 offer 邮件。单单从这次面试来看，算得上是一次愉快的经历。但是隐隐约约，俊彦又感觉哪里不太正常！

“比较严重的 PTSD，也就是创伤后应激障碍，时不时会陷入极度的恐惧和焦虑中。更多了解遭受侵害时的状况，才能更好地制订治疗方案。”

“徐医生，我不是很明白，警察那边掌握的是不是会更全面一些？”俊彦盯着手里的名片。

“我们和警察的关注点不一样！”徐医生把“不一样”几个字说得很重，“细节对我们最重要，所以我们需要第一手的信息。当然，墨兰如果能够亲口讲是最好的，但她目前的情况又不太允许。”

距离入职秘境公司还有几天时间，俊彦今天原本打算去趟“虹的空间”书店，买些心理学和精神疾病方面的书籍。去书店的路上，接到了墨兰爸爸的电话：“警官给我的号码，他把情况都和你说了吧。今天医生有时间，你方便来趟诊所吗？真是麻烦你了。”翁警官并没有和俊彦讲过什么。和墨兰爸爸通完电话后，俊彦发信息问翁警官是怎么回事。翁警官回复道：“和墨兰治疗相关，我也不是很懂，只是觉得你比较合适，也肯定会同意，你了解下吧。”这是什么逻辑啊，俊彦边想边摇了摇头。

“如果没问题的话，先签一份协议吧。”徐医生递给俊彦一页打印的纸张，“谈话过程会录音，所以要填一下这个知情协议。当然，你如果介意也可以不录音，但是不利于后续的分析和追踪。”

俊彦收起徐医生的名片，在协议上签了字。

之前在派出所做过笔录，俊彦差不多按照当时笔录的内容向徐医生叙述起来。当他讲到在秘境系统中，阿沐渣把“墨兰”扛在肩上，在人群前炫耀时，徐医生打断了他：“能否讲得更细一点，比如墨兰的姿态，以及反应等。只有通过细节，我们才能理解她心理状态的变化过程，才能制定更有针对性的‘故事’。”正当俊彦试图进一步描述时，一个护士突然出现在医生办公室门口，“徐医生，三号房客和六号房客在交流室吵起来了!”徐医生闻言快速走了出去。

过了大概十分钟，徐医生重新返回办公室：“实际上，我们诊所没有住院病人的概念，我们都叫‘房客’。一方面，所谓的病房主要用来评估治疗方案，入住时间都很短，不像大的医院；另一方面，我们希望更人性化一些。”

这家诊所确实有其独到之处，俊彦想，他对徐医生笑了笑:“那我就接着说?”

俊彦叙述完以后，徐医生问了些和俊彦相关的问题，诸如俊彦为什么要去秘境游玩，在虚拟世界里的感受等。俊彦猜测徐医生无非是想通过他的感受来更切身地了解墨兰当时的感受，就一一做了回答。不过当徐医生问他多大，有没有结婚时，他再也忍不了：“徐医生，抱歉，我实在搞不懂这些和墨兰的病情有什么关系!”

“怎么？他们没和你说吗?”

“说什么?”俊彦满脸困惑。

“估计是没有和你讲得太清楚，我和你再说一下。对于墨兰的治疗，除了药物治疗之外，还有几种疗法可以辅助，包括催眠疗法、暴露疗法和团队疗法等。催眠疗法我们已尝试过，但墨兰完全进入不了状态。而所谓暴露疗法，就是害怕什么就让她面对什么，直面世界的残酷。这种疗法有效是有效，但是副作用会比较大，不是我们诊所的风格。最后的团队疗法，是我们接下来打算尝试的。简单说就是让她意识到自己不是唯一的受害者，在那个世界里，还有其他遭受欺凌的人。在他人的引导下，慢慢走出阴影。”

俊彦咬着嘴唇沉默了一会：“你们的意思是，让我去引导她?”

徐医生笑道：“你很适合，但你需要一个可以引起她共情的‘悲惨故事’。”

徐医生给俊彦的“故事”，是一个由打印的纸张订在一起的小册子，居然还分第一幕、第二幕……看起来和剧本杀的“剧本”差不多。但是和剧本杀不同的是，自己这个扮演者并不是要去破解谜团，而是要通过自己的扮演去影响现实世界的一个人。这……更像是一个谎言脚本。现实世界中，很多人不都是企图通过谎言去影响他人，去改变事物吗？而说谎，又是俊彦极为抵触和不擅长的事情。

俊彦有些心烦意乱，把小册子扔到了面前的会议桌上。会议桌顶上的灯光直直地投下来，就像是以前和瑞秋一起打剧本杀时屋顶的射灯。不知道瑞秋在干什么？俊彦拿出手机，发了条消息给瑞秋：“在忙什么?”

瑞秋回复得比平时要慢一些，几分钟后，俊彦收到了她的消息：“在一个能源论坛上，代表养父出席的～”

能源论坛？俊彦笑了笑，发消息道："是氘能相关的吗？"

"哈哈，你的玩笑能不能换一点新的梗？"瑞秋这次回复得很快。

紧接着，瑞秋又发来一条消息："我猜，你这个程序员又去看热闹了～"

俊彦确实没有什么新的梗，就在他想着怎么回复瑞秋时，徐医生推门走进诊所的会议室。

"熟悉得怎么样？没什么难度吧？"徐医生边问边在俊彦旁边坐下。

"我初步看了下，'故事'足够悲惨，但感觉有点问题。"

"你觉得问题在哪里？"徐医生把椅子挪动了一下，一只胳膊搭在会议桌上，侧身面向俊彦。

俊彦略加思索，说道："虚拟世界发生的侵害，真的会对现实世界中的人伤害这么大吗？墨兰是不是只是个例？"

徐医生微微点了点头："其他方面呢？"

"我还是不确定我是否适合，我不太善于讲故事。此外采用这样的方式，如果墨兰后面知道是在欺骗她，会不会进一步伤害她？"

徐医生把胳膊从会议桌上抬起来，双手交叉在一起，说道："即便虚拟世界中的侵害并未对现实世界中的人体造成实质性物理伤害，虚拟世界超强的真实感和沉浸性，仍然会诱发相同的神经系统反应和心理刺激。此外，虚拟空间在某种程度上拉近了彼此之间的心理距离，所以带来的精神创伤可能会更为严重。"

"也确实是这样，在那个世界里，好像更加容易信赖他人，更加容易相信他人的善意。"

“你了解那个世界，了解她受侵害时的场景，又富有同情心，所以你是适合的。至于你担心的欺骗问题，也并不存在。”徐医生停顿下来，看着俊彦。

“你在想什么?”徐医生突然问道。

“哦，没想什么。”俊彦下意识答道。

“是这样吗?”徐医生面露微笑。

“哦！我刚才……说了句‘谎言’，对吧。我明白你的意思了。”俊彦挠了挠头。

交流室一面墙是玻璃，以便观察室内的状况。走近交流室，徐医生说道：“‘房客’状态好的时候，可以在这儿放松、休息和交流。”

隔着玻璃墙，俊彦朝里面望去。几张不同颜色的小圆桌和一些小圆凳不规则散落着，矮书架穿插其中。小圆桌上摆着精致的花瓶；书架上放置着常青藤吊篮；玻璃墙之外，其他墙面也有绿植装饰。整个空间有花园般的意境。

黄色圆桌旁的两位“房客”，像是在下跳棋；蓝色圆桌旁的一位“房客”，背对玻璃墙而坐，望着桌面上的花瓶发呆；还有一位“房客”围绕一个书架转着圈走来走去。

“坐在蓝色桌的，是墨兰。”徐医生轻声说道。

俊彦闻言仔细看向蓝色桌旁的背影，她一动不动，像是被定住一般。过了一会，书架旁的“房客”停止了转圈，靠近墨兰对她说了点什么，墨兰没有任何反应。那位“房客”又好像很无趣，重新走到书架旁。

“桌上的花瓶都是定做的，糖化玻璃制成，很安全。”徐医生看了一眼俊彦，“第一幕，准备好了吗？加油!”

俊彦点点头，深呼一口气，朝交流室的门口走去。

缓慢走向墨兰，经过距离墨兰仅几步之遥的白色小桌时，俊彦突然挥手扫向桌上的花瓶。花瓶落地，碎片飞溅。几乎同时，俊彦自己也“脚下一滑”应声倒地。

四散的花瓶碎片，在灯光的反射下闪烁光芒。此刻的俊彦心情复杂。花瓶和墨兰眼中的世界好像：破碎前，充满了美和善；破碎后，随时可以伤人。而这打碎了的美和善，还能复原吗？

恍惚间，一个身影出现在俊彦身旁，她弯下腰，捡起随着花瓶破碎而散落在地的干花。俊彦“挣扎着”抬起头，映入眼帘的，是一张消瘦、没有血色、没有生机的脸。

第九章　糖豆屋

“欢迎来到秘境世界的‘糖豆屋’，在这里你可以充分发挥想象力，创作四维艺术品。”一个提示音在墨兰耳边响起。

“四维艺术品?”墨兰有点疑惑。

“四维艺术品是秘境世界的一种数字藏品。在三维空间上叠加时间维度，来形成交互性很强的作品。在糖豆屋，可以自己创作，也可以观赏或购买他人的作品。”

“哦，那该怎么创作呢?”

“很简单，使用‘糖豆’。一颗糖豆就是四维空间的一块积木，和普通积木不同的是，糖豆里可以封存‘时间碎片’。”

“时间碎片?”

“时间碎片就是一小段和时间有关的变化过程。”“那可以是一段音乐吗?”

“当然，此外还可以是一段对话、故事，甚至是一段记忆，也可以是一段空白。你先欣赏一下其他作品，就明白了。”

“好啊。”

墨兰眼前一闪，发现已置身于一个像是简笔画的世界：两根由黑白糖豆组成的线段平行延展开来，形成一条狭长的小路，路两边稀稀落落长着小草。“看来，我已经在他人的作品中了。”墨兰好奇地沿着小路往前走了几步，发现前方有个“男孩”在追一个“女孩”，男孩和女孩的形态都很简单，像是两个火柴人。

“这是小朋友的作品？”墨兰问。

“这是一个艺术学院学生的作品，名字是《她和他的距离》。”提示音答道。

“那我对艺术的了解有点浅薄啊，哈哈。”

墨兰开始跑起来，想追上前面的男孩，看看发生了什么。那个男孩跑得并不快，她离男孩越来越近，眼看就要踩到男孩的脚，可迈出的步子却随之越来越小，变得像是在原地踏步。“咦？这是怎么回事呢？”这样下去，不可能追得上那个男孩。

“你在纳闷追不上我吗？其实我也在纳闷，为什么我如此拼命，也追不上她。”男孩边说边指了指他前面的女孩。

就在这时，前面的女孩扭过头来：“你不要再努力了，就算是再努力，跑得再快，也追不上我。因为你要追上我，就要先跑完你和我距离的一半，而你要跑完这一半，又要先跑完这一半的一半。你只能是越来越接近我，却永远无法追上我。”女孩说完，转过头继续往前跑。

女孩的话听起来有道理，又好像哪里不对；感觉理解，又感觉完全搞不懂！这个作品中怪异的时空和对话，应该就是糖豆的时间碎片在起作用吧。正在琢磨的时候，男孩和女孩在眼前消失，提示音响起：“现在，开始你的创作吧。”

“我来创作点什么呢?”墨兰边想边抓起几颗糖豆，排列成一个圆圈。她试着把这些糖豆里的时间碎片模式设为“正向连续”，圆圈随即开始在她面前顺时针旋转，而换为“逆向连续”，圆圈马上变成了逆时针旋转。她又试了试其他的时间碎片模式，还加入了一些音乐。最后，圆圈左右摇摆，边跳边唱了起来。

“太好玩了!”墨兰灵感一下子迸发。“可以用圆圈来组成凡·高画中的星空，然后再做一个类似昆斯作品的糖果色雕塑，在星空下跳舞。”墨兰为自己的创意一阵激动。上学期，她选修了艺术史，课程结束时，作为结课论文，她写了篇《论昆斯雕塑中的凡·高元素》。也算是学以致用了。

墨兰又抓起一把糖豆，做成另外几个圆圈，几个圆圈叠加在一起后，看起来就像凡·高《星空》中的一个“星系”。紧接着，墨兰又构建了一些大小不一的星系，最后撒了几把糖豆，构成了流动的“银河”。

在灿烂的“星空”下，墨兰开始创作跳舞的主角。用糖豆来构建糖果色雕塑，简直是太得心应手了。只需要选取一些同样颜色的糖豆，先组成一些光滑的椭圆体，再把这些长短胖瘦不等的椭圆体组合成类似人体的形状即可。不一会，主角已经呈现在了墨兰的面前，舞动着，和流动的星空互为映衬。

“哇，我都想在这么美的星空下跳舞了!”墨兰看着自己的作品，激动不已。“我要给这个作品起个名字，叫什么好呢?”墨兰想了想，“就叫‘墨兰的星空’吧，哈哈。但是如果叫这个名字，是不是也要再加入一点我这个创作者的元素呢?”

墨兰脑海中浮现出她之前观赏的《她和他的距离》，一下子有了主意。“那个创作者利用了时间碎片来变换时空，那我就利用时间碎片来玩个变换主角的把戏。在时间碎片里，植入自己的形象。观赏者进入这幅作品后，如果受到感染，也在星空下跳起舞来，那么就可以见到我这个创作者。这简直太棒了，不是吗!”

“根据秘境公司提供的数据，墨兰去了糖豆屋和僰人村寨两个地方。”翁警官边说边转动了下啤酒杯。

“但是跟她聊的时候她只说到了糖豆屋，对案发地僰人村寨只字不提。”俊彦说道。

“应该还是在逃避，不过，已经好多了。第一次见到这个孩子的时候，她充满警觉和恐惧。”翁警官拿起啤酒杯，“就像惊弓之鸟。”

“是啊，状态好的时候可以说说话，聊聊天了。”

“来，喝点。”翁警官和俊彦碰了下杯，“我平时不喝酒，不抽烟，只剩咖啡一个喜好了，在同事们眼中算是一个‘另类’。不过今天要喝点，敬‘战友’。对了，明天去秘境公司入职没什么问题吧。”

俊彦浅浅喝了一口啤酒：“没问题，只要你不再给我派其他的任务。”

翁警官笑了笑：“帮助墨兰这事儿，不算是派任务吧？他们当时找我后，我第一时间想到的就是你。现在看，我眼光还可以。”

“说起秘境公司，我有些疑问。”俊彦把啤酒杯放回桌上，“墨兰在虚拟世界里遭受侵害，秘境公司要负什么责任？或者说，从法律角度该怎样定性？”

“从法律层面来讲，这个事情有点复杂。首先这一块立法上尚处于空白，墨兰的遭遇到底算是性侵，还是猥亵侮辱或者性骚扰，挺难界定的。按现有的法条，墨兰身体没有遭受物理性损伤，很难被认定为强奸。不过，秘境这种虚拟世界，不同于以往的游戏和社交等网络产品。无论从用户的体验，还是从它底层的社会和经济体系来讲，都和现实世界关联极强，对现实世界影响巨大。在这个意义下，犯罪的主客观要件又都满足。”

“那绝对是蓄意的暴力犯罪!”俊彦脑海中又浮现秘境中墨兰遭受侵犯的一幕，有些激动。

“所以我们肯定要查。”翁警官看了看俊彦，“犯罪主体的界定是另一个有争议的问题。这个案子，对墨兰实施侵害的是一个人工智能驱动的虚拟人，说白了，就是一个人工智能算法。而按照目前的法律，它不可能具备法律主体的地位，因为法律认为算法是没有‘理性’的，也就是没有责任能力。所以，目前只能追究其生产者和管理者，也就是秘境公司的责任。而责任主体一旦到了公司层面……”

翁警官放在桌面上的手机震动了一下，收到了一条信息。翁警官向俊彦摆手示意了一下，拿起手机开始回信息。

如果算法有了理性，是不是会变得更为复杂？就像是瑞秋在《氖星》剧本中描述的意识体，它们没有肉体，如果犯了罪，该怎么惩罚？现有对罪犯的惩罚手段好像会全部失效。再见到瑞秋的话，倒是要问问她。想到这里，俊彦不禁摇了摇头，总是琢磨着和女孩聊这样的话题，也难怪自己一直单着……

“责任主体一旦到了公司层面，变数就会增多。”翁警官回完消息后，接着讲了起来，“相比个人，公司可以找到更多的借口来规避责任。拿秘境公司来讲，他们现在辩称因为恶意程序入侵导致虚拟人失常，但事实真的是这样吗，还是只为了避重就轻？只有查明真相，责任人才能受到应有的惩罚。”

听到这里，俊彦心头一紧。

俊彦前往秘境公司报到的这天是周五。HR之前和他沟通入职时间时，希望他先到公司熟悉下环境，简单进行一下培训，这样下周一就可以正式工作了。俊彦没有异议，无论是翁警官还是他自己，都希望在秘境公司的调查尽快开始。

作为一家飞速发展的明星企业，秘境公司每天都有大量的新人加入，入职流程极为高效。入职第一天虽然紧张而忙碌，不过一天下来后，俊彦感觉自己快速地融入进去。

晚上九点左右，安全技术小组的同事江峰走到俊彦的工位前：“下班了俊彦，不能刚一来就拼命哈。”

上午有个同事介绍环节，俊彦从中得知江峰老家也是湖南的，算是老乡，来秘境工作已有半年。江峰住的地方离俊彦不算特别远，坐地铁顺路。

“你说得太对了，一起走吧。”俊彦冲江峰笑了笑，收拾了下东西，和江峰一起下楼去乘地铁。

老乡的关系带有天然的亲近感，江峰本身也比较爱说话，他一路上和俊彦聊个不停。“年底换工作，年终奖不要了啊？”

“本来也没多少。”

“不过呢，即便你来得早，咱们小组今年也没年终奖。”

“为什么呢？”

江峰顿了顿，和他简单讲了一下前段时间在秘境系统发生的“强奸”事件。

“我们安全小组是背锅侠!”江峰有些气愤，“出事后，几个部门就开始扯皮。虚拟人的行为是由人工智能模型以及人设系统共同决定的。人工智能模型本身是个黑盒子，虚拟人做出的行为，并不是可预测的。人设系统通过规则框架对人工智能模型进行约束，告诉虚拟人什么事情不能做。你可以认为人设系统就是法律体系、道德体系和个人世界观的综合。”

“挺复杂的。”

“大家最开始质疑人工智能模型出了问题，而人工智能部门却说人设系统并没有对‘强奸’这一行为做出明确的不可行限制。人设系统的规则是由产品部门设定的，产品部门哪里肯背这个锅。他们说‘强奸’这一行为肯定是不允许的，但是他们没办法一一列举什么行为是强奸。”

江峰叹了口气，继续说：“但公司总要对外给个说法，最后的说法就是有恶意程序对秘境系统进行了破坏，所以我们安全小组就背了锅!”

“当然，也不排除有这种可能，”俊彦看了看江峰，补充了一句，“不过可能性应该较小。”

“啥恶意程序啊，我们查遍了，也没发现恶意程序的影子。”江峰用手捶了一下地铁的把手，“这件事关键没法复现，查起来就像寻找一个鬼魂。”

“什么也没查到，就让我们来背锅，确实太不公平了。”俊彦附和道。

“是啊，说起来就生气，年终奖就这样没了。只能寄希望在年会上抽个奖了，哈哈。对了，你来得挺是时候，下周末年会你知道吧?”

俊彦摇摇头。

“以前呢，年会都是要春节后开，但是今年提前到圣诞节前，公司这样做应该是为了提振员工和投资人的信心吧。自从上次出事后，秘境系统就处于停运状态，大家多多少少对公司的前景有些担忧。”地铁广播此时开始播报前方停靠站。

“我也是第一次参加年会，不过据参加过的同事讲，礼品非常丰富哦，我到站了，下周一见。”江峰冲俊彦挥挥手，走出地铁。

“如果‘强奸’事件并不是恶意程序造成的话，就意味着秘境产品本身存在重大的安全隐患。”难道真的如翁警官猜测，所谓的恶意程序只是秘境公司推卸责任的借口？之前的面试，俊彦总觉得哪里有些不对劲，现在看来，那场面试更像是一场“秀”。

“无论如何，我会查明到底有没有外部的恶意程序存在。”想到这里，俊彦有些释然。

秘境公司报到后的第二天，俊彦又来到精神诊所。

俊彦先是到了医生办公室，徐医生不在，墨兰爸爸正在徐医生的办公桌前等待。见到俊彦进来，墨兰爸爸忙不迭地起身和他打招呼：“俊彦你来了，最近真是辛苦你了。”

“叔叔，不要客气。徐医生不在?”

“护士临时喊她出去了，应该会很快回来，刚徐医生和我说，墨兰恢复得不错，再观察两天可能就可以回家休养了。”

“那太好了。这段时间在上海，你和阿姨也辛苦了，回到熟悉的环境，对墨兰也好。”

“嗯嗯，真是谢谢你了，你真是我们家的恩人。”

“哪里哪里。”俊彦有些不好意思，“说起来还是要谢谢经验丰富的徐医生。”

配合徐医生做团队疗法“第一幕”时的情形又出现在眼前：打碎的花瓶成功吸引了墨兰的注意，也唤醒了这个女孩的善良本性，墨兰赶紧跑过来看看俊彦有没有受伤，就这样成功和墨兰制造了“相识”时刻。

“第二幕”的时候，墨兰已经认识他了。到“第三幕”，俊彦也进入了徐医生给自己定制的“角色”——因为在秘境中的一些遭遇而患上抑郁症的人，并和墨兰吐露了自己的“患病经过”和“焦虑”，慢慢开始了和墨兰的“交流”。墨兰也和他讲述了在糖豆屋的经历。

“叔叔，墨兰呢?”“应该是在交流室。”

“那我先过去看看她。”

在交流室再次见到墨兰时，她正在窗边缓缓举臂抬腿，像是在做舞蹈的早课。

“彦哥，你怎么又来了？我听徐医生说你现在状态不错，重回工作岗位了。”墨兰带着几分惊讶，又仿佛很开心再次和俊彦见面。

“今天是周末，刚好有空，我来找徐医生评估一下，也再开点药，下周一正式上班。也可能是要上班了吧，焦虑感和压抑感又回来了。”

“彦哥，来，我带你跳舞，舒展一下，暂且卸下其他。”墨兰把双臂举过头顶又伸展开来，“我在糖豆屋创作的那个作品就是在这样跳舞。想象下，天高地阔，漫天星斗，此刻宁静为我所有。”

俊彦欣然加入。

第十章　存在与虚无

古代市集的情景像是一幕古装剧，自己不是观众，而是剧集里的“主角”，这种身临其境的“真实感”让墨兰兴奋不已。这和在糖豆屋中的体验多少有些不同，在糖豆屋时，手里的糖豆时刻提醒自己在一个虚拟世界中。

小女孩的心性被激发，墨兰先是走到一个首饰摊。银闪闪的耳环、玉石镯子、精雕细琢的插头花……墨兰边看边赞叹几百年前的工艺之精致。紧挨着首饰摊的还有胭脂摊、香囊摊，墨兰一路逛着。

墨兰的视线被一条蹲在肉摊旁的小狗吸引过去。小狗眼巴巴地盯着摊头挂起来的肉，馋得要流口水的样子真是好可爱。墨兰忍不住上前摸摸它的头。小狗对“美食”的觊觎突然受到了打扰，汪汪叫了几声，转头看到墨兰满脸善意，朝墨兰伸出的手轻轻啃了一下。墨兰的手上传来一阵酥酥痒痒的感觉，“好神奇呀!”

“姑娘，买布吗?”手工织布摊头的阿婆对着正在欣赏工艺的墨兰说。“阿婆，我只是看看。”墨兰略带歉意和羞赧说道。

“嗯，那你随便看。看你面生，是来探亲的吗？天色不早了就早点回去吧，小心为好。”

“小心什么？”

阿婆身子往前探了探，小声说道：“阿婆提醒你一下，这两天，村长府上正在搜罗年轻漂亮女孩献祭。昨天，有个异乡姑娘差点被他们带走，幸亏那姑娘机灵，又跑得快。”

献祭？此前在贵州支教的时候，从一些民俗故事中听说过，这下还有机会长长见识啦。墨兰不禁感叹这个虚拟世界的设计之精巧，还有如此步步推进的“剧情”。

“散开，散开。”耳边传来叫嚣声。

“姑娘，快跑。”卖布阿婆推了墨兰一把。

然而为时已晚，墨兰还没回过神，双手就被几个家丁模样的人捆住了。

“松开我！”墨兰喊道，她倒不是因为害怕，只是绳子绑的太紧，勒得双手有些难受。

不容墨兰反抗，家丁将她塞进一顶小轿。

轿子落地，帘子掀开，眼前已经换了场景：一块硕大的照壁，照壁后传来阵阵鼓声。一个矮小精悍的男子走上前来，看了看墨兰，对几个家丁说道：“抬进去！”

墨兰开始感到些许害怕，不过好奇心还是占了上风，她很想知道“剧情”会怎么发展。绕过照壁后，出现了一个大院，四周站着很多人。墨兰被抬到了院中央的供案旁。

突然，一个男子走上前来，一把扯烂了她的上衣。一切发生得太快，墨兰毫无思想防备。墨兰想过多种可能的“剧情”，但万万没想到会这样。这是公然对自己施暴啊！墨兰的手被绑着，脚又被男子抱住，动弹不得。极度的恐惧瞬间将她笼罩，墨兰一下子蒙了……

“恶魔，走开，快走开！”墨兰心里一遍遍哭喊着，但已经无法发出声音。她的头垂在男子的肩上，世界一下子变得好奇怪：眼前的一切瞬间变小，人群的笑声好像从很远的地方传来，自己也飘浮了起来，一点点远离自己的躯体……

恍惚间，她感觉自己被男子扛进屋，扔在一张竹床上。男子大声喊道：“神奇的上帝，感谢你把梦中的女孩带给我。”男子朝她走了过来，墨兰瞬间绝望，晕了过去。

讲完这噩梦般的经历，墨兰几乎用尽了全力，数次因为愤怒和恐惧而带来的哭泣中断。俊彦除了轻轻拍拍她的肩，也无从安慰。

徐医生走过来，给了墨兰一个深深的拥抱：“没事了，说出来就好，一切都会过去。”

徐医生向俊彦眼神示意，俊彦退出交流室，到徐医生办公室等着。

墨兰为什么不在遭受侵害时中断虚拟世界的系统体验？俊彦带着不解，和回到办公室的徐医生探讨。

“那个系统的具体退出方式我不是很了解，但无论是怎样的，游客都有可能无法及时中断。”徐医生想了想说道，“在突发事件面前，过强的情绪刺激可能会超过神经细胞的兴奋限度，大脑皮层活动被抑制，陷入虚无状态。”

“也就是所谓的大脑一片空白？”

徐医生点了点头：“突如其来的欺凌，让墨兰先后经历了脑空白、人格解体和晕厥等状态，在这个过程中，她可能都忘掉了自己是在虚拟世界中，更别提终止系统了。”

不能让这样的噩梦再次发生了，一定要查出真相。俊彦默默地感受到背负的责任。

墨兰的状态大为好转，回到了南京家中，这让俊彦颇为欣慰。周一开始，俊彦在秘境公司正式上班。这一周中，他重新回到了工作状态，除了每天上下班要坐地铁外，节奏和在之前的公司时没什么改变。只不过是换了个环境而已，就像在贵州出差时一样。他偶尔会给瑞秋发个消息，不过每次也聊不了几句。一方面，和女孩聊天他实在不擅长；另一方面，瑞秋好像挺忙的样子，他也不好意思过多打扰。

对秘境系统的网络安全架构熟悉以后，俊彦进行了深入的分析。正如同事江峰所说，由于无法复现问题，就只能够靠经验去推测和判断可能引发问题的一些地方，然后编写测试代码进行各种模拟测试。在这个过程中，他确实发现了几处小的安全漏洞，提出了几点对安全架构的改进建议，但是，他无法找到恶意程序的踪影。

秘境公司的年会定于这周五下午四点进行。周五的早上，技术小组的一些同事在办公室热烈讨论年会的事情。

“年会在哪里进行呢?”俊彦插了一句嘴。

“秘境系统中的一个虚拟会场里。”江峰答道。

过了一会，行政部门的同事来到技术小组的工位区域，发放参加年会用的设备：一个 3D 眼镜，还有一个类似于鼠标的控制球。眼镜和上次在博物馆多媒体厅时戴的一样，控制球以前没有用过。

“这是做什么的?”俊彦指着控制球问江峰。

“一个手持控制器，可以控制你在秘境中的移动，不过难用得很!”江峰答道，“使用‘蜂巢环境模拟器’会好很多，体验更加逼真，更加有沉浸感。不过呢，‘蜂巢’部署起来会占很大空间。公司里有十几台，年会的时候更多是供舞台上演讲和表演的人使用。”

在博物馆见过的那些蜂巢样的格子间，想必就是江峰所说的“蜂巢环境模拟器”。俊彦脑海中浮现出格子间里面的样子：地上的圆盘、绑在腰间的腰带、连接格子墙壁的“绳索”、造型奇特的手套……之前体验下来，确实很好用，可以自由地在秘境中移动，做出各种姿势，就像在真实世界中一样。

“也就是用来控制身体的是吧?”俊彦把手持控制器拿到手里端详了下，问道。

“确切地说是控制你的数字化身，秘境系统已经根据你在公司公共区域时采集的影像自动生成了你的数字化身。”

上午十一点，秘境系统为下午的年会提供了十五分钟的设备测试时间。俊彦戴上 3D 眼镜，试了一下使用手持控制器和江峰互动，感觉怪怪的。“用这个东西，和打电脑游戏差不多。”江峰吐槽道。

下午三点半，年会开始入场。秘境的登录系统为年会做了简化，俊彦使用控制器驱动自己的数字化身，进入会场的大门。他被眼前的景象惊呆了。

会场有一个足球体育馆大小。舞台位于正中央，布置得非常具有科技感，就像科幻电影中的一艘外星飞船。舞台的上方悬浮着一个棒球帽形状的穹顶，安装着五颜六色的射灯，按照一定的节奏变幻出各种颜色和图案。整个虚拟会场看起来非常逼真，如果不是要操作那个控制球，肯定会认为自己置身在一个真实的场馆里。

参加年会的人群沿着过道有秩序地前行，俊彦发现不远处有一个姑娘的身影非常熟悉。

“小敏!”俊彦喊道。

姑娘回过头来，果然是小敏——以前在贵州博物馆体验秘境时，系统选派的那位虚拟人导游。

小敏在人群中看到了俊彦，在前面等他。俊彦通过控制球，将数字化身移动到小敏身边。

“小敏你好，还记得我吗?”

“记得哈，以前为你服务过，带你去参观过四川博物馆，对吧?”小敏笑着回答。“是啊，很高兴再见到你。”

“我也很高兴，看来我们是同事了。”小敏说道。

“俊彦，座位在这边呢。”江峰在一侧喊道。俊彦本想和小敏多聊聊，不过看了看身旁的人流，也不是个聊天的环境，于是和小敏挥挥手告别，向江峰那边走去。

“公司的虚拟人员工也都来参加年会了?”俊彦落座后，问身边的江峰。

“对。在秘境系统中，虚拟人的数量是非常庞大的，不过作为公司员工的虚拟人并不多。”江峰答道。

俊彦听后没再说话，他静静地在座位上等着年会的开始，一边思考着什么。

下午四点整，秘境公司年会正式开始。最先进行的是几段暖场舞蹈，然后进入年会的重头戏——CEO 演讲环节。

在一段铿锵有力的音乐声中，秘境公司的 CEO 登上舞台。

他头发略微有些花白，年龄约莫四十岁，上身穿一件印有秘境公司 Logo 的深灰色毛衣，搭配一条蓝色牛仔裤和一双运动鞋，整个人看上去神采奕奕。

“这就是公司的创始人吗?”俊彦小声问江峰。

“是的，他就是吴凯博士，秘境公司的创始人兼 CEO。”

俊彦开始聚精会神地听演讲。吴凯博士先是致欢迎辞，通过欢迎辞，俊彦知道今天参会的除了秘境公司员工外，还有很多媒体和投资界的人。

“秘境的创立源于一个梦境，四年过去了，我很欣慰，这个梦境正在变为现实，我更欣慰的是，秘境也正在把更多人的梦境变为现实。”吴凯顿了顿，在舞台上低头走了几步，然后抬头继续讲道：“多年前，有一段时间，我在这个世界上备感孤独，曾经陷入很深的迷惘，我不知道生命的意义何在。”

吴凯讲到这里，舞台上的灯光突然一闪，再看时，他身边已经多了一个人，穿着一件黑色的高领风衣，站在吴凯的对面。

“尊敬的加缪先生，生命的意义到底是什么?”吴凯问黑衣人。黑衣人从口袋里掏出一根香烟，用火柴点燃后，深深地吸了一口。

“我们生活在没有边际的宇宙，忙碌一天，晚上躺下来睡觉，日复一日。我们如此生活，仿佛不知道自己终归要面对死亡。而死去以后，我们的一切就会结束，但世界依然会运转，如同我们从来没有存在过。我们的一生，就像朝生暮死的蜉蝣。”黑衣人说到这里，吸了口烟，向空中吐出一个大大的烟圈，抬头看着烟圈飘散，直至消失不见。“我们的存在，就是一场荒诞的梦，本质就是虚无。”黑衣人说完看向吴凯。

“那我们该怎么办?”吴凯问。

“拥抱它并活出更多的精彩可能。”舞台灯光再次一闪，黑衣人消失。

“是的，法国哲学家加缪先生的思想启发了我。秘境系统要做的，正是让每个人活出更多种精彩人生。在现实世界里，你可能是一个律师，但在秘境中，你可以成为一位明星，一名宇航员，甚至是一名乞丐。最重要的，在秘境中，虚拟并不等于虚幻！虚拟和现实二者并没有明显的边界，虚拟反过来就是现实!”

台下爆发出一阵热烈的掌声。接着，吴凯博士开始介绍过去一年秘境公司取得的成就。俊彦边听边赞叹秘境公司发展的速度。

“在过去一年里，我们已经在全国近三十个一级博物馆部署秘境系统，共接纳游客近千万人次。但这只是我们迈出的第一步!”会场一片欢呼。

“游客在秘境体验后，问得最多的问题是：我可以买一套在家用吗?”

吴凯双手拍了一下，身边出现了一个蜂巢环境模拟器。“这是我们第一代的数字化身控制器——蜂巢，包括了环境虚拟设备、体感增强设备、行走支持设备以及影像捕捉设备等。它的体验很好，但最大的缺点就是不容易部署，需要我们公司专业人员进行安装。我们第一阶段只是将其部署在博物馆这种公共场地。我们也有一个简单的手持控制器，今天参会的大部分人使用的就是这个控制器。不过它的体验很不好，使用它，你会感觉你的意识和躯体是脱离的，是割裂的。大家应该深有体会。”

“所以，针对上面游客的问题，我们的回答是抱歉，我们不支持个人购买使用。为了保证用户体验，游客只能在限定的场所，在限制的时间里接入这个系统。但是，这就是我们的理想吗?”吴凯停顿下来，会场里一片寂静。

“不，绝对不是！秘境应该是一个开放、透明、去中心化和自组织的世界。而实现这个目标的一个最基本的前提，就是用户可以随时随地进入这个世界。新的一年里，这一切将成为现实!”说到这儿，灯光一闪，吴凯随之消失。会场里再次掌声雷动。

在舞台上，取而代之的是年会的主持人。“现在，我们开始第一轮抽奖。”主持人说完，会场响起阵阵兴奋的尖叫声，身边的江峰也扯着嗓子喊：“快让奖品砸中我吧。”不过，随着抽奖的进行和结果的公布，江峰有些失望，嘟囔道：“奖品也太少了。”俊彦安慰说：“还有下一轮呢，下一轮的奖才够大。”

第一轮抽奖结束后，几位高管上台表演了个小品节目，逗得台下哈哈大笑，会场的气氛达到了高点。此时，音乐声再度响起，吴凯博士重新出现在舞台上……

第十一章　另一颗灵魂

翁警官一身黑色风衣坐在对面，桌上的马克杯冒着热气，烟雾升腾。翁警官的这身便装让俊彦想起了昨天年会上的那个黑衣人，那个二十世纪中期的哲学家加缪。

“这家咖啡馆看着不起眼，但是咖啡真的很不错。”翁警官说。俊彦点点头，端起面前的美式咖啡，慢慢喝着。

“秘境公司选择在年会上发布新一代硬件 Camus，是怎样想的?”翁警官问道。

“增强员工以及外界对公司的信心吧。”俊彦答道。他眼前浮现出秘境公司的新硬件产品 Camus，以及吴凯在年会上发布这款产品时的情形。

Camus 是秘境公司对之前 3D 眼镜的升级版。眼镜的支架做了延展，佩戴时，支架贯穿双耳上方，一直伸到脑后，在后脑勺区域紧紧扣住。支架使用柔性金属材料制成，上面带有很多像电极一样的触点。

年会上的吴凯当时非常激动：“Camus 具有划时代的意义。

使用它，你无须用蜂巢环境模拟器对数字化身进行驱动，蜂巢的所有控制功能全部囊括在了 Camus 的脑机接口中。你需要做的就是用大脑驱动你的数字化身，就像在真实世界中一样。这是意识和数字躯体的完美融合。”

吴凯说完开始扭动身体，跳起舞来。这时，舞台上方出现一个屏幕，屏幕上显示，佩戴着 Camus 的吴凯正坐在办公室一动不动。这个展示非常直观——办公室里的吴凯正在通过 Camus 用意识驱动其数字化身跳舞。会场顿时沸腾起来。

“每一个人都可以拥有一台 Camus，随时随地进入秘境的神奇世界。只需要一台 Camus，不需要任何其他辅助设备! Camus 将在明年春季正式发售。借助 Camus，两年之内，我们希望秘境的全球用户数量达到 10 亿人!”

吴凯博士描绘的愿景让俊彦颇为震撼，他昨晚甚至梦到自己和宇翔每人头戴一部 Camus……

“大脑直接控制数字躯体，你怎么看?”翁警官问。

“兴奋之余又有些担心。”

“担心什么?”

“人的感觉是多维多元的，视觉、听觉之外还有嗅觉、触觉、痛觉等等……秘境的上一代控制器‘蜂巢’，通过佩戴体感手套，让双手在虚拟世界中拥有触觉——摸一只小狗，会觉得毛茸茸的；如果想让脚也有触感，就需要佩戴脚部的体感设备；想要拥有更多，就需要配置更多。这种束缚，拉低了用户体验，限制了数字躯体‘感觉’的全面性。”

俊彦转着手中的杯子，继续说道：“但是秘境的新一代控制器‘Camus’，情况完全不一样。Camus 可以通过和大脑的直接交互，模拟人的全部感觉！”

“如果这样，虚拟世界中的暴力犯罪，后果会更为严重?”

“没错，因为带给人的感觉和现实世界中的暴力伤害将是同量级的，这正是我担心的。”

“责任重大!”翁警官感叹，“调查进行得怎样了?”

“没发现恶意程序的痕迹，但需要再深入查一下。”俊彦答道，“说起恶意程序，那个……”

“没事，你继续说。”翁警官仿佛猜到俊彦要问什么。

“电网那件事后来有结果吗?”

翁警官看了一眼俊彦：“因为秘境的事，我对电网那个案子参与得就少了，现在主要是另外一个部门在查。”

俊彦微微皱了皱眉，他知道翁警官的话意味着国安部门接手了电网的案子，看来事情非同小可。

“我马上要回趟贵州，随时和我联系。”翁警官拍了拍俊彦，起身离去。

一个服务员走到俊彦身边：“先生，我们店有个圣诞节活动，可以抽奖哦。”

“圣诞节，什么时候圣诞节?”

“明天啊!”

俊彦用手拍了下脑门，他完全没概念。他环顾了一下咖啡店，吧台前有棵一闪一闪的圣诞树，四周墙壁上还装饰着各式各样的圣诞挂件，进来时居然都没有留意。“对节日不敏感，自己怎么会有女朋友。”俊彦暗自笑道。

“怎么抽奖呢?”俊彦想起昨天江峰的癫狂样子，他在年会最后一轮抽奖环节中了奖，仿佛一下子抵达了人生巅峰。

服务员拿出一个平板电脑：“你点这个按钮就可以。”

也许是为了弥补俊彦年会上奖品的一无所获，他竟然抽中了一个二等奖。“恭喜你，你稍等一下，我去给你拿奖品。”

不知道为什么，节日会让俊彦更有孤独感。他看着店里的圣诞树发了会呆，然后拿起手机拨打宇翔的号码。电话刚接通就被挂断，紧接着，他收到了宇翔发的消息：“带老婆去成都过圣诞节，飞机马上起飞，元旦后回。”俊彦看后笑了笑，“无论如何，这说明宇翔和老婆的冷战结束了。”

圣诞节这么重要的节日，不知道瑞秋是否回了美国。俊彦正准备给她发个消息时，手机响了一下，竟然先收到了瑞秋的消息。

“圣诞节有没有什么好的去处?”

这个问题对于俊彦来说太难了。如果一定要找一个比这更难的问题，那估计就是——圣诞节送个什么礼物给瑞秋。

这时服务员把奖品拿了过来：“二等奖是一双超可爱的卡通形象手套，可以送给女朋友，现在戴刚好。”服务员笑着说。

从位于酒店三十一层的空中酒吧向下俯瞰，外滩的夜景美轮美奂。黄浦江上，几艘游轮的圣诞彩灯倒映在江面上，与浦东的摩天大厦以及浦西百年钟楼的光影交相辉映。

“这个地方不错吧。”瑞秋扶着露台的栏杆，侧头看着俊彦，“酒吧平时只供酒店的住店客人用，但在节日会对外开放。以前文婷带我来过一次。我很喜欢这个露台，站在这，外滩的景色可以一览无余。”

“虽然来上海很多年，但我一点也不熟，可能都不如你熟悉。”俊彦也侧过头来。

“没事，那我可以带你玩哈。”瑞秋把眼镜摘下来，“这还是第一次在国内过圣诞节。今天是平安夜，我要许个愿。”

瑞秋将眼镜交给俊彦拿着，然后双手交叠在胸前，闭上双眼，嘴角露出淡淡的微笑。俊彦静静看着瑞秋，这幅画面是如此美好。

过了会，瑞秋睁开眼。俊彦把她的眼镜递给她，外加一双卡通手套。“哈哈，送我的圣诞礼物吗？”

“在咖啡馆抽奖抽中的。”俊彦有些不好意思，老实地答道。

“运气这么好，那这份好运我一定要收下。”瑞秋把手套戴上，“很暖和。”她转动双手，在俊彦眼前晃了晃。

“我们下去到那边走走吧。”瑞秋指着酒店不远处的一座桥说。

“外白渡桥，好啊。”

“你这不是对上海挺熟的吗？”

“哦，我是在书中看到过……”

瑞秋听完，哈哈大笑。

作为中国第一座全钢结构桥梁，外白渡桥见证了上海近代太多的传奇。俊彦之前在博物馆和图书馆了解过一些，对其并不陌生。他和瑞秋顺着桥面一侧的步道慢慢散步。俊彦向瑞秋讲起外白渡桥的历史，虽然一点也不生动，但瑞秋饶有兴趣地听着，时不时还提一些问题。

“现在对这些历史感兴趣的女孩不多了。”俊彦说。

“现在学物理的女孩也不多了。”瑞秋有些调皮地回应。

“哈哈，所以你很与众不同。”

“是吗？”瑞秋掉转身来，用手套捂着脸，微笑着看向俊彦。

俊彦一下子感觉脸有些发热，赶紧岔开话题：“对了，美国大学的物理专业都上些什么课程，不无聊吗?”

“数学、哲学、量子理论之类的。”

“你喜欢哲学吗?”

“谈不上喜欢，不过倒是看过很多相关的书。学物理不得不学好哲学，物理学的一些根本问题很多时候要放在哲学层面上思考。”

“你怎么看加缪?”

“加缪?”瑞秋停下来扶住桥的围栏，“读初中的时候，养母曾送给我一本书作为圣诞礼物——加缪的《西西弗神话》。”看了会桥下的河水，瑞秋继续往前走，边走边说：“西西弗斯是希腊神话中的一个国王，他由于屡次欺骗死神，众神对其进行惩罚，让他永世只做一件事——把一块巨石从山脚推到山顶，每当到达山顶，巨石会重新滚回起点，周而复始。”

“日复一日重复没有意义的事情。”俊彦若有所思地说。

“是的，很荒诞是吧，加缪认为这就是人类命运的真实写照——荒诞无法逃避。但正是因为这种荒诞，反而给了我们自由——我们可以奋起反抗，努力以更好的方式生活。”

“那西西弗斯该怎么反抗呢?”

“至少他可以唱起歌来滚石头，而且可以每天唱不同的歌，感受其间的差异。”

“他还可以研究什么样的姿势能把石头推得更漂亮更精彩。”俊彦笑道。

“是啊，加缪曾经给出四种对抗荒谬的生活哲学：演员、征服者、情爱者和小说家。”

“学物理的会是改造世界的征服者吗?”

“那是你们程序员做的，有句话怎么说来着——代码改变世界，编程创造未来。”瑞秋大笑。

“这几种人的共同点就是强调体验的数量是吧？”俊彦想到秘境公司年会上吴凯和加缪的超时空对话。

“可以这么说。”

“那么氖星的意识体也是荒诞主义者喽，他们总是追求生活在更多的虹宇宙中。”

“哈哈，更确切地讲，那个剧本的作者可能是个荒诞主义者。”

“对了，如果它们犯了罪该怎么办，它们没有肉体，怎么惩罚呢？”俊彦之前就想着见了面问问瑞秋。

“怎么会想到这样的问题，有点尖锐。”往前走了几步，瑞秋侧头看了看俊彦，“限制可生活的虹宇宙数量，是不是能作为一种惩罚手段？不过对于严重犯罪，力度应该不够。这种情况下，我想它们也许会被流放，被放逐到宇宙的寂寞角落，独自面对虚无。”

俊彦和瑞秋边走边聊，不自觉已经走下外白渡桥很远，步入一条小弄堂。弄堂非常窄，两旁有很多的老公寓，夹杂着一些低矮的洋房。路上基本看不到什么行人，非常安静。俊彦和瑞秋穿的都是运动鞋，但在弄堂里走着，都能听到鞋底摩擦路面的脚步声。二人不再说话，生怕打破这里的宁静。

路边刚装的一排路灯好像厌倦了这种悄无声息似的，倔强地发射出耀眼的光芒，照得弄堂宛如白昼。

默默走了一会，经过一个非常有年代感的学校，看起来像是一个小学。学校沿路边有一道长长的白色围墙，上面每隔一段距离画有一些图案，图案下面写着标语或名人语录。瑞秋饶有兴趣地顺着墙边，每走几步就停下来看看上面的文字。俊彦距离她有五六步，在后面跟着。

突然，俊彦觉得前面的瑞秋非常奇怪。只见她呆呆看着白墙上的字，双腿慢慢弯曲，双手举了起来。在路灯的照射下，她的影子投射在墙壁上，非常清晰。过了片刻，瑞秋竟然跳起了怪异的舞蹈，一边跳还一边盯着自己舞动的影子。紧接着，瑞秋嘴里开始念念有词，说出一些听不懂的话语。声音虽然不大，但在这宁静的弄堂里听起来却是如此响亮。

俊彦见状，赶忙喊瑞秋。不过她根本不理会俊彦，仿佛听不到声音，进入了另一个世界一样。瑞秋现在的状态，很像是福利院阿姨所描述的瑞秋小时候"发病"的表现。看来瑞秋的精神分裂症状又出现了，俊彦一时不知该如何是好。

面前的瑞秋根本没有停下的意思。俊彦冲上前去，一把将她抱住。瑞秋却不管不顾，在他的怀里依旧舞动着。

俊彦朝白墙上看了一眼，那里有三行字：

"真正的教育是一棵树摇动另一棵树，一朵云推动另一朵云，一颗灵魂唤醒另一颗灵魂！"

由于路边一棵小树阴影的遮挡，上面两行字比较难看到，所以乍一看就是：一颗灵魂唤醒另一颗灵魂。

过了大概有五分钟，怀里的瑞秋逐渐停止舞动，嘴里也不再发声，她的身体逐渐瘫软下来，就像入睡了一样。俊彦静静地抱着她，他心里有种说不出的滋味。害怕？悲伤？好像都不是。

又过了几分钟，瑞秋睁开了双眼，喃喃地对俊彦说："我是不是晕倒了？我有些低血糖，看来我在空中酒吧的时候应该多吃一点东西。"她好像完全不知道刚才发生了什么。

“真是不好意思，又是周末又是圣诞节的，把你叫来诊所。”俊彦对徐医生说道。

“我们也算一起打过仗的‘战友’了，所以不用客气。刚才电话里听不太清，怎么回事？”徐医生问。

“我有个朋友，她两岁多就被诊断为精神分裂，不过长大后康复了。但是，昨天……”

俊彦把昨晚瑞秋的情况和徐医生讲了一下。

“一颗灵魂唤醒另一颗灵魂？”徐医生重复了一下这句话，“她看到这些文字以后精神异常的症状就出现了？”

“是的，前面一直好好的，不是，另外还有影子，她的身体在白墙上投下的影子。那个路灯非常亮，影子非常明显。”

听到这里，徐医生起身离开办公桌，走到一角的饮水机旁。她从饮水机下方的格子里取出一个纸杯，放到出水口接水。饮水机的水流很细，水接了很长时间，俊彦甚至都感觉水是一滴滴装入杯中的。纸杯的水快盛满后，她一只手拿起纸杯，另一只手则从饮水机旁边的柜子上拿起一个保温杯。回到桌子旁，她把纸杯放到俊彦面前，然后旋开手中的保温杯，吹了吹热气，浅浅抿了口水。她没有马上说话，仿佛仍然在思考俊彦前面描述的情形。

过了一会，徐医生把手中的保温杯放在咨询桌上，缓缓说道：“我怀疑那一刻她出现了‘自然催眠’。在催眠状态下，她潜意识的一些深层记忆被重新激活。那部分记忆，正是诱发她精神病症的原因，只不过前些年被包裹得很严，很少能被激发。”

“自然催眠？”俊彦一头雾水。

“坐火车如果一直望着窗外，窗户上出现连续相似的景象，在特定情况下，就可能出现‘自然催眠’。比如有个别坐火车的人看着窗外会出现突然的情绪低落，或者回忆起很遥远的一些往事。当然，‘自然催眠’的程度，不同的人差别会很大。”徐医生解释道。

俊彦深深点了点头。

“昨晚的情形有些类似，她的大脑反复被白墙上相似的画面刺激，再加上特定的光影，所以……”

“这么说，最后墙上的那句话恰似催眠师的一句口令，让她瞬间进入催眠的深度状态?”俊彦问。

徐医生没有马上回答，她停顿了一会，接着说道：“可能性较大，但也不排除这句话对她而言有特殊的含义。”徐医生说完把桌上的保温杯再度拿起，用双手捂着杯身，仿佛在取暖。

诊所确实有些冷，俊彦此时也感觉到丝丝凉意。

沉默了一会，徐医生松开手里的杯子：“遗传、童年经历、生化因素以及重大变故都有可能引发精神疾病。墨兰就属于最后这种情形。”

“墨兰……她还好吧?”俊彦下意识问道。

“昨天她爸爸刚和我通了个电话，说其他都好，只是整天闹腾着想要回她的手机。”徐医生耸耸肩，“我让她爸爸先不要给她，目前这个阶段，还是尽量减少外界干扰。如果再受到刺激导致复发，后果就严重了。”

复发的后果很严重？瑞秋不正是复发吗？俊彦心里一沉。

徐医生收回话题：“你朋友两岁时症状已经很明显，现在再度显现，病源很可能和儿时经历有关。”

瑞秋年幼时遭受了什么呢？她到底有着怎样的身世？俊彦不由得想起了那个未解的七星棋局……

第十二章　梦

圣诞过后，俊彦坐地铁前往秘境公司。相较以前，地铁上的人明显少了一些，居然还有空座位。“元旦假期前只有几天的工作日了，估计很多人像宇翔一样，从圣诞一直休息到元旦后吧。”俊彦边想边找了个座位坐下。

几站后，乘客逐渐多了起来。一位老者上地铁后，走到俊彦的座位前，抓住地铁的扶手站立着。老者看起来有六十多岁，身材清瘦，利落硬朗，背着个不太符合这个年纪的帆布双肩包。

“您坐这边吧。”俊彦起身给老者让座。

“不用，不用，我身体好得很。”老者冲俊彦摆摆手。

“没关系的，您坐，我上下班站习惯了。”俊彦扶着老者的肩膀让他坐下。老者拗不过俊彦，说了声谢谢，就坐了下来。

大概过了半个小时，老者对俊彦说：“我还有一站就下车了，你来坐吧。”

“我也是还有一站就到了。”俊彦说道。

“你在那附近上班吗?”

“是的。”

“小伙子，那你可知道秘境公司?”老者问。

“我就在秘境公司上班啊。”俊彦答道。

“那太巧了，我今天去公司报到。”老者一下子来了兴趣，“我第一次去，一会出地铁我就跟着你走啦。”老者和俊彦攀谈起来。

“小伙子，你在公司做什么工作?”

“我是一名技术工程师。”

“做技术的啊，现在技术发展得太快了，不敢想象。我们这个岁数的人已经完全跟不上技术的发展速度喽，很多新东西都不懂。”老者说完把怀中双肩包的背带理了一下。

“那您去我们公司报到的话，也是要在那上班吗?”俊彦有些好奇，老者明显已过退休年纪，去秘境公司做什么呢?

“是啊，我做了一辈子考古工作，没想到退休了还能有发挥余热的地方。”说到这里，老者拿出手机，打开手机的备忘录，指着一行字给俊彦看，“我就是要去这个部门报到。”

俊彦弯下腰来看了看，上面写着：产品——剧情策划部——历史组。

“咱俩太有缘分了，我们加个好友吧。”老者站起身来，背上双肩包，“我刚去公司，有什么事儿也可以向你请教，你方便吧?”

“好啊。您客气了，我也向您多学习。”

说话间，地铁到站了，俊彦和老者一起走了出来。

两人一路聊着，走到秘境公司门前。不知怎么，公司门口异常热闹，挤着很多人。有人拿着手机在拍摄，更有像记者一样的人扛着专业的设备在录影。

俊彦带着老者穿过喧嚣的人群，进入公司的大堂。“夏老，可算是把您盼来了。”一个戴着公司工牌的女孩在前台边上站着，见到老者后热情地上前迎接。俊彦扫了一眼女孩的工牌，上面有“产品部”的字样。

产品部和俊彦所在的平台技术部都在E区，俊彦和老者以及产品部的女孩上了同一部电梯。“夏老，咱们的工作区域在九楼。不瞒您说，我以前读大学的时候，就看过您的书，比如《明王朝的陨落》。按照现在的说法，我是您的粉丝啦。”女孩在电梯里继续和老者攀谈。到达七楼后，俊彦对老者说：“我先下了。”老者笑着冲俊彦挥挥手。

“公司门口怎么那么多人?”俊彦走到工位区域以后问。

“公司火了呗，上周年会发布Camus后，网上散布着各种公司的消息。甚至有传言说现在就能在秘境公司总部买到Camus，结果今天早上七点多就有人来公司门口排队。”一个同事说。

“江峰，你抽奖中的那台Camus呢?”另外一个同事此时喊道。

江峰在年会上中的一等奖的奖品是一台Camus，这个俊彦知道。“拿出来大家一起玩玩儿。”俊彦也随声附和，他很想体验一下意识怎样和一个数字化身结合。

“现在哪里有，肯定要等正式发售的时候才会发下来。”江峰说，“全公司目前也没有几台样机，硬件部门有几台，产品部也有一台。不过听说后面会来一批样机，供各部门测试用。”

“产品部?”俊彦想起了刚才的老者，产品部那个女孩对老者的“崇拜”让俊彦很好奇老者的身份。俊彦打开电脑，在网上搜索“明王朝的陨落”——女孩在电梯里提到的书名。第一个搜索结果就是书籍的简介：“考古界泰斗夏昆从考古的视角揭开明朝几百年的兴衰之谜。”

他滑动到作者简介部分。

“夏昆，我国著名的考古学家、历史学家，曾担任民族考古研究所所长，主持云南、四川、内蒙古等地多个元代、明代古墓群及遗址的考古工作，包括云南‘沐王墓’、四川的‘丝城遗址’等。著有《元代元年》《明王朝的陨落》《消失的民族》等。”

“丝城，那个僰人消亡之地吗?”俊彦愣了一下。

“俊彦，去会议室开周会了。”这时，一个同事在旁边喊道。

技术小组的周会其实挺无聊的。工程师们分别讲了讲上周的主要工作，小组的负责人则对新增的一些工作做了安排。最后，在组长的主持下，针对一个同事碰到的通信协议问题进行了讨论。从工作内容来看，大家好像已经放弃了对所谓恶意程序的追查。总共还不到二十分钟，周会就结束了。

经过前面对秘境系统安全架构的熟悉，俊彦这周被分配了一些编程的任务。这些任务对于俊彦来说太简单了，如果是在以前的公司，俊彦肯定会要求加任务。不过，俊彦现在倒是希望有更多的时间可以进一步进行调查。

虽然还不能排除恶意程序造成“强奸”事件的可能性，但按照之前的检测路径不可能再查出什么。既然是虚拟人出的问题，那就需要进一步了解一下虚拟人，俊彦想。

再次见到小敏，是在夏老的专属“蜂巢”环境模拟器。

这几天里，俊彦有空就和夏老发发消息聊一聊。有天晚上还特地早早下班，在公司门口等着夏老一起坐地铁。夏老之前从来没有在科技公司工作过，对技术带有一种尊崇的心理，也想更多了解一些技术相关的东西，很乐意和俊彦这样一个工程师聊天。同时，俊彦本身爱逛各种博物馆，阅读各类历史书籍，对很多文物及历史也有比较深的了解和见解。这点让夏老颇为吃惊，也就更加欣赏俊彦。

夏老在秘境公司的职位是“首席历史官”，主要的职责是对秘境系统为数众多的历史场景和剧情的设置进行把关，使其符合历史和考古事实。

夏老之前主持挖掘的“丝城遗址”确实就在僰人的消亡地“丝城”。秘境系统中出现的那个僰人村寨，就是根据“丝城遗址”的考古研究成果构建的。夏老居然对僰人也有非常深的研究，这是俊彦未曾料到的。

这周四的下午，俊彦收到夏老发的消息：“来我这看看吧，我在九楼电梯处等你。”

夏老在电梯口接到俊彦后，用自己的工牌刷开了工作区的大门。这是俊彦第一次到产品部，确切地讲是剧情策划部，隶属于产品部，产品部还有几个其他的子部门在别的楼层。

进门后是一条走廊，走廊两边墙上有各式各样的海报和张贴画。“这个墙上展示的是秘境系统中的一些已经上线的场景。以前我们考古都是凭想象，根据考古发现来想象古代社会的生活情形。现在居然能把这些想象变得像真实世界一样。科技实在太神奇了。”几乎每次见面，夏老都会赞叹科技的发展。

“但考古研究还是基础，没有你们考古学家的想象，这些历史就不可能复现。”俊彦并不是恭维，他是真心这样认为。

穿过走廊后，来到剧情策划部的工位区域。这个部门的人大部分都很年轻，有几个人围在电脑边讨论，也有人在工位旁边的白板上画一些场景草图。工作氛围轻松活跃，夹杂着阵阵欢声笑语。夏老带着俊彦在过道上穿行，时不时有人和夏老打招呼。看得出来，夏老在这里还是很受尊敬的。

“从这边往里，都是历史组的工位。”夏老说，“我的位置在那边。”夏老指了指不远处靠窗的地方：“他们本来给我配了一间办公室，但我用不着，我更想要离年轻人近一些。”

说话间，夏老带着俊彦来到了自己的工位旁。俊彦看了看，夏老的工位简单整洁。桌子的一角摆着几本书，书旁放有一个茶叶罐。桌子中间有台笔记本电脑，电脑边堆着一摞场景草图和文件。在桌子的另一角，立着个小相框，里面有张素描画：一个扎着马尾辫的小女孩，甜甜地笑着。相框旁边，放着一个陶瓷杯，泡着茶，升腾着热气。

“这看起来是一个年轻人的工位。”俊彦开玩笑说。

夏老听了大笑：“喜欢泡茶的年轻人不多喽。”

俊彦也笑了：“哈哈，那您后面的主要工作就是要审阅这些吗?”俊彦指了指桌上的那堆草图和文件。

“这是一部分工作，另外，我还要花很多的时间去实际的秘境系统里体验。我带你去看看。”

原来，公司在给夏老预留的办公室里，专门安装了一个“蜂巢”环境模拟器，供夏老对秘境系统的各种历史场景进行体验和测试。

“每次进入这个系统里，都感觉像是经历一次穿越。”夏老指着模拟器说。

这个模拟器和俊彦在贵州博物馆里用过的“格子间”一模一样，俊彦不由得一阵激动。

“夏老，我可以进去体验一下吗?”俊彦眼里闪着光。

“可以，你等下。”夏老说着将右手手掌轻放在格子间的门上，格子间随之打开。

“你进去玩会吧，我先回工位那边。”

俊彦进入“蜂巢”，带上3D眼镜，佩戴好腰带和手套等装备。秘境系统再次开启，这次首先出现在眼前的是一个咨询台。

“尊敬的贵宾，请问有什么可以帮您的吗?”咨询台的工作人员问道。

“我想找一下导游小敏，带我去一个地方。”

“好的，您稍等。”看来这个“蜂巢”的级别很高，居然可以自主选导游。

“很高兴再见到你。”小敏笑颜如画，伸出手来和俊彦握手。

“小敏，你能带我再去趟僰人市集吗?”

“僰人市集?很抱歉，秘境里没有这个地方。”小敏满脸困惑地说。

没有?上次明明去过。难道上次出事后，秘境系统删除了僰人场景?还删除了涉及此场景的虚拟人记忆?俊彦想了想，这种可能性应该比较大。“那么，你有什么推荐的好去处吗?”

“糖豆屋很受年轻人喜欢。”

“那我们去趟糖豆屋吧。”俊彦很想看看墨兰的那幅作品——《墨兰的星空》。

但是，就像棘人市集一样，《墨兰的星空》也消失了！到了糖豆屋，小敏说从来没有见过这个作品。秘境公司居然把墨兰游历“秘境”的痕迹全擦掉了，颇有欲盖弥彰的意味。

“你选几个代表作品带我参观下吧。”俊彦对小敏说道。

眼前一闪，俊彦和小敏置身在了一个灰白两色的“作品”里：面前是一个“湖面”，水面上漂浮着很多落叶，一条大鱼在水面下游动，远处的“湖面”上还有很多树木的倒影。

“这个作品的名字是《四个世界》。”小敏介绍道。

四个世界？俊彦看了会眼前的景象：“我只看到了三个。”

“可以走一走，也许会有新发现。”小敏说完开始在“湖面”上行走，脚下踩出一圈圈涟漪。落叶、树影和大鱼随着涟漪一起轻轻摇荡。

俊彦也跟着小敏行走起来。“作品”的时空虽然有些怪异，但是很幽静，倒是个聊天的好地方。

“小敏，你是一个什么样的人？”俊彦边走边问。

“我首先是一名虚拟导游，另外我很温柔、甜美，脾气好。”

小敏说的应该就是人设部门给她框定的人设吧，俊彦笑着摇了摇头。

“你有没有喜欢过一个人？”

“所有的游客我都喜欢啊。”

“那你有没有恨过一个人？”

“为什么要恨一个人呢？”小敏反问。

“比如某个人做了坏事。”俊彦解释道。

“做坏事的坏人应该受到惩罚。”小敏字正腔圆。

“如果做坏事的是个‘虚拟人’，该怎么惩罚？”

“这……我们虚拟人和你们确实有点不同。但无论怎样，坏人一定会得到惩罚。”小敏明显是不知道该怎么回答，所以才说出类似万金油的话。

“不同在哪里？你能举一些例子吗？”

“我们虚拟人不用吃饭，不用睡觉。”

“那你有什么特别希望能做的事情吗？”俊彦继续问。

小敏歪着头想了一下，说道：“我，我想做个梦，我还从来没有做过梦。”

听到这句话，俊彦心头一震。是啊，虚拟人不做梦，虚拟人是没有潜意识的。但是，之前在秘境中的僰人村落，虚拟人阿沐渣施暴时却曾说过——“这就是我梦中的女孩！”如果虚拟人不做梦，那阿沐渣的“梦”是哪里来的？又或者说，所谓的“梦中”仅仅是一个形容，用来强调女孩漂亮，而并无实际的所指？

俊彦盯着水面下的大鱼，陷入了沉思。

看着看着，俊彦周边的事物突然发生了变化。“他”沉入了水下，而“湖面”跑到了头顶，形状从平面变成了一个曲面，上面还站着两个头小腿细肚子大的人。俊彦明白了这幅作品的精巧之处：盯着大鱼久了，你就能发现第四个世界——大鱼眼中的世界。

大鱼眼中的世界和我们眼中的世界很不相同！那虚拟人眼中的世界呢？

回到公寓，俊彦在床上躺了会。下午在秘境系统的经历让他的思绪有些乱。一些事情好像有了些眉目，但转念仔细一想，又完全失去了头绪。

门外有人敲门，他打开门，快递员交给他一个包裹，他买的书到了——夏老所著的《消失的民族》。

俊彦给自己倒了杯热水，和书一起放在靠墙的一张书桌上。紧接着，他把书桌上的台灯打开，把房间的大灯关上。然后抽出书桌下的椅子，坐下来阅读。

《消失的民族》讲了多个在古代兴盛过，但现在难觅踪影的中国少数民族，包括东胡、匈奴以及僰人部族等。俊彦先翻到僰人的部分读了起来。夏老结合考古发现，以故事的方式来讲历史，文笔非常好，引人入胜。读着读着，俊彦的心情逐渐平静下来。

临睡前，瑞秋发来消息："我明天一早回美国，陪家人一起过新年，先祝你新年快乐～"

这几天和瑞秋联系得不多，不知道瑞秋的病症有没有再出现过。俊彦在手机上打出一行字："你没事吧？"不过马上又删除了，重新打出一行字："新年快乐！"

第十三章　阿王山

明天就是新的一年了，夏老邀请俊彦晚上去家里吃饭："一起吃个跨年饭，学学你们年轻人，给生活增加点仪式感。"俊彦晚上本来也没什么特别安排，再加上他也想和夏老多聊聊，很爽快地答应了。

去之前，俊彦专程到市区转了一圈，选了两罐上好的绿茶，买了两箱水果。买一些礼物并不是单纯出于礼节的考虑，更多的是俊彦敬重夏老，想表达一份心意。认识夏老的时间虽然不长，但交往下来就像一个老朋友。最重要的，俊彦读过夏老的书后，被书里透露出的一种思想力深深打动——那是一种对自己所追求的事业的热忱与严谨，更是一种对初心的坚持。

夏老的家在一个老小区，位于一栋六层公寓的三层，电梯是后来旧楼改造时加装的。俊彦乘电梯来到三楼后，打开手机确认了一下夏老发给他的门牌号，然后按响了 301 室的门铃。

开门的是一个五十多岁的阿姨。"您好，这儿是夏老的家吗？"

阿姨点点头，伸手示意俊彦进门。

进到屋内，俊彦扫了一眼。夏老的家就像他在公司的工位一样，非常整洁。房子不算大，两室两厅的结构。书房的门开着，靠墙有很多组书柜，里面满满当当地放着各种书。客厅的摆设则很简单，一个三人座的沙发、一个藤条做的单椅，外加一个茶几，连个电视也没有。

到客厅后，阿姨示意俊彦坐下。“呃，呃。”阿姨发出声音后指一指自己的嘴巴，然后冲俊彦摆摆手。俊彦正纳闷呢，夏老系着一个围裙走了进来，和俊彦打招呼。

“这位是我的爱人林小岚。”夏老指了指阿姨，“她能听到，但是说不了话。”

俊彦瞬间明白了。他心底涌起一股悲凉之意，夏老在考古界建功无数，没想到他的夫人竟然……

“你稍坐一下，我做几个小菜。”夏老接着说。

“夏老，您别太麻烦了。”

“不麻烦的，几个家常菜。”夏老说完离开，进了厨房。

俊彦在沙发的一角坐下后，阿姨端过来一杯茶放在俊彦的面前。“谢谢林阿姨。”

林阿姨在旁边的藤椅上坐下，一只小猫不知从哪里跑了出来，跳到了她的膝盖上，她用手轻抚小猫的背部，小猫半弓着身子侧卧着，时不时看一眼俊彦。

沙发对面的墙壁上挂着几幅照片，俊彦从沙发上站起来，用手指指那些照片，向林阿姨示意自己过去看看。

“呃，呃。”林阿姨冲他笑了笑。

墙上的照片大都年代有些久远。中间有张像是结婚照，俊彦一眼认出来上面是年轻时的夏老和林阿姨。照片上的夏老比现在要胖不少，穿一身灰色的中山装，身边的林阿姨穿一件碎花的长裙，留着两条齐肩的辫子，用手挽着夏老。俊彦端详了一会，回头看了一眼林阿姨，林阿姨正微笑地看着他，他向林阿姨伸出一个大拇指，然后回过头来接着看其他的照片。

其他照片以集体照居多。有一张照片下面有行文字——“沐王墓考古纪念”，照片上有两排人，俊彦找了找，在第一排靠中间的位置找到了夏老。其他几张集体照类似，都是夏老在一些考古挖掘现场的留念。不过俊彦并没有发现有关“丝城遗址”那次考古的照片。

“岁月如梭啊。”夏老这时走了过来，站在俊彦的旁边，“我和你林阿姨拍这张照片的时候感觉就像在昨天，这一晃都几十年过去了。”夏老指着他和林阿姨的合影说。

“是啊，再有几个小时就又是新的一年了。”俊彦也感叹道。

“我们去客厅吃饭，边吃边聊。”夏老拍拍俊彦的肩膀。

“夏老，您的厨艺真不错。”

“退休后在家待了两年，有点闲不住啊，就和你林阿姨去上老年大学，她学画画，我学做菜。”夏老边说边招呼俊彦吃菜。

夏老共做了六七道菜，有雪菜冬笋、糖醋小排、清蒸鱼和一些绿叶菜。夏老夹了一块糖醋小排，放在林阿姨的餐碟，然后也夹了一块给俊彦。

“俊彦，你尝尝我做的小排。你林阿姨很爱吃这个，但我以前总是做不好。后来啊，我在老年大学悟出了这道菜的精髓：排骨不要焯水，直接在清水里泡一会，抹干水分后先旺火煸炒，这样才能封住里面的汁水，吃起来外焦里嫩。”

俊彦也不和夏老过多客气，大口吃了起来。他平时自己不做饭，夏老说的厨艺知识他也不懂，只是觉得菜很好吃。

一边吃着，夏老和俊彦聊起了很多他在新闻里看到的科技产品，又开始赞叹科技的发展。

“时刻有种要被时代抛弃的感觉啊。秘境公司邀请我去工作之前，我差点就又报了老年大学的编程课。”

林阿姨听了夏老的话，装出一副很嫌弃的样子，然后冲俊彦努努嘴。俊彦哈哈大笑。

过了一会，林阿姨站了起来，向夏老示意自己先走开。“好的，你去忙你的吧。”夏老对林阿姨说。

林阿姨做手势招呼俊彦再吃点东西，然后离开餐厅。

“她又去画画了，现在很着迷的。我的书房有一半都快被她的画具占领了。”夏老摇摇头。

俊彦看得出来，夏老和林阿姨这对老夫妻感情很好。林阿姨走后，夏老拿了一瓶老上海黄酒出来。

“俊彦你是不能喝酒的是吧？”

“是的，不过今天陪您喝一点。”不知怎么，俊彦很想陪夏老喝一杯。

夏老看起来很开心，他取出两个玻璃杯，给俊彦倒了一个杯底的黄酒，然后给自己倒了半杯。

“夏老，您是怎么走上考古这条路的？”

“考大学的时候，本来想读历史专业，因为我从小就喜欢读各种历史书籍。”夏老拿起酒杯和俊彦碰了一下，喝了一口，继续说：“报志愿的时候，我报考的那个大学历史专业的招生名额很少，我就报了博物馆专业。在学校学的知识既包括历史学，也包括考古学。毕业的时候，上海的民族考古研究所到学校招聘，当时考古还是很冷门的职业，愿意从事这个行业的人很少。而我通过几年的学习，深深喜欢上了考古对历史的实证性，就去了考古研究所。”

“考古要长期驻扎在现场，一定很辛苦吧。”

“驻村的话确实有些辛苦，不过也最有意思。在考古现场，你不知道下一秒能发现什么，会发生什么。”

“您参与的这些考古项目中，有遇到特别困难或者难忘的事情吗？我挺好奇的。”夏老刚要说话，不过想起什么来一样，顿了一下，喝了口黄酒。

“考察沐王墓算是一个吧。”

“丝城遗址呢？”俊彦最想了解的是秘境系统中僰人村落的原型地。

夏老听到这句话身体一颤，眉头紧皱了起来，他没有回答，而是起身走出餐厅。

过了片刻，夏老重新回到餐桌旁，端起黄酒瓶和酒杯，小声对俊彦说：“我们到客厅聊吧，林阿姨睡着了。”

“到现在为止，丝城遗址对我来说仍然有很多未解之谜。那次考古，某种意义上改变了我的人生。”夏老坐在沙发的一侧，背靠着扶手，一只手抱头，一只手拿着酒杯，面向坐在沙发另一侧的俊彦，缓缓地说了起来。从夏老的讲述中，俊彦得知了那次充满神秘色彩的考古经历。

大约二十六年前，夏昆和现在俊彦的岁数差不多，参与了几个成功的考古项目后，在行业闯出了一定的名声，成为民族考古研究所的顶梁柱。一天下午，研究所的老所长找到了夏昆。“宜宾丝城的农民在挖地基时发现了大量的古代兵器，初步推测是一个古战场。国家文物局希望咱们研究所前去做一次考古调查。如果那里确实存在大型战争的痕迹，就极有可能和僰人的消逝有关，意义重大。这次，你是否能带队前往？”

夏昆没有说话，因为他刚答应了父母半年内不外出驻村。他结婚比较晚，家里的父母一直想早点抱个孙子，为此和夏昆闹过好几次。

老所长仿佛看透了夏昆的心思：“我知道你和小岚刚结婚不久，小岚这次可以和你一起过去。”

夏昆和小岚经同事介绍认识，小岚在所里主要进行文物的修复工作。两个人很聊得来，小岚开朗外向，性格上也和夏昆的稳重互补。相处一段时间后，两人就在五一节那天领了证。

夏昆仍然有所顾虑。所里有个不成文的规定，就是夫妻或者男女朋友不能在同一个考古现场工作。此外，小岚之前还没有过驻村经历，生活上也不知道是否能适应。

“没有写出来的就不是规定，队员我来定，没人会说什么。”老所长有些激动。

僰人的消逝是考古界的未解谜团之一，这次的机会很难得，夏昆心里其实是非常想去的。但是他现在必须要考虑小岚的意见，“我回去和小岚商量一下吧。”他对老所长说。

没想到，小岚听到这个消息后竟然兴奋地跳了起来。她比夏昆小七岁，大学毕业后来到所里，每天上班就是在所里的修复室修文物，早就想去考古现场工作体验一下了。

所里后续开会决定，夏昆和小岚以及另外两名研究人员组成先遣队，先去当地做实地调查，以制订详细的考古挖掘方案。

小岚开心得不得了。临出发前好几天，她就把所需的一些生活用品打好包，天天盼着早点走，好像要去蜜月旅行一样。“到那边，咱们怎么吃饭呢，我是不是需要挖野菜给你们吃啊。我跟你说啊，我很厉害的，我小时候捕过麻雀，我还可以给你们烤麻雀吃。哈哈。”小岚晚上躺在床上，还在憧憬着田野考古的生活，也不管旁边的夏昆早已鼾声如雷。

考古小队先是坐火车到成都，再转乘火车到宜宾，最后换乘公共汽车到丝城。一位当地文物管理所的工作人员和一名司机开着一辆吉普车到汽车站接他们，在汽车站简单吃了个午饭后，一起乘吉普车前往发现古兵器的村子。

吉普车开了二十多分钟以后，已经没有了柏油路，换之崎岖的山路。虽然山路很颠簸，不过随着行进，路两边的景色逐渐变得异常秀美，竹林一片接一片，远处层峦叠嶂，雾气缭绕。

“这里好漂亮啊！”小岚看着窗外大声喊了一句，还哼起歌来。

“是啊，我们这里原始山林的覆盖率很高的。”当地文管所的人本来正在向夏昆他们介绍农民发现古兵器的经过，听到小岚的喊声，随口应道。

“小岚！”夏昆有点责怪的意思。小岚回过头来，冲他做了一个鬼脸。

吉普车在山峦间继续穿行了一段以后，山路越来越崎岖，越来越窄，最后拐过一个山脚之后，路直接消失不见了。前面开始荆棘密布，荆棘丛中露出一条仅能供一人穿行的羊肠步道。

吉普车停了下来。“到发现古兵器的村寨还有差不多两公里，我们只能步行过去了。”文管所的人说。

除了考古用的一些必备器材，小岚还大包小包带了不少随身物品，现在叫苦不迭。文管所的人让司机在原地等他返回，帮着小岚他们拎了几个包，带路往前走。

两公里的荆棘路足足走了近两个小时。六月底的川南已经变得闷热，荆棘丛中更是不太透风，再加上蚊虫的叮咬，小岚饱满的热情已经消失殆尽，胳膊肘还被荆棘给刺伤，要不是还有其他人在场，她早就抱着夏昆哭起来了。当然，不仅仅是小岚受不了，夏昆虽然经常跑野外，也是第一次走这么难走的路。

就在考古小队实在有点走不动的时候，穿过一片较高的荆棘林，前面豁然开朗，出现一片平坦的开阔地，近处有大面积修葺整齐的农田，稍远处散布着一些当地民居。

“我们到了。”文管所的人说。

考古小队先是来到发现古兵器的村民家，现场已经被隔离带圈了起来，一个当地派出所的民警在看守。文管所的人看起来和派出所的民警很熟，和民警说了一下情况。夏昆他们先进去现场初步查勘了一下，并在一个临时搭建的帐篷里看了下村民前面挖出的一堆兵器残片。

随后，夏昆一行来到了村支部，一个村支书模样的人接待了他们。“这位是老支书，吃住的地方他会帮着安排好。”文管所的人介绍道，接着，他和村支书简单交流了几句，就和考古小队告别返回。

村支书安排了两户村民来负责接待考古小队，夏昆和小岚在一户村民家里住下，另外两位同事则住在另一户村民家中。安顿好以后，已是炊烟四起，暮色降临。

夏昆和小岚暂住的村民家中只有一对大爷和大妈，老两口非常热情纯朴。据村支书前面介绍，大爷以前参过军，走南闯北打过仗，普通话讲得挺好。晚饭的时候，夏昆和大爷攀谈起来。

“大爷多大年纪了?”

“今年六十有七了。”

“身体看起来很好啊，孩子们都在哪里呢?”

“我有三个儿子，现在都搬到镇上去住了。”

“怎么不把您和大妈一起接过去呢?”

“我们在这里住了一辈子，习惯了。”

“也是，这边景色这么美，旁边还有很多山，没事了可以爬爬山，多好。”小岚在旁边插嘴道。

“哎呀，这边的山不能随便去的，尤其是阿王山。”大爷听了小岚的话，神色有些慌张。

“阿王山?”

“就是最高最陡的那座山。”

“为什么不能去啊?”小岚继续问道。

夏昆并没有阻止小岚提问，他也想知道为什么阿王山不能去。了解周边的环境是进行考古调查的基础。在他的规划中，他本就打算明天带队先去周边熟悉一下地形地貌。夏昆有自己独特的考古方法论——先了解整体，根据整体做出假设，再通过局部的分析去验证或者证伪假设。在目前的这个阶段，他并不想过多陷入发现古兵器那个具体地点的细节中去。

第十四章　曼陀罗

阿王山并不难找，位于村寨的正北方，比周边其他山明显高很多。考古小队一早起来，会合后向阿王山出发。

夏昆昨天睡得很晚，临睡前，他有些犹豫后续查勘的安排。吃晚饭时大爷讲了一些有关阿王山的传说，并一再叮嘱夏昆和小岚不要涉足阿王山。“我当过兵，最开始我也不信邪，但是那一切就在我眼前发生了。”大爷的话在他耳边回响。

早上起来后，夏昆不由得笑了笑，自己昨晚肯定是由于舟车劳顿太累了，竟然顾虑起乡野的传说。他决定按照原计划先去调查周边的地形地貌，阿王山作为这里最高的山，无疑是首选，登上阿王山的话，方圆十里应该可以尽收眼底。

山区的温差比较大，早上出发的时候还有一些凉意，几个人都穿着薄外套。“这些是什么啊？”小岚指着地里大片的农作物问。

“这是种植的烟叶，也就是烟草。”一个同事答道。

考古小队沿着烟草地的田埂往阿王山行进。一轮红日从东方一座低矮的山峰上升起，烟草叶上的露珠迎着晨曦闪闪发光。大家的心情很不错，一路上有说有笑。走了一会，临近山谷，烟草地到了尽头，前面开始荒草丛生。

“在这歇一歇吧。”夏昆招呼大家。

“我现在明白了为什么考古队里的胖子不多。”小岚边说边把外套脱掉放进背包，拿出随身的水壶，喝了口水。

“夏昆这样的应该就算胖的吧。”一个同事逗趣说。

“那说明我养得好。”小岚笑着回应。

“看来很少有人进山啊，都没有什么走过的痕迹。”另一个同事望着前面山谷中半人高的杂草说，“幸亏我从村民家中借了把柴刀。”说完，他拿出柴刀在前面杂草地里挥了挥。

歇了一会，考古小队开始沿着山谷往里走。一些裸露的大块岩石成为杂草和灌木丛中的唯一落脚地，考古小队蜿蜒前进，实在找不到落脚的地方就用柴刀开路。走了一会，考古小队发现了一条通往山上的古道，虽然被一些苔藓和矮草覆盖，但明显能看出这条古道是以前人工修葺的，大块的岩石上有开凿过的痕迹。

考古小队顺着这条登山古道往上走，有一些地段较为陡峭，需要几个人互相协助攀爬，但总体来讲还算是比较顺利，用了差不多两个半小时，考古小队登上了阿王山的山顶。

意想不到的是，阿王山的山顶异常宽敞平坦，有几个足球场那么大。山顶上的草也不高，较为平整，夹杂稀稀落落的树木和灌木丛，就像置身一片草原之中。

“哇，好美!”小岚赞叹道。

看到此景，几个人瞬时忘了长时间攀爬的劳累，心情大好。

夏昆沿着山顶边缘转了一圈，除了他们顺着古道爬上来的那一面坡度较缓之外，其他几面山势都非常陡峭，更有一面几乎是垂上垂下的悬崖。“这个地方易守难攻，又适合安营扎寨，真是一个驻军的好地方啊。”夏昆一边暗暗思忖，一边拿出相机开始拍照。

不知不觉已是中午，几个人拿出一些随身带的食物，在草地上铺了一块塑料布，坐下来就地野餐。由于海拔的缘故，正午的阳光照在身上，也并不觉得热，反而是温暖和煦。

“我都不想走了，在山顶搭个帐篷，晚上看星星，该有多好。”小岚有些流连忘返。“这里有蛇哦。”一个同事开玩笑说。

“啊，那我们还是走吧，我最怕蛇了。”小岚一听马上站起身来。

因为对古道已经有了整体的了解，下山走得就比较轻快，不到一个小时，考古小队已经下到半山腰。

“你们快看啊，那些花。”小岚兴奋地喊道。

前面出现一个岔口，除了来时走的那条古山道，还有另外一条古道通往另一侧，爬上来的时候居然都没有留意。岔口旁的岩石缝中，花团锦簇。小岚看到后马上跑过去观赏，夏昆等人也跟了过去。

“小岚，别碰那花!”一位同事冲小岚大叫。小岚不解地看向那位同事。

“这是曼陀罗花，又名醉心花，花有剧毒。”同事严肃地说。

“这样啊，长得如此迷人原来就是为了毒倒我。”小岚装出一副害怕的样子。

“哈哈，小岚你太逗了。我们沿着这条岔道下山可好?”同事提议。

夏昆和其他人商量了一下，大家都没有异议，都好奇这条岔道通往哪里。

和上来时走的那半截古道相比，新的岔道要更加宽更加好走一些，半个多小时，考古小队就下到了山谷。阳光被山体封锁，山谷昏暗而幽静，偶尔传来一两声鸟鸣。

考古小队沿着山谷开始往回返。走了好一会，旁边的山势越来越陡，山谷里的天色越发昏黑。杂草丛中更是开始出现很多荆棘，像昨天来村寨路上碰到的荆棘一样，不得不靠柴刀砍出一条窄道，勉强侧着身通行。

通过一个转角后，山谷旁出现一道刀切样的悬崖峭壁，高高耸立。这时，夏昆才意识到他们在山谷里应该是走错方向了，现在绕到了山的背面，在山顶的时候他曾经往这一面看过。

“悬棺！好多悬棺啊!”一个同事突然指着岩壁上方说。

夏昆抬头望去，在悬崖中上部的岩壁上，密密麻麻悬挂着很多的棺木，至少有上百具。他前面从山顶上往下看时，因为被崖壁顶部的杂草遮挡，并没有发现这些悬棺。

夏昆赶紧拿出相机拍照，拍完照以后，开始和同事就这些悬棺讨论起来。这一趟阿王山之行的收获真的很大，几个人都非常兴奋，过了好一会，他们才停止讨论，准备折返。

“小岚。”他回头喊小岚，却看不到小岚的人影。

“小岚去哪里了?”他问另外两个同事，两个同事也摇头说不知道。三个人不由得面面相觑，然后几乎同时大声喊了起来。

“小岚，小岚……”

喊声在空旷的山谷中回荡，小岚依旧不见踪影。

“小岚，你在哪里啊?”夏昆非常焦急，发疯一样地大喊。

此时，山谷的天色突变，噼里啪啦下起雨来。水顺着脸庞流了下来，夏昆分不清那到底是雨水还是泪水。他再次往崖壁上看去，竟然发现一个人影骑在半山腰的一具棺木上，他简直不敢相信自己的眼睛，仔细看了看，那个人影正是小岚!

“小岚，你怎么上去的?快下来啊!”小岚仿佛听到了夏昆的喊声，朝着夏昆挥手。夏昆感觉身子一晃，山谷里地动山摇起来，崖壁上纷纷往下掉石块，紧接着，一具具棺木也开始往下掉。夏昆瞬间绝望，一下子晕了过去。

夏昆醒来时，发现自己靠在悬崖边一块裸露的岩石上，小岚和另外两个同事守在他的身边，雨早已停了。

“小岚，你没事吧?”夏昆坐起来把小岚紧紧抱在怀中。

“我们刚才都出现了不同程度的幻觉。”一位同事说道，“雨有问题。这个崖壁上有很多的曼陀罗，我怀疑雨水把曼陀罗的毒素给带了下来，曼陀罗之所以又称为醉心花，就是因为它可以致幻。”

夏昆放开小岚，点点头，同事的解释很有道理。他想起了昨晚那个大爷向他描述的经历：大爷早年和一个伙伴误入阿王山深处后同样遭遇了一场莫名其妙的雨，然后出现一头巨兽一口将他的伙伴吞下。大爷当年应该也是出现了幻觉。

“小岚，你刚才去哪里了?”

“你在对着崖壁上的悬棺拍照时，闪光灯一闪，我看到那边草丛中有个东西发出非常刺眼的光芒，就过去看了看，捡到这样一个牌子。”小岚说完从身旁拿出一块巴掌大小的暗灰色金属牌，边缘像一团燃烧的火焰。

长期的考古研究，夏昆对金属还是有很深的了解，他把金属牌拿在手里看了看，非铜非铁也非银，这个牌子并不是一般的金属。表面看着并不像能发光或者反光的样子，它刚才为什么发光？不过，他现在更关心的还是小岚。

“那你没有听到我们喊你吗?”

“没听到，那一瞬间，我可能也出现了幻觉，就好像在梦中一样。”

“不过我们开始喊你名字的时候，还没有下雨啊?”夏昆困惑地看向刚才解释雨水中曼陀罗毒素致幻的同事。那个同事挠挠头，回应道：“我们现在先不管这些了，快往回返吧，如果天黑了就麻烦了。”

考古小队几个人不再说话，掉头急匆匆往村寨方向走。再度看到大片的烟草种植地后，夏昆长出一口气，招呼大家稍微休息一下。

一轮夕阳正缓缓地从西边的山上落下，一缕余晖逗留在晒了一天有些发蔫的烟草叶片上，依然不舍离去。

讲完阿王山的奇遇后，夏老停了下来，他起身对俊彦说：“我去看看你林阿姨。”阿王山的事情在夏老的书中没有提及过，有些诡异，俊彦听得浑身发冷，他活动了下胳膊。“林阿姨在悬崖下面捡到的牌子，很像在秘境系统中看到的阿沐苏村长传给阿沐渣的火焰牌，有什么样的关联呢?”俊彦心中暗想。

夏老手里拿着两杯热水返回客厅，将其中一杯递给俊彦，重新坐到沙发上。“后来您根据初步查勘的结果，提出了著名的‘丝城假设’是吧?”俊彦问。夏老喝了一口水，然后点点头。

“丝城假设”让夏老在行业里名声大噪，在夏老的书中，作为一种方法论，对其有详细的阐述。在这一假设中，发现古兵器的村寨是僰人的一个重要城镇，经济非常发达。明朝军队前面几次对僰人的征战中，由于地形的特点，这里并没有受到太多侵扰。后来，明朝再次派出大军对僰人进行征讨，僰人的军队退守到这里。明朝军队披荆斩棘，突破种种障碍追杀至此。小范围交战后，僰人的军队以及百姓被迫全部逃到阿王山上，并据险死守。明朝军队几次强攻阿王山均失败，损失惨重，于是采取了“困山”策略，慢慢等山上的僰人粮草耗尽。

在“丝城假设”里，最重要的不是这个假想的故事，而是根据这个故事结合古代的风水习俗等做出的一系列推论。比如：古城的城墙在什么位置，集市在什么位置，村寨的首领住在哪里，僰人军队逃到阿王山后会修建什么样的防卫工事，明军“困山”时会在古城留下什么样的痕迹，等等。如果这些推论被验证，那就证明了假设的合理性；而如果这些推论被证伪，那假设自然就不会成立。

“丝城假设”的推论有二十多条，夏老的书中曾记载，考古先遣队根据这些推论在几十个位置进行了初步探土，验证了古城城墙、僰人集市、村寨首领宅院等一系列推论的正确性。考古小队据此制定了后续的遗址挖掘计划，得到国家文物局的批准后，所里增派近二十人的考古团队，历时一年半，丝城遗址得以清晰地呈现在世人面前。

“林阿姨捡到的那块金属牌是后来秘境系统中火焰牌的原型吗?”俊彦忍不住问夏老。

“是的，那块火焰牌，可以说是我一生中最大的谜之一。”夏老深深地叹了口气，再次陷入对往事的回忆中。

所里增派考古人员后，考古队在阿王山的山前租用了一块当地村民的烟草地，建设自己的野外营地，并在当地开始招募一些民工。当地政府也比较支持，在进村的两公里荆棘林里开出一条窄道，虽然依旧很难走，但车可以勉强开进来，运送一些物资器材。

小岚除了偶尔对一两件亟须现场修复的文物进行修复外，主要负责考古队的后勤工作。

一天，一个妇女背着个小孩来到营地门口，时不时探头往营地里看，小岚见到后上前询问。

“有什么事情吗？”

“你们这需要人做饭吗？”妇女说。

研究人员和民工加起来有近五十人，吃饭是个大问题。前面在村里已经找了几个做饭的，但是没人会说普通话，沟通还要靠队里的一个翻译，非常吃力。眼前的这个妇女普通话说得很好，小岚一下子来了兴趣。进一步了解后得知，妇女的老家在贵州，后来嫁到了这里，老公去年因病去世，家中只留下她和快满两周岁的小女儿。

小岚问妇女在这工作的话，有没有人帮她照看孩子，妇女说没有。小岚很为难，在这边找一个会说普通话而且会做饭的人确实不容易，但是和火、锅灶等打交道，背着个小孩的话总是有安全隐患。

妇女看起来很想得到这份工作，说道：“在我们老家那边，都是用背带把孩子绑在后背做饭干活的，不会影响啥的。”

小岚让妇女先试着做几天看看。没想到，妇女真的很能干，做的饭菜也很好吃，带着个小孩也确实没什么大的影响。就这样，妇女就在营地食堂工作了起来。

小岚闲下来的时候，也会抱着小女孩玩。小女孩长得很漂亮，大大的眼睛，非常乖巧懂事。

“小姑娘，你叫什么名字啊？”

“玲子。阿姨，漂亮。”

玲子的小嘴咿咿呀呀地蹦着词语，小岚听着，心都要融化了，她摸摸小女孩的脸蛋，对她说：“玲子长大了会更好看。”

时间长了，小岚越来越喜欢玲子，有空就陪着她玩。有天下午，玲子玩累了就在夏昆和小岚的营房里睡着了。有同事喊小岚去处理一些事情，小岚处理完再回到营房时，发现玲子已经醒来，正站在床边的柜子旁，捧着一样东西发呆。走近一看，她手里拿的是之前从阿王山山谷中捡回的那块金属牌。

第十五章　蝴蝶

小岚从阿王山捡回那块金属牌后，就放在装生活用品的包中，后面考古调查等事情比较多，基本忘掉了这事。野外营地建成后，小岚和夏昆从村民家搬到营房住，小岚收拾东西时，看到这块牌子，也没当回事，随手扔到床边的柜子里。现在被玲子翻了出来。

“阿姨，是什么?”玲子见到小岚后问。“这个啊，是一块‘小石头’。”

玲子非常喜欢这块“小石头”，她基本上每天都来小岚的营房，来了就让小岚给她拿金属牌玩。如果不给她拿，玲子就会哭。“这孩子，从小也没什么玩具。”小岚见了很是心疼，每次也就满足她，权当一个小玩具。

有天傍晚，小岚和玲子正待在营房，文物局新派来的一位专家来找夏昆。“夏昆不在吗?”

“他还在现场。”

“我有件事要和他讨论一下。”专家说。

小岚看了看表："要不你在这等他一下？他估计很快就回来了。"

"这是你女儿吗？"

"哈哈，算是我干女儿吧。"小岚开玩笑说，"她妈妈在营地的食堂工作。"

"小姑娘几岁了？"专家摸摸玲子的头问。

玲子歪歪头看看专家，冲他笑了笑："两岁了。"

"真可爱，你戴着的这个小铜锁可以给伯伯看看吗？"专家看着玲子说。

玲子很警觉的样子，用手护住自己的衣服领口，看向小岚。"没关系的，给伯伯看看吧，阿姨帮你保护着。"小岚轻轻拍了拍玲子的肩膀，玲子放松下来。

玲子佩戴的铜锁有些发暗，用一根红色短绳系在脖子上，显然很久没有取下来过，短绳除了后脖颈处还能看出是红色外，其他部分已经变成了褐色。营房的光线不是很足，专家让小岚拿了个手电筒照着，蹲了下来，凑近玲子的领口查看。

"不是当代的东西，"专家说，"看起来至少有几百年了。"

小岚也把头凑过去看了看，铜锁的样子挺普通，只是上面刻着一个棋盘样的图案。"估计是她家里传下来的吧。"小岚说。

"是啊，很多文物正是以这种形式散布在民间。"专家一边感慨一边站起身来。

"你坐，我给你倒杯水。"小岚招呼专家说。

专家在柜子边的矮凳坐下后，看到了柜角放着的金属牌，随手拿起，上下左右瞧了瞧："这个这应该是一块陨石吧。"

"是吗？在山里捡到的。"小岚说。

“我前段时间在内蒙，刚参与鉴定了一些陨石，这一块不像普通金属，很像陨石。”这时，夏昆走进营房。

“老宋，你来了啊。”夏昆见到专家后打招呼。

“夏队长，可把你盼回来了，我找你讨论一下新出土的一些文物的保护问题。”

“要不我们去营地的会议室聊？”

专家放下手中的金属牌，冲小岚点点头，和夏昆一起走了出去。

马上要到晚饭时间，小岚也抱起玲子，走出营房，去食堂查看饭菜的准备情况。

第二天下午，小岚处理完一些后勤的杂事后，又把玲子抱到营房玩耍。“我们来玩拍手好不好？”

玲子听了开心地点点头。

“你拍一，我拍一，一个小孩坐飞机。”一边陪着玲子玩，小岚一边想象着未来自己孩子的样子。有次夏昆和她商量，想等到这个考古项目结束后再要孩子。小岚非常理解，夏昆虽然也想尽早要孩子，不过目前“丝城遗址”的挖掘几乎就是他的全部。

“阿姨，小石头。”玩了一会，玲子向小岚要金属牌。

“你呀，玩具比阿姨还重要。”玲子下床去柜子里拿。

但是，柜子里却不见了金属牌的踪影。她回忆了下：昨天傍晚，那个文物专家临走时，把金属牌放在了柜子上，晚上回来后，她没再留意，估计是夏昆放到了其他什么地方吧。

玲子看不到“小石头”，哇的一声哭了起来。

“玲子乖，阿姨再找找，小石头是不是跑出去玩了啊。”小岚一边哄玲子，一边继续在营房其他地方找。野外的临时营房本来就很小，没几个地方能放东西，可是小岚翻遍了也找不到金属牌。玲子哭得越来越厉害。

小岚抱起玲子走出营房，问其他人有没有见到夏昆。“刚看到夏队长在资料室那边。”一个同事说。

“麻烦你帮我叫他一下。”玲子哭得太凶，她实在不好意思去那边打扰队里的工作。夏昆从营地的一角跑了过来，边问怎么了。

“从山里捡回来那个金属牌你有没有看到?”

“昨晚老宋和我讲那个东西挺像陨石的，正好他上午带几件出土的文物回省文物局，我就让他拿到省里找仪器测定一下。”

“你啊，也不和我说一声，玲子看不到这个东西就要哭啊!”小岚有一点责怪。

“哈哈，小孩嘛，哄哄就好了。”说完，夏昆把玲子抱到自己怀里，“叔叔带你去吃糖好不好。”没想到，玲子一下子哭得更大声起来。

这时，玲子的妈妈跑了过来。“宝宝不哭，不哭，夏队长，我来抱吧。”见到妈妈后，玲子的哭声稍微小了点，但还是没有停下来的意思。小岚见状跑到食堂，拿了一颗冰糖出来，放到玲子口中，玲子这才止住了哭声。

“哎呀，让你们操心了。”玲子的妈妈有些不好意思，拿出背带，把玲子背到身上。

“以后咱们的孩子如果哭闹，非要某样东西，就像今天玲子，你会怎么办?”睡前，小岚问夏昆。

“不乖的话，我就揍他。”

“你敢。你要揍孩子，我就揍你。”小岚说完挥舞双拳锤打夏昆的肩部。

“肩膀正好有些酸疼，你帮我好好捶捶。”夏昆继续开玩笑。

这时，门外传来一阵急促的敲门声：“小岚！夏队长！”

“是玲子的妈妈，快去开门。”小岚叫道。

门开后，玲子的妈妈抱着孩子跑了进来，“麻烦……你们，快看看，玲子，玲子这是怎么了？”她惊慌失措，上气不接下气地说。

玲子在妈妈的怀里手舞足蹈，嘴里说着一些听不懂的话语。

小岚从妈妈的怀里去抱玲子，没想到玲子力气很大，一下子挣脱开来，光着脚丫站到地上，身体摆出奇怪的姿势，双眼呆呆地看着墙壁上自己的影子，嘴里仍然不停地讲话。

小岚俯下身子，膝盖跪在地上，紧紧抱住玲子。“她以前这样过吗？”

“没有，从来没有。”小岚妈妈回答。

过了好一会，玲子逐渐安静下来，侧着头，在小岚怀里睡去。“会不会是癫痫发作呢？”玲子她们走后，夏昆问小岚。

“不是，我看到过癫痫病人，不是这样的。”小岚有些惊魂未定。早上，小岚再次看到玲子微笑的脸庞后，一颗悬着的心才落地。

可好景不长，下午的时候，玲子又“发作”了，情形和昨天一样。小岚赶紧把后勤的一辆车叫来，和玲子妈妈一起，带玲子去镇卫生院找医生。不过还没到卫生院，玲子又平复下来。见到医生后，向医生描述了情况，医生也讲不出所以然。回去的路上，小岚对玲子妈妈说："晚上别把她带走了，跟着我睡吧，如果有什么情况，营地至少有车，能及时应对。"玲子的妈妈感谢不已。

玲子时不时就会"发作"，有时候在下午，有时候在凌晨，也没个固定时间。小岚把玲子当自己的亲女儿一样照料，几天下来，身体明显消瘦了一圈，变得很虚弱。

"你能不能去给老宋打个电话，让他把金属牌尽快送回来，我怀疑玲子是因为这个受了刺激。"小岚一天早上对夏昆说。

"不会是因为这个吧，再说，如果鉴定为陨石，就不能……"夏昆有些为难，可是看到小岚憔悴的样子，他把后半截话咽了回去，咬咬牙说，"我去打电话。"

不一会，夏昆从通讯室返回营房："车已经往这边开了，傍晚的时候就能送到。"

没想到，玲子重新见到那块金属牌后，就真的好了，不再"发作"，这是夏昆无论如何也琢磨不明白的。小岚没管那么多，看到玲子没事了，她开心极了，身体也逐渐恢复。

金属牌的鉴定结果确实是陨石，按说是要送研究机构，但夏昆担心小岚，只好破例。不过，两周后，有了新的考古发现，金属牌再也不能作为玲子的玩具了。

在僰人村寨首领的宅院古址，考古队发掘出了四面铜鼓。这些铜鼓有着极高的铸造水准，鼓面、鼓腰、鼓耳和鼓足浑然一体。鼓面上铸有精美的图案，图案由三个同心圆组成，最外围的圆圈里画着火焰样的纹路，中间的圆圈上刻着姿势各异的舞者，鼓面的中心铸有一个散发火焰的不规则圆牌。在鼓腰上，刻着一圈“铜版画”——有个首领样的人举着边缘像火焰的牌子，一些手拿兵器的士兵跪在他的四周。

夏昆看到鼓面中心的图案时，内心一惊：那分明就是小岚从山谷捡回的金属牌的形状。夏昆以前见过一些其他民族的铜鼓，一般来讲，铜鼓正中央的图案是这个民族信仰或权力的图腾。再看到鼓腰上的画面后，夏昆已经确信，那块被玲子当作玩具的金属牌并不是一块普通的陨石，它被僰人当成了某种权力的象征。

夏昆把铜鼓的考古发现告诉小岚后，小岚神情很是落寞，她把金属牌拿出来，放到夏昆手上，说：“如果玲子再发病的话，我能带她回上海，找专家看一看吗？”夏昆心疼地看着她，点点头。

经过文物专家们的进一步讨论，金属牌被命名为“火焰牌”，成为丝城遗址的重要文物之一。而在火焰牌被送走后，玲子的病情又复发了，症状和以前一样，发病却更加没有规律——有时，一天里好好的；有时，一天里要发作好几次。

玲子不断发病，小岚的心情变得异常压抑。有时候，她觉得这一切都是她造成的，是她带给了玲子厄运。如果当初在山谷中她没有发现那块火焰牌，这一切也许就不会发生。“一定要帮玲子治好病！”小岚暗下决心。

小岚把带玲子回上海看病的想法和玲子妈妈讲了后，玲子妈妈有些犹豫：“可是，我什么也不懂，也帮不上忙。”

“没事，你在这继续工作就好。我带她去，等专家诊断以后就带她回来。后续的治疗，可以就近来做。”

“可是……”玲子妈妈仍然顾虑重重。

“钱的方面，你不用发愁，我来垫着。就当我是她干妈好了，我会照顾好她的。”小岚对玲子妈妈讲。

得到玲子妈妈的同意后，小岚压抑的心情有些好转。她抱着玲子，走到营地门外。在一片草丛中，开着几朵不知名的花，有只蝴蝶落在一朵黄色的小花上。“玲子，快看，蝴蝶！”小岚用手指了指。“哇，阿姨，要。”玲子眼睛里闪耀着兴奋的光芒。“好啊，阿姨给你捉。”小岚把玲子放下，猫着腰走近那只蝴蝶。蝴蝶也许正在陶醉于花粉的芬芳，没有觉察到小岚靠近。小岚双手猛地一合，把蝴蝶抓到了手中。小岚很开心，手捧着蝴蝶去给玲子看。玲子满怀期待地盯着小岚的双手，只见小岚的手慢慢打开，露出了手心里的蝴蝶，蝴蝶先是在手心转了半圈，像是迷路后在寻找方向，接着，蝴蝶轻轻扇动翅膀，从手掌飞起，迎着太阳飞去。“阿姨带你到一个很远的地方，去捉很多很多的蝴蝶，好不好？”小岚把玲子再度抱在怀中，用脸贴了贴玲子笑颜盛开的小脸蛋。

第二天出发时，玲子的妈妈哭得稀里哗啦，玲子边用小手帮妈妈擦眼泪，边说：“妈妈，蝴蝶，抓蝴蝶。”

夏昆让省文物局的朋友帮着买的火车票——从成都到上海的卧铺下铺。小岚带着玲子先是坐队里的车到成都，然后从成都坐火车回上海。

这是玲子第一次坐火车。她在小岚的怀里，一会坐着用小手拍打车窗旁的小桌子，一会站起来看窗外。很多事物对她而言都很新奇，一路上问这问那。

“阿姨，什么？”玲子用小手指了指窗外，远处有一座高高耸立的烟囱，正冒着滚滚的浓烟。

“那是工厂，玲子长大后也要到工厂上班。”

“阿姨，什么?”玲子又指着成片的池塘问。

“那是养鱼的鱼塘，里面有很多很多的小鱼。”

“小鱼——游——”玲子用小手比画出小鱼游动的样子。

“等玲子长大了，阿姨教你像小鱼一样在水里游好不好?”玲子郑重其事地点点头。

下午两点多，玲子躺在小岚的怀中睡去。等玲子睡熟后，小岚把她放在卧铺上，给她盖上被子，然后坐在旁边端详着她。玲子的小脸红扑扑的，大大的眼睛眯成了细细的弯月，长长的睫毛排成一排，挂在那轮弯月上，小嘴巴轻轻一张一合的，嘴角还时不时上翘一下。“她也许在做着甜甜的梦吧。”小岚想。

昨天下午到成都后，玲子又“发病”了一次。不过自从昨天傍晚坐上火车后，玲子的病情还算稳定，一直到现在都没有发作，这让小岚颇为欣慰。出发前几天，夏昆怕她一个人在路上带孩子太辛苦，想请假和她一起回上海，但小岚坚决不同意。随着文物不断出土，丝城遗址的考古挖掘引起了广泛关注，她知道夏昆肩上担负着太大的责任与压力。前段时间，因为玲子，她基本上没有什么精力可以拿出来照顾夏昆，心里已经很愧疚，她不想再因为玲子的事影响他的事业。

不过，可能和火车上的饮食有关，玲子不太想吃饭，这让小岚非常担心。今天早上，火车上提供了米粉，玲子摇摇头说不吃。中午的时候，小岚叫了火车上的盒饭，玲子尝了一口后又摆摆手说不吃。一天下来，玲子只喝了一些水。

下午四点左右，火车缓缓开进了一个途经站。停稳后，站台上人头攒动，过了一会才逐渐散开。

“热乎的绿豆粥、玉米粥、八宝粥。”小岚循声望去，一个小贩推着一辆小车在站台中央叫卖一些食物。小岚看了看玲子，她还在睡，于是站起身，快速走出车厢，下了火车，跑到站台中央，买了一份八宝粥。

“等玲子醒后，刚好可以喝。”小岚想。

“请乘客们快快上车，火车马上就要开了。”站台上的工作人员挥舞着手里的小旗喊道。

小岚拎着刚买的粥，跑着登上火车。

再次回到车厢的卧铺座位后，小岚朝玲子望去，眼前的景象让她一下子蒙掉了：下铺的被子掀开着，而玲子却不知去向！这时，火车的车身开始晃动，车缓缓驶动。小岚不知所措地朝外面望去。窗外，一只蝴蝶正在火车搅起的气流中挣扎着，奋力起舞。

第十六章　九宫格

听着夏老的讲述，俊彦的心中波澜起伏。叫玲子的那个小女孩，几乎可以确定就是童年时的瑞秋：瑞秋在儿童福利院的小名也是玲子；瑞秋也有一把印有棋盘图案的铜锁；最主要的，瑞秋的病情和夏老描述的玲子的病情一模一样；此外，瑞秋被儿童福利院收留时也是两岁左右。俊彦几次想要打断夏老，把瑞秋的情况告诉他。

当夏老讲到小岚回车厢后发现玲子不见了时，俊彦实在忍不住，插嘴问道："玲子后来找到了吗?"他已经大概猜到答案，只是想确认一下。

夏老摇摇头，然后弯腰拿起茶几上的黄酒瓶，给自己倒酒。

"夏老，酒喝得不少了。"俊彦把酒瓶从夏老手中拿掉，把盛酒的杯子拿开。

夏老长叹一口气，说："小岚发疯一样找玲子，逢人就问。同车厢的乘客，有的说看到小女孩下车了，有的说看到小女孩去了别的车厢。小岚找了乘警，乘警一方面帮着小岚在列车上搜寻，一方面联系了铁路警察在站里找，但都没有找到。”

俊彦把水杯递给夏老，夏老喝了口水，继续说道：“后来，小岚回到下车买东西的车站四处打听，有人告诉她曾看到一个男子抱着小女孩上了到广州的火车，她就跑到广州去找。苦寻未果后，她就跑到公安局去闹。差不多一年，到丝城遗址挖掘基本完成，小岚一直在四处寻找玲子。中间我回来过两次，但每次她都怕影响我工作赶我走。”

夏老把水杯放下，用手背擦了擦自己的眼角：“都怪我啊，这一切都怪我，我当初应该陪她一起去给玲子看病的。丝城遗址带给我巨大的名声，但也给了我一生中最大的遗憾——小岚后来话越来越少，最后更是患上了失语症，这是无法弥补的。”

对面墙上的照片影影绰绰，此刻，俊彦明白了为什么照片墙上没有丝城遗址的考古纪念。玲子的患病和失踪在小岚阿姨心中留下巨大的伤痕，夏老能做的只能是小心翼翼地不去触碰。想到这里，俊彦决定先不把瑞秋的事情告诉他们，小岚阿姨再经受不起任何的刺激。他首先要百分百确认“玲子”就是瑞秋，如果确实如此，他也要帮瑞秋治好病，带着一个健健康康的“玲子”出现在小岚阿姨和夏老面前。

有件事情，俊彦不得不问：“那，玲子的妈妈后来去哪里了？”

夏老露出一副非常痛苦的表情，说：“玲子的妈妈知道玲子失踪后，痛不欲生，最后精神出了问题，到处讲是小岚拐骗了她的孩子，还天天跑到考古队营地闹。最后，当地派出所的人把她送回了贵州老家。”夏老说完低下头，双手用力地搓着头发。

看着夏老的样子，俊彦不由得责怪自己，为什么非要现在问。他掏出手机看了看时间，已经快要零点，新年的钟声就要敲响了。

“夏老，那块火焰牌在哪里?”这是今晚的最后一个问题，俊彦暗暗嘱咐自己。“在四川民族博物馆。”夏老抬起头来，整个人显得憔悴不堪。

俊彦站起身来，也把夏老从沙发上扶起来。

“夏老，谢谢您这顿‘跨年饭’。祝您和林阿姨新年快乐。新的一年，一定会有惊喜!”最后这半句话，俊彦是讲给自己听的，他攥了攥拳头。

走出小区的大门口，俊彦伫立在路边发呆，他还陷在夏老讲述的往事中。一辆出租车停在俊彦面前，一对年轻的情侣从车里钻出，男的喝得有些醉醺醺的，女孩搀扶着他往小区走。保安从岗亭里探出头看了一下，男青年冲保安挥挥手喊道：“大叔，新年快乐啊。我和你讲……新的一年里，我要脚踏五彩祥云，身披金甲去娶她。”女孩腾出一只手去揪男青年的耳朵……

“小伙子，你走不走?”出租车的窗户摇下，司机探头问俊彦。俊彦愣了一下，然后钻进出租车。

“现在的年轻人啊，根本不懂什么是婚姻，稀里糊涂结婚，然后再稀里糊涂离婚。”司机说道。

“那什么是婚姻呢?”

“婚姻，是生命的一种仪式，一种将两个生命绑在一起的仪式，我中有你，你中有我。”司机的话富有哲理。

“是肉体的仪式还是灵魂的仪式?”俊彦对这个话题来了兴趣。

“我中有你，你中有我，你说是肉体的还是灵魂的?”司机说完大笑。

“老司机果然是‘老司机’。”俊彦打趣道，“那你觉得，死亡也是一种‘仪式’吗?”俊彦的话带着些反驳的味道。他其实并不是很认可司机的观点，他认为结婚、生子以及死去等都是人生的阶段而已。

司机语气一转，一本正经地说：“灵魂是一团空气，很难看到，摸到。肉体就像气球，装着这团‘空气’。我们人死了，气球就破掉了，‘空气’其实还在，只不过，会飘散开来。那么‘仪式’呢，就像一个容器，代替‘气球’，把这团‘空气’包裹在里面，让我们仍然能在某种意义上感受到生命的存在。”

“老师傅，你是一个哲学家啊。”俊彦笑道。

“每个跑了二十年以上的出租车司机都是哲学家。”

“这么讲的话，一个从来没有过肉体的灵魂，如果想体验有肉体的生命，是不是只要举行某种‘仪式’就可以?”俊彦若有所思地问。

“小伙子，你更像哲学家，你说的问题我完全不懂。”

俊彦没再说话，过了一会，他拿出手机，给瑞秋发了条信息：“我这里已经是新的一年了。新的一年，新的惊喜!”

新年第一天的下午，俊彦来到四川民族博物馆。趁元旦假期有时间，他想看一看火焰牌，真真切切地站在它的面前，感受一下它的“魔力”。昨晚听夏老讲到玲子竟然是因为火焰牌出现病情时，他就萌生了这个想法。从夏老家返回公寓后，他马上定了早上飞成都的机票。

相比四川省博物馆，民族博物馆要小很多，坐落在一个不起眼的三层建筑里，来参观的人也不是很多。不过，博物馆的安检非常严格，花了很长时间进行各种检查，这有些出乎俊彦的意料。

进入馆内后，先经过一个导览台，俊彦上前咨询工作人员："请问，火焰牌展台在哪里?"

"在二楼中间位置，也就是我们馆的C位，很好找。"

确实如工作人员所说，上到二楼后，很容易就能看到火焰牌的展台——二楼的中央比较空阔，只有那一个展台。俊彦直接奔了过去。

展台的底座是一个镀铜的雕塑，形状类似架起来的柴堆；底座上方有一个玻璃罩作为展柜，玻璃罩有很多的切面，像是一颗钻石镶嵌在底座上；展柜的上方，还立着半截镀铜雕塑，仿佛一团燃烧的火焰。

展柜中央放着一块白色亚克力展托，火焰牌就摆在上面。灯光从玻璃罩各个切面的衔接处射出，照射在火焰牌的周围。展托的底部，有一块说明牌，上面写着几行简单的文字："火焰牌，陨石，被古代僰人作为权力的象征物，发现于丝城遗址。"

火焰牌有成人的手掌大小，通体暗灰，表面有一圈圈细密的波纹，不算厚，如果不是有着火焰一样的边缘的话，看上去就像一个小型的蚌壳。俊彦离展台大概有一米，他弯着腰，双手插在裤兜里，静静地看着它。看着看着，他的眼前浮现出玲子把它当玩具玩的情景：玲子一会把它贴在脸蛋上；一会用小嘴亲亲它；一会把它当成飞机，用手托着它在眼前划过，嘴里发出嗡嗡的声音；一会又把它当成小猫，用手抚摸它……

“这个展台展览的是僰人的重要文物之一，火焰牌。”这时，一个女导游领着几个游客走了过来。俊彦回过神来，直起身子，让到一边。

“火焰牌的命名是根据它的形状，”女导游先是把火焰牌的基本情况向几位游客介绍了一下，这些俊彦都比较了解，没太留意听，“火焰牌目前是民族博物馆的镇馆之宝。能成为镇馆的文物不只是因为它是僰人的权力象征物，也不只是因为它是一块陨石。”女导游讲到这里，一下子引起了俊彦的注意，他往前走了一步，站到导游的侧后方，听她进一步讲解。

导游卖了个关子，停顿了一会，然后接着说：“几个月前，馆里使用了最先进的仪器对其进行检测分析，发现它的主要成分是‘氖’，准确地说，它是一块金属氖。我们都知道氖是地球上的一种惰性气体，但自然界从未发现过以固态形式存在的氖，更别说具有金属特性的氖。去年初，美国有家研究机构在《自然》杂志上倒是发表了一篇人工制得金属氖的论文，但难度极高，而且人工制品还不能在常温常压下稳定存在。可以说，我们眼前的这块金属氖，很可能是地球上绝无仅有的东西。”

听到导游这番话，俊彦非常震惊。他突然想起，之前瑞秋曾告诉他，她的博士研究课题是有关一种氖同位素的，当时俊彦还和瑞秋开玩笑说这种氖同位素是不是用来复制灵魂的。瑞秋研究的氖同位素和这种“金属氖”有没有关联？

“金属氖到底会有什么用呢？”一名游客听完女导游的介绍后问道。

“这个，我就不是很清楚了，我不是科学家，只是听博物馆的专家说这种金属氖可能蕴含极大的能量。”女导游说完摊摊手。

“那我们还是赶紧离它远一点，别爆炸了，哈哈。”游客们开着玩笑，跟随导游前往其他的展台。

俊彦在原地继续看了一会火焰牌，然后拿出手机，打算发个消息给瑞秋，进一步了解下她研究的氖同位素。不过看了看消息记录，自己凌晨时给她发的也还没有得到回复，遂作罢。美国和中国的时差有十几个小时，那边现在应该是凌晨，瑞秋也许还在睡觉吧，俊彦想。

“上海人也这么能吃辣吗？”俊彦问吴颖。

吴颖笑了笑：“嫁给你们湖南人，再不能吃辣的人也慢慢训练得能吃辣了。”

宇翔在旁边也笑道：“我们俩呢，算是中和了吧，我现在是越来越不能吃辣了。不过呢，来四川，这种九宫格老火锅是一定要吃的。”

俊彦下午在四川民族博物馆一直待到了闭馆时间，后来，接到了宇翔的电话，才想起宇翔和他老婆吴颖也在成都度假，就约了在这家老火锅店见面聚一聚。俊彦虽然和宇翔关系很好，但是见到吴颖的次数并不多。吴颖是个上海姑娘，性格比较文静内向，和宇翔大大咧咧的性格倒是挺互补。

宇翔要了几瓶啤酒，坚持让俊彦也喝一些，俊彦开始不喝，不过吴颖后来说陪着一起喝，俊彦也就不好意思再推托。一边吃着，宇翔一边介绍他们这次的成都之行。吴颖刚开始话很少，喝了点啤酒后，话逐渐多了起来。

“宇翔没少向你抱怨我吧。”吴颖拿着酒杯和俊彦碰了一下，问道。

“哪里啊，他总是夸你。”俊彦喝了口酒答道，一杯酒下肚，他感到脸已经有些发红。

吴颖叹了口气，将杯中的啤酒一饮而尽，然后用手向后顺了一下长发。宇翔见状对俊彦说：“她和你一样，也属于沾酒就醉型，俊彦你的面子看来还是很大哈。”这时，宇翔的手机铃声响起，他掏出手机走到一边去接电话。

吴颖拿起酒瓶向杯中倒酒，一边说：“自从爸爸走后，我就陷在一种悲伤情绪中，一直走不出来，整个人变得非常没有安全感。”

吴颖的爸爸两年前因为心肌梗塞突然离世，俊彦是知道的。吴颖当时痛不欲生，但俊彦没想到两年过去了，她依然深陷其中，一时不知该如何安慰她。

吴颖放下酒瓶，用手抹了抹眼角：“我甚至有的时候会想象自己像爸爸一样，变成一把骨灰以后的感受——身体消失不见，只剩下魂灵，飘荡在骨灰盒里。可每当这样想，我就有些抓狂，因为我实在无法体会那是一种怎样的感受。”

吴颖握住酒杯，继续说道：“不知不觉，我就变得非常敏感，拿宇翔的话就是多疑和不可理喻。前段时间，我和宇翔为一些小事吵架吵得天翻地覆，我想你是知道的。”

她拿起酒杯，在桌面上轻轻敲了一下，抿了口酒。俊彦也拿起酒杯，碰了碰桌子，喝了一口。

“我不知道这样说是否合适，也许正是我们的思念，化作一种‘仪式’，让逝去的亲人不至于消散不见。可以尝试不去刻意回避，而是去感恩，感恩仍然能够时刻想起他。”俊彦对吴颖说。吴颖听后仿佛有所触动，用手慢慢地转动着手中的酒杯。

过了一会，宇翔走了回来，神情有些凝重。

他坐下后问俊彦：“俊彦，你和文婷的表姐后来处得怎么样?”

刚才吴颖的情绪还是影响到了俊彦，听了宇翔的话，他调整了一下呼吸，说道：“还可以吧，相处得还算是愉快。”

“文婷刚给我打电话，说她表姐失踪了!”“什么?”俊彦不敢相信自己的耳朵。

“新年前，文婷的表姐回美国。今天凌晨，文婷发消息给她表姐，她表姐一直没回复，傍晚的时候又打电话，结果她表姐的手机已经关机。文婷后来联系了她姨妈，她姨妈说文婷的表姐还没有到家，她们这才意识到可能出事了。她姨妈在美国报了警，美国警方查了出入境记录，却发现文婷表姐根本没有回美国。但是当时文婷表姐回美国的时候，曾在机场拍照发给过文婷，说她已经到机场。”

听了宇翔的一番话，俊彦一惊，自己前面给瑞秋发消息也一直没回，原来是这样。如果瑞秋就是玲子的话，那她的命运也太多曲折了——从小没有了爸爸，莫名染病，然后失踪，被领养，现在又失踪。

“在国内报警了吗?”俊彦问道。

“报警了，不过现在还没有正式立案，也不知道是什么原因。”

老火锅的九宫格看起来就像是一个迷宫，俊彦盯着上面升腾的热气，很是焦灼和担心。焦灼的是，有太多的谜团围绕在瑞秋的周围，就在刚刚有些眉目的时候，瑞秋却不见了；担心的是，瑞秋对国内很多情况并不熟悉，万一碰到什么事情，不知道她能否保护自己，不会出什么事吧。

“我去打个电话。”俊彦和宇翔和吴颖说了一下，走到老火锅店的门外，拿出手机，拨通了翁警官的电话。

第十七章　催眠咖啡

新年第二天的贵阳，迎来了入冬后的第一场雪。俊彦坐在出租车上，有些怅惘地看着窗外：雪花缓缓飘落；路边行人的脚步仿佛也慢了下来，很多人驻足拍照；远处的一片草坪上，有群孩子在雪中嬉戏。披了薄薄一层银装的街道就像是久未谋面的儿时同学，似曾相识，却又不敢贸然相认。

昨天晚上，俊彦打电话给翁警官，原本是想让他就瑞秋失踪的事情给一些专业的意见。电话通了以后，翁警官先是和俊彦聊起了秘境的案子。经过这段时间的调查，俊彦已经排除了恶意程序入侵导致虚拟人强奸事件发生的可能性。他把了解的情况和翁警官简要说了一下，包括墨兰游历秘境的痕迹遭删除等。他原以为翁警官听后会比较兴奋，没想到翁警官好像有点失落。还没等俊彦提及瑞秋失踪的事，翁警官对俊彦说："如果方便的话，你明天能否来一趟贵阳?"

出租车在一条小巷的路口停了下来，俊彦下车后步行了四五分钟，来到之前电力公司的李科长带他来过的欧式小楼门前。俊彦发了个消息给翁警官，过了一会，翁警官下楼来接他。翁警官身穿一件深色的羽绒服，双手放在斜插兜里。见到俊彦后，伸出手来和俊彦握手。

“贵阳今天用一场难得一见的雪来欢迎你啊。”

俊彦注意到，翁警官整个人显得有些憔悴。“翁警官元旦假期不休息吗?”俊彦问。

“假期只能是更忙。对了，以后叫我翁强就行了。”翁警官拍拍俊彦的肩膀。

翁强带着俊彦来到三楼的侦查办公室，屋子里并没有其他人。翁强冲了一杯袋泡茶，放到茶几上，“你先坐一会，喝点茶。”说完离开办公室。俊彦在一个单人沙发上坐下，四下看了看。办公室非常杂乱，桌面上堆满了各种文件，茶几上的烟灰缸里塞满了烟头。

过了会儿，翁强回到办公室，和翁强一起的，还有一位高个子男子，他一进门，俊彦就认了出来。两个多月前，就在这间办公室，俊彦因为电网的恶意程序接受问询，在场的有两名戴黑口罩的人，高个子就是其中之一。他有着两条浓浓的剑眉，特征非常明显。正是这个人，在上次问询结束时，问俊彦对案子的看法。

“俊彦你好，我是孙剑。”相较上次见面，高个子男子这次热情很多。

翁强和孙剑在旁边的长沙发落座后，翁强看了一眼孙剑，孙剑点点头。翁强拿出手机，打开一张照片，给到俊彦。

“俊彦，这个姑娘你认识吧?”

俊彦大吃一惊，是瑞秋的照片！他头顿时嗡了一下，该不会是瑞秋出了什么大事吧？他努力克制自己的情绪，对翁强说认识。

“你们怎么认识的呢?”

“朋友介绍认识的，我曾经和她的表妹相过亲。”俊彦略显尴尬地如实答道。

“具体的原因我们一会告诉你，希望你把和她的交往经过，包括去过的地方、说过的话等，详细和我们说一遍，我们会录音，请你知晓。”翁强的表情非常严肃。

为什么翁强他们会知道瑞秋?为什么会问这些问题?俊彦在心里猜测着各种可能，但表面依然很镇定，按照翁强的要求，把和瑞秋的交往过程讲了一遍。不过，他并没提及瑞秋的精神病状、瑞秋的铜锁等信息。

俊彦讲述的时候，翁强和孙剑听得非常认真，时不时还提一些问题。当俊彦讲到，他和瑞秋在“虹的空间”书店见面时，翁强问:“所以，是她主动约的你吗?”俊彦点点头。过了大概有一个多小时，情况基本了解完以后，翁强让俊彦在办公室等着，和孙剑一起走了出去。

窗户旁的墙壁上，圆形的挂钟嘀嗒嘀嗒地走着，在安静的房间里，声音显得格外大。不过，俊彦此时觉得，自己的心跳声要更响一些。

俊彦忐忑地等了一会，孙剑一个人回到办公室。他坐下后点了一根烟，看着俊彦说:“有很多疑问是吧。”

“是的，发生什么了?”俊彦摸了摸头，焦急地问道。

孙剑深深吸了一口烟，吐出长长的烟雾，说道:“你的朋友瑞秋，英文名是 Rachel Cohen，其养父 Luke Cohen 是美国新兴芯片巨头——镁芯半导体——的老板。经我们查明，贵州电力公司恶意程序的宿主是一款存储芯片，借助这款芯片，恶意程序得以进入电网的私有云网络，而这款存储芯片正是镁芯半导体的产品。”

孙剑把烟灰缸拿到跟前，弹了弹烟灰，继续说：“Rachel Cohen 这次在上海期间，代表其养父出席了芯片合同签约仪式，甲方是上海一家私有云服务器厂商，该厂商是上海电力公司的私有云服务器供应商。”

说到这里，孙剑停了下来，看向俊彦。

俊彦低着头，用牙咬着嘴唇，眉头紧皱，右手半握着拳，使劲摩擦着食指和中指的关节，他在努力消化孙剑的这番话。

“所以，你们认为镁芯半导体企图在上海电力公司同样植入恶意程序？然后，以国家安全名义在上海机场扣留了瑞秋？”沉默了一会，俊彦抬起头来，看着孙剑问道。

“瑞秋确实是被我们暂时扣留了，不过，是以新型传染病密切接触者需要隔离的名义。”

俊彦明白，这只是一个扣留瑞秋进行调查的借口。

孙剑将吸剩的半支烟在烟灰缸边上摁灭，站起身来，走到窗前，仿佛是在等待俊彦继续提问一样。不过俊彦并没有再提其他的问题，他静静地坐在沙发上，看着孙剑的背影。

孙剑回过头来：“这个天气啊，看起来一会就要晴了，贵阳这个地方，已经好几年不下大雪了。”估计是为了缓和一下气氛，孙剑说道。

俊彦并没有什么回应。

“俊彦，前面和你讲这些，是因为我们信任你。你的一些情况，包括在秘境公司的调查工作，翁强都和我讲了。”孙剑走到俊彦跟前，拿起他面前的茶杯，走到一边去加了一些热水，然后重新放在茶几上。

“不知道该不该问，翁强最近加入了你们?”俊彦现在已经确定孙剑是国安部门的。

孙剑看着俊彦，点点头，眼光里带着几分赞许。

“精通网络安全，有极强的逻辑推理能力，又富有正义感的人实在是凤毛麟角。”孙剑意味深长地说道。

孙剑拿出打火机，又点燃了一根香烟，抽了起来。两个人重新陷入沉默。等这支香烟快燃尽的时候，孙剑缓缓地说：“俊彦，我们有两件事情，需要你的帮助。”

俊彦从欧式小楼走出来的时候，已是下午四点多。雪已经停了，阳光从天空中四散开来的云朵间隙里透出，照在小巷两旁低矮建筑的屋顶上，明晃晃的，像利刃发出的寒光。俊彦把衣领立了起来，用双手搓了搓脸，然后顺着小巷的步行道走了起来。

事情变化得太快，瑞秋一下子失踪，一下子又变成了破坏国家安全的嫌疑犯。俊彦一边走，一边想着和瑞秋交往的一些细节，越想越觉得有很多可疑之处。就像前面问询时翁强所纳闷的——开始认识时，瑞秋为什么会主动约自己？她学历高、人又漂亮，为什么会主动和一个普通得不能再普通的工程师交往？她会不会是想着利用自己来实施后续的网络攻击？别人利用自己，而自己却还在担心她的安危，还在满门心思地去帮她解开身世之谜。想到这里，俊彦的心头郁闷至极，就像堵着一团乱麻。

“妈妈，下来，下来。”

一位妈妈抱着一个两三岁的小女孩迎面走来，小女孩非要下来自己走路。妈妈估计是怕小女孩把脚上的鞋子弄脏，开始不同意，后来拗不过小女孩就把她放了下来。小女孩转着圈在地上踩雪，雪已经有一些融化，不一会，白色小棉鞋上已经沾了很多雪水。小女孩脸蛋红红的，边踩边叫着："哈哈，真好玩。"

俊彦驻足看着小女孩玩耍。那位妈妈看了看俊彦，对小女孩说："小玲，叫叔叔。"小女孩玩得正在兴头，根本不理会她的话。她无奈地摇摇头，冲俊彦笑了笑。

"孩子真可爱，多大了?"俊彦问。

"两周岁半了，淘气得很。"小女孩的妈妈答道。

"她之前是不是从来没有见过雪啊?"

"会走路后，她还是第一次看到积雪吧。去年也下过，不过一边下一边就融化了，和下雨差不多。"

"怪不得这么兴奋。"

"是啊，自从早上起来看到雪以后，她就没消停过，刚给她换了一双鞋，现在又……"小女孩的妈妈笑着说。

"她名字是小玲啊?"

"不是，是小宁，她是凌晨六点出生的，名字取了'宁静'之意。"

"真好，那你们继续玩儿。"俊彦冲那位妈妈点点头。

"再见啊小宁。"俊彦转过身来，向小女孩挥了挥手。

小女孩还在追逐着自己雪地上的脚印转圈圈，听到俊彦的话，她停了一下，抬起小脑袋，露出灿烂的笑脸。

小女孩和她妈妈让俊彦想起了小时候的玲子，想起因为玲子的走失而失语的小岚阿姨，而瑞秋十有八九就是那个玲子。就算是瑞秋真的有问题，为了小岚阿姨和夏老，也要进一步确认她的身世，帮她走上正路才对。无论如何，现在知道她人在哪儿了，最起码人身是安全的。俊彦的心里渐渐开朗。

俊彦打开手机地图，定位翁强发给他的快捷酒店。酒店距他现在的位置大概有一公里，他按照步行导航，向酒店走去。

晚上八点左右，俊彦从酒店下来，走进街边的咖啡馆。咖啡馆很小，并不是什么知名品牌。店里除了几张小圆桌外，临窗有排贴墙桌。一个外卖员站在吧台前等着取外卖，店内没有其他客人。俊彦拉出贴墙桌下面的一个高脚椅，刚坐下，就看到翁强双手插着兜，快步走了进来。

“俊彦。”翁强进来后冲俊彦打招呼，“我晚饭都是在办公室吃盒饭，所以也就不请你吃饭了，你有没有垫一点？”

“我刚才吃过了。”俊彦说。

“这家咖啡馆的咖啡很好，不比上次咱们在上海那家店喝的咖啡差。”翁强边说边拽出一把椅子，和俊彦并排坐下。

“晚上喝咖啡，不怕睡不着吗？”俊彦问。

翁强哈哈一笑：“我都是晚上跑这喝，来上一杯，瞬间思路大开，难题可能就有了眉目。睡觉的时候，反而可以睡得特别香。”

翁强说完，扭头冲吧台的服务员喊了一句：“老样子，一杯‘催眠咖啡’。”俊彦一脸诧异地问翁强，还有“催眠咖啡”这个名字啊？

“我起的名字，其实就是双份意式浓缩，时间长了，服务员都懂我的意思。”

“服务员，我也一样，一杯‘催眠咖啡’。”俊彦喊完，用手扶着额头大笑，“我感觉还是叫‘失眠咖啡’更合适！”

“俊彦，公司那边请好假了吗？”

“请好了。”

“电网也会有两个工程师来协助你。”翁强说道。

孙剑“他们”希望俊彦帮着写一个专门针对电网恶意程序的安全程序。事情查清楚之前，“他们”需要进一步观察恶意程序的行为，但是又担心“它”造成意想不到的破坏，所以想通过这个“安全程序”来密切监督“它”，并能对其随时进行隔断。之前写过相关代码，这个监督程序对俊彦来说很简单，但也需要些时间。又要在贵阳待上几天了，看来自己和这个城市很有缘分……

服务员端来了咖啡，翁强招呼俊彦品尝：“你尝尝这个，事先声明，喝了具体是催眠还是失眠，我概不负责哈。”俊彦平时都是喝美式，双份意式浓缩要浓很多，他很少喝。俊彦浅浅尝了一口，没有想象中的浓烈，反而特别丝滑。俊彦冲翁强竖起大拇指。

“我喜欢喝咖啡，以前在家里买个了咖啡壶，但是被老妈给扔了。”翁强说。

“哦，为什么？”

“我老爸以前也非常喜欢喝咖啡，不过后来得了帕金森，老妈认为是咖啡喝多了伤了神经，怕我也喝出问题来。我向她解释研究表明咖啡有助于减少帕金森患病的可能，但她哪里听得进去。”

俊彦叹了口气：“你爸爸也是警察吗？”

“被你猜对了。”翁强吹了吹杯上的热气，喝了一口，“老爸年轻时当兵，复员后干刑警，五十来岁患病后提前退了。老妈一辈子没少跟着他提心吊胆的。”

“那，你妈妈不反对你当警察？”

“反对啊，要死要活的，坚决不允许。后来我告诉她是当网络警察，主要工作是在办公室，她才不闹腾了。”

“殊不知，虚拟世界的犯罪不见得比真实世界少，而且还可能更加危险。”俊彦感慨道。

“说起这个，俊彦，秘境的事情我要和你说一下。”翁强话锋一转，小声说道，“墨兰的爸妈已经撤案了，秘境公司赔偿了一笔钱，私下和解了。”

“那确实是犯罪啊！”

翁警官叹了口气：“记得在上海时，我们聊过。虚拟人犯罪，法律上还没有明确的条款来界定，很难定罪。此外，再加上其背后有强大的资本在推动。墨兰目前好转了很多，她爸妈可能也希望这件事尽快过去。”翁强满脸的无奈。

俊彦侧头看了看翁强。他现在明白了为什么昨晚打电话给他，讲到在秘境公司的一些发现时，翁强会有些失落。

“所以，你后来就加入了？”

翁强知道俊彦指的是什么，微微点了点头。“但是，秘境系统存在的问题一定不小。”

“该做的还是要继续做。”翁强没有多说什么，不过俊彦理解他的意思。

过了会，翁强从口袋里掏出一张纸条，递给俊彦：“二十多年了，真的很难查。多亏我有个同学在四川公安厅，层层托人找到多年前的档案，才查到这些信息。不过，我已经让贵州当地的派出所初步查了下，人已经不在了。”

俊彦愣了一下，看了眼纸条，上面有手写的地址和姓名。

第十八章　泊尔坡

俊彦靠在酒店房间的沙发上，拿着翁强给他的纸条若有所思。

跨年夜从夏老家离开前，他特意问了夏老玲子妈妈的下落，夏老说她疯了以后被警察送回了贵州老家。俊彦当时就在想有机会的话，去寻找一下玲子妈妈，如果能找到她，或许有助于解开一些谜团。但是刚刚在咖啡馆时，翁强说人已经不在了，让俊彦既感到突然，又有些失望。

纸条上的地址是一个村子，位于贵州省毕节市赫章县。俊彦在地图上查了一下，从贵阳过去，需要大半天的时间。俊彦没有犹豫太久，还是决定等安全程序写完后去一趟。哪怕只是去看看也好，冥冥之中像是有什么在召唤似的。

手机震动了一下，收到一条短信："彦哥，我是墨兰。好久不见，你还好吗?"

看来墨兰目前的状况很不错，被"批准"了使用手机。距离最后一次见墨兰有段时间了，在知道墨兰爸妈撤案之后，他有点莫名替墨兰难过。现在墨兰主动给他发消息，仿佛已经“翻篇”了，俊彦有点欣慰。

“挺好的，我来贵州出差了，是你熟悉的地方。”

“啊，我好怀念在贵州支教的时候，我好喜欢那里!”

不知不觉和墨兰聊了一会，说到支教的经历和贵州的美食，手机那头的墨兰灵动跳跃。当俊彦谈到他后面要去趟赫章县的时候，墨兰有些惊讶：“真的啊，我支教的时候就在赫章，前几年是全国有名的贫困县。学校所在的村子何家寨，又是赫章最穷的村子。”

何家寨？俊彦又看了看那张纸条——那个地址上的村子正是赫章县何家寨！这怎么可能，怎么会有这么巧的事？最近，身边的巧合也太多了。瑞秋小时候叫玲子，恰巧小岚阿姨走失的那个女孩也叫玲子；自己要去何家寨，恰巧墨兰支教的学校也在何家寨！

难道这个世界上真的有所谓的“共时性”？俊彦想起了曾在图书馆看到过的共时性理论。该理论由心理学家荣格提出，来解释两个或两个以上事件的神秘巧合现象。荣格认为，共时性往往会在观察者对这些巧合事件有强烈的参与情感时发生。就比如说，你正在想你的朋友，他就出现了；你梦见一件事，结果第二天醒来这件事真的发生了。之前读到这个理论时，俊彦认为其太过于神秘主义，而现在他切切实实地感受到了这种共时性……

但转念一想：何家寨作为贵州最穷的地方之一，自然是支教的“热门”选地；当年玲子的妈妈之所以跑到四川去，也很可能是因为家乡太穷了。这样一看，好像也不觉得奇怪了。俊彦摇了摇头，自己还是这个老毛病——喜欢追究事物背后的原因。

“安全程序”进展很快，收尾那天，俊彦再次收到了墨兰的消息：“彦哥，猜猜我在哪里？”

“在哪里？复课了吗？”

“我在贵阳！”

前面墨兰提过一句，想来贵州和他一起去赫章，回支教的学校再看看孩子们。俊彦没当回事，以为她只是开个玩笑，没想到她真的来了！也好，她对那边熟悉，正好有个向导。

第二天早上十点半左右，俊彦和墨兰一起坐高铁抵达毕节，接下来，他们要转乘长途汽车前往赫章县。墨兰带着俊彦轻车熟路地把汽车票买好后，看看时间，离发车还有半个多小时，墨兰提议到站前广场上晒晒太阳。

毕节今天的天气非常好，广场上，阳光从万里晴空挥洒而下。

“阳光真好，好舒服啊。”墨兰站在太阳下，伸开双臂做出拥抱阳光的动作。真是一个天真烂漫的姑娘，俊彦想。

“墨兰，你支教的那个村子是个什么样的地方？”俊彦非常想通过墨兰了解一下纸条上那个村寨的情况。

“何家寨吗？彦哥我等会和你说哈，我去看看那边在干吗。”

站前广场的一侧，有很多人聚集着，俊彦紧跟墨兰走了过去。走近一看，原来是文旅局正在举办一个旅游宣传活动，作为在当地召开的一个文旅研讨会的一部分。有几排临时搭建的简易展台，每个展台都是关于某个景区的介绍。

墨兰走到一个展台前，拿起一本宣传册，边看边说：“咦，这不就是何家寨附近那座山吗！我在那边的时候还在建设旅游区，看来建好开放了。”墨兰问展台的工作人员：“这个我可以拿一本吗?”工作人员回答说当然可以。

“彦哥你看看，是不是很漂亮?”墨兰把宣传册递给俊彦。

封面上写着“泊尔坡景区”。俊彦随手翻了翻，“这是什么?”他在宣传册上看到张照片，一个岩壁上有很多岩洞。

“这些岩洞据说是用来放置悬棺的。”墨兰说，“不过现在大部分岩洞里面的棺木已经不在了。我以前也只是远远地观望过，这次去倒是可以爬爬山了。”

这边居然也有悬棺，俊彦转身向工作人员又要了一本宣传册。

俊彦继续陪着墨兰在各个展台转了转，十一点多，他们离开站前广场，去乘坐前往赫章的长途大巴。大巴上人没有坐满，墨兰找了个后排双人座的空位，然后招呼俊彦和她一起坐。

“支教的时候，最开始想去云南来着。学校给了几个候选的地方，我在地图上查了一下赫章，以为是云南的，就报了名。后来才知道赫章属于贵州，只不过离云南很近。不过歪打正着，我真的很喜欢那里。”大巴开起来后，车内嘈杂的声音小了一些，墨兰开始向俊彦讲起她支教的那个地方，“何家寨前些年很穷，百分之八十以上的村民家中不通电，还有些家几口人和养的牲畜挤在一间屋子生活。不过呢，这两年不一样了，养蚕啊，中药材种植搞得都很好。现在又开放了旅游区，真是为孩子们高兴。”

俊彦侧头看了看墨兰，只见她面露微笑，眼睛里闪动着光芒。也许，她心中那充满美和善的世界，又回来了。

长途大巴开了有两个多小时才到赫章，一路上俊彦和墨兰聊着天，倒也没感觉特别慢。抵达赫章县城以后，他们又搭乘一辆小巴车，前往何家寨所属的乡镇。到镇上的时候，已是下午五点多。离何家寨还有二十多公里山路，没有公共汽车，只能叫私人出租车过去。墨兰建议今晚先在镇上住下，明天早上再前往何家寨。

下车的地方位于镇上的一条主街道，两边有一些卖电器和粮油副食等的商业店铺，夹杂着几家小旅馆。俊彦和墨兰就近找了一家看着还算整洁的旅馆，要了两个房间住下。

安顿下来以后，俊彦敲了敲墨兰的房间门："墨兰，我要去趟镇上的派出所，你先休息一下，我回来后咱们一起找地方吃晚饭。"

"我会好好在这休息的，你去忙吧。"墨兰从房间里探出头。也许是旅途太劳累，墨兰脸色看起来有些不好，但仍然挂着一脸的笑容。

派出所在乡政府的旁边，离住宿的旅馆不远，在当地人的指引下，很容易找。到派出所以后，翁强帮着联系好的一个民警接待了他。

"我们查了下，你要找的人叫何孝珍，是何家寨的，已于五年前因为一氧化碳中毒去世，死亡时五十五岁。"民警对俊彦说。

"有关于她的一些其他信息吗?"

"何孝珍最早曾在何家寨嫁过人，不过婚后十来年，一直没能生育，丈夫对他有过一些家暴行为，后来何孝珍就跑了。当时，何孝珍的丈夫曾以失踪为由报过案。不过，当年的失踪案案宗里面，也只有这些信息。”

“她后来又回来了是吧。”

“是的，二十多年前，何孝珍被四川的警察送了回来，不过已是疯疯癫癫的。回来后，她以前的丈夫就把她带回了家。”

“那她在何家寨的丈夫还在吗？”

“一起与何孝珍死于一氧化碳中毒，是因为屋内土灶的木柴燃烧未尽引起的。”

俊彦咬了下嘴唇，轻轻叹了口气，玲子妈妈一生真是挺凄惨的。停顿片刻，他接着问那位民警：“她可有什么兄弟姐妹？”

“这个我也帮你查过了，何孝珍还有一个哥哥叫何孝林，以前属于极度贫困户，一辈子没娶上媳妇。前年，得益于贫困户帮扶政策，被安排在泊尔坡景区展览馆工作。”

“泊尔坡，就是何家寨附近那座山是吧？”

“是的。这边之前交通闭塞，经济发展比较落后，但是自然风景还是非常好的。这几年修了很多路，也开发了几处旅游景点。”

没有更多的信息能查，和民警闲聊了几句后，俊彦离开了派出所。

第二天一早，俊彦和墨兰找了一辆私人出租车，前往何家寨。车沿着大路走了一会，拐入了一条蜿蜒曲折的山间公路，两边的山林层峦叠嶂。

“这条路是开始建旅游区时修的，原本没有路。”墨兰介绍道。

“是啊，别看这路还是弯弯曲曲的，能建成真的是很不容易。之前要出个门太难了，只能靠爬山。”司机这时回过头来说。

“墨兰，你如果早几年来这边就好了。”

“为什么？”墨兰眨眨眼睛。

“早点来的话可以天天爬山，你不是喜欢爬山吗。”俊彦逗趣道。

“那估计我的脚都要被磨破了。彦哥，快看，那边就是我支教的学校。”

俊彦往前方望去：一座山岭的山腰上，开出来一块平整的场地，盖有一排两层的校舍，四周围着石块砌起的矮墙，墙内一根高高竖起的旗杆上挂着一面国旗。山间公路从学校门口经过，向山上延伸一段后，顺着山脊向下蜿蜒而去。

车在学校门口停了下来，俊彦帮着从后备厢把背包拿给墨兰。

墨兰背上包：“彦哥，我去学校了，你忙完了我们再联系。”她向俊彦挥挥手，转身向校门走去。

“咱们接下来去泊尔坡是吧？”司机向俊彦确认。

“是的。”俊彦答道。他要去泊尔坡找何孝林，也就是玲子妈妈的哥哥。

车子重新开动，往上爬了几十米后，从车窗望去，何家寨小学已经可以尽收眼底。操场上有几十个学生身穿灰色的校服在做早操。校舍前，墨兰的红色衣服很是显眼，有十来个学生围着她。俊彦笑了笑，学生们肯定非常喜欢她。

“离泊尔坡还有多远？”俊彦问司机。

“不远，差不多五公里。”司机答道。

俊彦把泊尔坡景区的宣传册从包里拿出，再次翻看起来。景区以泊尔坡山为中心，由若干景点组成，包括展览馆、神树、泊尔坡岩壁、乌江北源、纪念碑石等。不过，除了一些照片外，宣传册对每个景点只有几句简短的介绍。

“师傅，你在泊尔坡玩过吗？”俊彦想了解更多关于泊尔坡的信息。

“前两天刚去过，我一个侄子在省城读书，元旦放假，几个同学跟着他来这边玩，我陪他们一起去的。”司机看了一眼右侧的倒车镜，接着说，“游客大部分来自周边的几个县城和毕节市。当地人一般都不怎么去。不过，建旅游区之前，何家寨的很多村民倒是每年清明前后会去那边祭拜。”

“为什么要去那里祭拜呢？”

“那边悬崖上面有悬棺葬遗址，据说葬有何家寨的先人。”俊彦用手摸了摸额头，没有再说话。

也许是因为刚过了元旦假期，泊尔坡景区的游客寥寥可数。景区宣传册上有导览图，上面显示展览馆离景区的门口很近。进入景区后，俊彦直接朝展览馆走去。

未曾想到，景区的展览馆设计得很漂亮，四方体的外形结构，外墙使用不规则的淡蓝色岩板砌成，让俊彦想起北京奥运会时的场馆“水立方”。展览馆大门上方拉着一条红色的横幅，上面写着“热烈祝贺第十届民族文化旅游研讨会召开”。

有两位保安站在门口，俊彦走上前去，问其中一位：“请问，何孝林是在这里工作吗？”

保安上下看了看俊彦，“是的，不过他现在应该在宿舍睡觉，下午四点上班。”

“他在这边做什么呢？”

“主要是晚上看大门。”

“展览馆今天开放吗？”现在才早上九点半，距离何孝林上班还有很长时间，俊彦想先四处转转。

“今天一整天的会议，大厅可以进去参观，但是一些展区不开放。”保安答道。

“好的，谢谢。”俊彦说完迈步进入展览馆。

大厅的一侧，有个会议签到处，几位身着彝族、苗族等民族服饰的姑娘站在铺有民族蜡染布的桌子后面，桌子旁边立着几张易拉宝式海报，上面印着会议介绍和会议日程。俊彦走近看了一下会议日程，大部分主题围绕民族地区旅游的发展和对经济的促进展开，也有几个主题是有关民族考古发现的研讨。其中，有一个主题演讲引起了俊彦的注意——“再见僰人，论泊尔坡悬棺的僰人遗迹”，演讲者是来自民族考古研究所的一名研究员。

民族考古研究所，不就是夏老以前所在的研究所吗？俊彦拿出手机拍了张会议日程的照片，发给夏老。接着发了条文字消息：“夏老，我来了贵州赫章，这几天不在公司。碰到这样一个研讨会，您可了解？”

几分钟后，夏老回复了信息：“那边环境很好，可以多玩玩。这个研讨会我七八年前参加过一届，今年会议方也邀请我了，早知道你要去那边，我可能就去了。”

俊彦很想听有关“泊尔坡悬棺”的主题演讲，应该可以让夏老帮忙进会场，不过俊彦又实在不好意思为这种事麻烦夏老。正在他犹豫时，夏老再次发来消息：“你要进去听的话，可以联系这个人。”

第十九章　集体潜意识

也许是因为和举办地有关联，“泊尔坡悬棺”的主题演讲被安排在上午的黄金时段——九点四十五到十点半进行。俊彦进入位于展览馆二楼的会议大厅时，主持人正在介绍要演讲的那位民族考古研究所研究员的信息，俊彦找了个靠门的空位坐下。

演讲开始后，研究员先是简要地介绍了一下僰人的历史以及僰人的消亡，然后开始提出问题。

“八年前，在第二届民族文旅研讨会上，我国著名的考古学家夏昆先生曾提出过‘三角假设’，这个假设是‘丝城假设’的一个延伸。”研究员用激光笔翻开一张幻灯片，上面有四川、云南和贵州交界地带的地图，地图上画有一个三角形。“该假设以四川丝城作为三角形的一个顶点，沿着山脉走向，向云南和贵州各延伸一条边，形成一个等腰三角形。夏昆先生认为在丝城大战后幸存下来的僰人有可能沿着这两条三角形的边向云南或者贵州迁移。其中，位于云南境内的三角形顶点的位置是昭通，而贵州境内的顶点就是毕节。”

研究员用激光笔指了指地图上的昭通和毕节，停顿片刻后接着说：“四年前，经过考古学家的努力，在云南昭通发现了悬棺葬等一系列僰人活动的痕迹，验证了‘三角假设’中通往云南这条路线的成立。这几年，考古界也在积极验证‘三角假设’中通往贵州的这条路线。前两年，有学者提出，泊尔坡岩壁上的悬棺就是僰人悬棺，不过遭到了考古界大多数人的反对。最主要的原因是泊尔坡岩壁上的悬棺都是凿穴式，而大家都知道僰人的悬棺葬习俗是悬崖木桩式，也就是将两根木桩插入岩壁，将棺木放置在木桩上面。”

研究员用几张幻灯片展示了丝城遗址中阿王山岩壁上的悬棺照片，又用几张幻灯片展示了泊尔坡岩壁上的岩洞。紧接着，他话锋一转：“最近两年，我做了大量的研究，大量的证据表明，泊尔坡悬棺其实就是僰人悬棺，夏昆先生的‘三角假设’完全成立。”

听到研究员的观点后，会议厅有一些议论声。

“首先看这两张图片，”研究员翻开一张幻灯片，“左侧图片是阿王山的岩壁，右侧图片是泊尔坡的岩壁。大家能看出什么关联吗?”

研究员停顿了下来，供听众思考，会议厅变得非常安静。

过了好一会，研究员讲道：“阿王山岩壁上有 102 个悬棺位，泊尔坡岩壁则有 86 个岩洞，我们把这些悬棺或岩洞的相对位置标出来，就形成了下面的两幅图，大家这个时候能看出什么了吗?”

“星空图!”俊彦此时脱口喊道。

研究员向俊彦座位方向点点头：“是的，它们都是星空中最主要的亮星组成的图形。唯一的区别是阿王山岩壁上反映的是冬季晚上常见的亮星，而泊尔坡岩壁上反映的是夏季晚上常见的亮星。”研究员说完，找出两张现代的天文照片，分别与前面展示的两张图片进行比对。

研究员又展示了很多其他的证据：研究员认为何家寨是僰人逃亡过来后落脚的地方，何家寨的何姓人有到泊尔坡悬棺进行祭拜的习俗，而“何”这个姓正是从僰人“阿”这个姓演变而来；另外，僰人在古代又称为“僰耳子”，研究员认为“泊尔坡”的起名源于“僰耳”的谐音；研究员还有一个最主要的证据，就是岩画，他在泊尔坡岩壁的多个岩洞里发现了僰人岩画，这一项证据基本上对泊尔坡悬棺属于僰人悬棺进行了“盖棺定论”。

接下来，研究员又分析了泊尔坡悬棺之所以是凿穴式安置的原因：一方面，山体的地质构造适合凿穴，而不适合插入木桩；另一方面，逃亡的僰人不敢暴露身份，所以改变了悬棺葬的方式，就像他们改掉自己的姓氏一样。研究员结束演讲时，会场内爆发出热烈的掌声。俊彦也用力地鼓着掌，他感觉自己的掌心有很多汗。

泊尔坡悬棺主题演讲结束后，紧接着的是一个有关旅游区建设的话题。俊彦没什么兴趣听，不过并没有离开会场。他想等到上午会议的茶歇时间，问研究员一些问题。但是找他交流的人太多，俊彦根本挤不到跟前。进入会议厅时的参会证，是夏老介绍的会议组织人员给他的，倒是附有餐券。午饭时间，俊彦跟随参会者前往展览馆旁边的景区招待所吃饭，想在吃饭时再找机会和研究员交流，但也没能聊上几句。下午会议开始后，俊彦继续待在会场，直到下午的休息间隙，才把想问研究员的问题都问了。

下午四点，俊彦走出会议厅。手机上有条未读信息，是墨兰发来的："今天好开心。我晚上就住在校长姐姐那里，你呢？"

俊彦想了想，回复道："我晚上住在泊尔坡景区招待所。"

"你去泊尔坡了啊，明天我也想去转转。"

俊彦确实想到景区其他景点看看，特别是泊尔坡岩壁，不过今天肯定来不及了，他要先去见何孝林——已经四点了，何孝林应该上班了。

有了参会证，展览馆的工作人员格外热情，将他带到位于大厅一角的门卫室，说何孝林就在里面。进到门卫室，只见一个老者正在用湿布擦桌子，看起来年龄和夏老差不多，有些矮小，但是给人很健壮的感觉。

"大爷，请问您是何孝林吗？"俊彦问。

老者扭头看看俊彦，点点头，然后继续擦桌子。

"您的妹妹何孝珍有个女儿，也就是您的外甥女，在二十多年前失踪。"俊彦观察何孝林的反应。

这时，何孝林停下了手头的事情，两只眼睛直勾勾地盯着俊彦。

"现在我们找到一个人，可能是您的外甥女，但是我们需要进一步确认一些信息。"

老人看出来有些激动，嘴巴微张着，等着俊彦说下去。

"何孝珍是不是有一把脖子上佩戴的铜锁？"俊彦想先确认玲子的铜锁是来自妈妈还是爸爸。

"是哎。"何孝林开始说话。

“铜锁上面有什么图案吗?”

“上面刻着个象棋盘。”何孝林想了一下说道，声音微微有些颤抖。

“您知道铜锁的来历吗?”

“阿婆传给了阿妈，阿妈又传给了孝珍。”

“铜锁上的那个图案有什么含义?”

“不晓得搞哪样，我小时候抢过孝珍的阿个铜锁，每次都被阿妈打。”俊彦沉默下来，看着何孝林，仿佛是在确认他有没有说谎。

过了好一会，俊彦继续问道：“何孝珍为什么要跑到外地去?”

“哎，都是因为梦。”何孝林叹了口气。

这个回答出乎意料，俊彦原以为玲子妈妈跑到四川是因为丈夫家暴或者家境贫困导致的。

“什么梦呢?”

“孝珍总是梦到一个地方，她和家里人都说过。”

“是个什么样的地方?”

“她说那里四面都是山，中间有很大一块平地，庄稼长得好。有一个山很高，就像泊尔坡。”

“她小时候去过她梦中的地方?”

“孝珍出门前，从没有去过外地。”

“你的阿妈出过远门吗?”

“她更没有了。不过，有次孝珍和阿妈讲起她的梦，阿妈讲她也做过那样的梦，阿妈告诉我们梦都是假的。”

从门卫室的窗户能一览无余地看到展览馆门口。民族文旅大会应该是散会了，一批批人群涌出大门。俊彦看着窗外，陷入了沉思。

“徐医生你好，抱歉又在下班时间打扰你。”在景区招待所办理入住后，俊彦给徐医生打了个电话。

“哪里，有什么事情吗?”徐医生在电话那端问。

“意识会遗传吗？也就是，父代的记忆会遗传给子代吗?”

“一般意义上，不会。”徐医生答道。

“为什么是一般意义上，有什么例外的情形吗?”

“这要取决于父代和子代是怎么定义的。”

“怎么说呢?”

“荣格曾经提出过‘集体潜意识’的概念，认为人类在进化过程中会一代代把心灵的一些影像遗留下来，沉淀在基因层面，成为祖先的经验总和。用中国的古话来讲，就是‘一朝被蛇咬，代代怕井绳’。但这种‘集体潜意识’不属于某一个特定的人，而是属于人类整个族群，是人类为了更好繁衍下去而形成的一种进化机制。”

“也就是说，在族群的意义上，意识是可以被遗传的?”

“确实可以这么讲，但更准确一点是潜意识。”

“那换一种说法，是不是可以说人类的基因具有编码意识的功能?”

“呃，好像不能说没有。”徐医生想了想，答道，“但是，科学研究尚无法明确‘集体潜意识’是如何在人类基因中进行编码和存储的。”

“明白了，非常感谢。”俊彦长出一口气，他好像找到了他想要的答案。

第二天早上，俊彦站在景区门口等墨兰。俊彦望着四周起伏的山岭，思绪万千。这次来泊尔坡的收获很大：可以明确，玲子是僰人的后代！如此一来，玲子看到火焰牌患病某种意义上也就能解释了：火焰牌本身是僰人的图腾，玲子的病症也许是僰人“集体潜意识”的激活反应。至于那把铜锁上的棋局，也许本身并无特别的含义，只是一个装饰图案而已。

如果瑞秋就是玲子，那困扰她的身世之谜也就有了答案。知道了“病源”，就能帮瑞秋更好地治疗她的精神病症。虽然，瑞秋还因涉嫌破坏国家安全被扣留，但俊彦相信事情总会查清楚。将一个健健康康的“玲子”带到夏老和小岚阿姨面前，俊彦畅想着那一天皆大欢喜的场景。

“彦哥。”墨兰在远处喊道。俊彦向墨兰挥挥手。

“大早上就给你发消息，没打扰到你吧？”墨兰走到俊彦跟前说。

“不会啊，你不知道人年纪大了就醒得早吗？”俊彦自觉玩笑开得不怎么样，赶紧问，“对了，你昨天重回支教学校，怎么样？”

“很好啊，见到了一直对我很好的校长大姐，给孩子们上了一节语文课，一起唱了歌，见到我回来他们都很开心。”墨兰一边掏出手机，一边对俊彦讲，“我希望他们都有无忧无虑的童年，都有美好的明天。”

手机视频里，墨兰和身穿校服的学生站在宽敞明亮的教室里，唱《明天会更好》。墨兰领唱了一句“轻轻敲醒沉睡的心灵，慢慢张开你的眼睛”，学生们开始一起合唱：“看那忙碌的世界是否依然孤独地转个不停……”

俊彦和墨兰跟着导览路线结伴前行，大部分时候都在静静观看，没有太多交流。

路过展览馆后向东走了一会，他们来到“神树”景点。所谓的“神树”指的是一棵千年茶花树，虽有千年之久，但在温暖湿润的气候孕育下，依旧枝繁叶茂。古树上挂着一块铭牌，上面介绍说，千年茶花树在当地的传说中象征着生命力，花朝着哪边开，哪个方位的庄稼就能丰收，居住在那个方向的人也会人丁兴旺，所以被称为“神树”。

“彦哥，把你的手给我，看看我们两个人能不能抱得住这棵树。”墨兰边说边用右手拉起俊彦的左手，然后伸开双臂拥抱古树粗大的树干，俊彦在墨兰的拉动下，也上前抱住古树，右手从树干的另一侧伸展过去，恰好能触碰到墨兰的左手。“刚刚好。”墨兰仰起头来看古树的树冠，一道道阳光从枝叶的空隙透出。

从“神树”向北走了会，已经到达泊尔坡山的脚下，在一丛荆棘中，掩映着景区的另一个景点——乌江北源。这里有一口山泉，据说是乌江的源头之一，清澈的泉水从地上涌出，顺着山谷，流向远方。俊彦和墨兰沿着泉水形成的溪流，向西北方向行进。一路上，墨兰时而弯腰在溪流的浅洼处撩起一些水洒向天空，时而蹲下闻一闻溪流旁不知名的小草。过了大概半个小时，他们来到了泊尔坡岩壁，也就是有悬棺葬岩洞的地方。

俊彦站在岩壁下，望着上面大大小小的岩洞，一边想：“看来悬棺仪式对僰人太重要了。他们逃亡到异乡，日子过得肯定是担惊受怕、朝不保夕，但依然要尽全力为逝去的灵魂寻找一个归宿。”

墨兰也盯着泊尔坡岩壁上的洞穴出神。

两个人默默地看着岩壁，足足有十来分钟。俊彦侧头看了看墨兰，心头不由一颤，只见她面色异常苍白，很像是在诊所“初次遇见”她时看到的那张脸——毫无生机的脸。此情此景，不会是刺激到了墨兰，让她又回忆起之前的惨痛经历吧，俊彦很是担心。

俊彦刚要问她有没有事，墨兰先打破沉默：“彦哥，人死后真的会有灵魂吗？”

俊彦缓缓地说道：“有没有灵魂，也许并不重要，重要的是为灵魂寻找归宿这件事本身。这就像，‘追究生命有没有意义’本身并没有意义，但‘寻找生命的意义’本身却是有意义的。”

墨兰听后，重重地点了点头。像是认可，又像是做了重要的决定。

墨兰的脸色恢复如常，俊彦也放下心来。她刚才应该是累了，俊彦想。

离开泊尔坡岩壁，墨兰和俊彦沿着山谷向西南方向走，山势逐渐变缓，他们来到了一处登山道入口，入口处有一块路牌。根据路牌上的介绍，从该入口进去，可以爬到“纪念碑石”景点。景点的名称来源于半山腰一块高高竖起的巨石，形状像是纪念碑。

“彦哥，我们从这儿上去吧？”

“好啊。”

“我都好久没有登过山了。”墨兰从背包里取出两瓶纯净水，把一瓶递给俊彦，拧开另一瓶喝了两口后，放到包的侧兜里。

“我来打前站!”说完，墨兰伸出双手摩擦了一下手掌，两脚跺了跺地面，沿着登山道的台阶迈了几步。紧接着她深吸一口气，回头朝俊彦笑了笑，转头攀爬，很快就消失在山道的一个拐弯处。

俊彦也拾级而上。

几百米后，俊彦已经有些气喘吁吁，“看来自己要加强锻炼啊。”俊彦想。而墨兰此时依然不见踪影，“这个小姑娘，体力真好!”俊彦笑着摇摇头。

终于到了“纪念碑石”，体力不支的俊彦突然看到那里聚拢了几个神色慌张的游客。俊彦心里一沉，跑上前去。

墨兰躺在地上，一股鲜血从她的脑后淌出。

第二十章　珍珠人

俊彦从公寓的床上爬起来，两肘撑着床板，呆呆地看着白墙。自己不是在泊尔坡吗？怎么回到了上海？发生了什么？记忆仿佛从去追赶墨兰的那一刻就消失了。他使劲扯了一下头发，想确认下自己是不是在梦里。

手机在枕边，俊彦拿起来，看到的是一张墨兰的朋友圈截屏——“对这个世界的感觉越来越陌生，或许可以找到更好的出口，无畏山海，自由奔赴！”

俊彦部分“缺失”的记忆被拉回。

警察和急救人员几乎是同时赶到的。“没有生命指征！”急救人员检查后说道。被警察带走前，俊彦又看了眼“纪念碑石”下的墨兰：她眼睛闭着，神情很安详，脸上仿佛还挂着淡淡的笑容，就像是睡着了。

派出所的审讯室内，明晃晃的灯光让眼前的一切都变得模模糊糊，像涂了一层防窥膜。

“你和死者什么关系？”坐在对面的警察问道。

“朋友。”

警察问了很多问题，俊彦机械地回答着。警察的声音越来越大，好像对俊彦的回答并不满意，最后拍了一下桌子，走了出去。

俊彦坐在没有任何温度的凳子上，一动不动。不知道过了多少个小时，另外一位警察走了进来，是来派出所查玲子妈妈信息时负责接待的那位，他递给俊彦一部手机。

电话那头传来翁强的声音：“俊彦，情况他们基本查清楚了，你先稳定下情绪，一会就可以离开派出所。墨兰的爸妈正在赶过去，我和他们也通了电话，他们的情绪比较激动。目前和他们见面意义不大，我建议你先回上海。”

“到底是怎么回事？她前面还好好的，突然就……”俊彦使劲儿揉搓着自己的额头，问道。

“最近就墨兰父母和秘境公司和解的事情，网上有一波不好的舆论导向。墨兰就读大学的BBS上，也出现了很多攻击墨兰的言论，说他们一家恶意敲诈，说她演技很好，以此配合父母向秘境索要巨额赔偿。总之说什么的都有，非常负面。警方查了她在网上的回应，包括她的私人可见朋友圈，都透露了自杀倾向。回贵州探访支教学校，可能是为了完成最后心愿，顺道选择了自杀的地点。”

俊彦看了看时间，现在是凌晨两点，头痛欲裂。

俊彦的意识逐渐模糊。

“彦哥，你看这个人在干什么。”墨兰指着岩洞内壁上的岩画对俊彦说。

俊彦凑近一看，一个人两腿向外弯曲半蹲着，头顶着一盆火焰，火焰上方升腾起一团人形的烟雾。

“这可能是在进行某种仪式。”俊彦答道。

“会是什么仪式呢?”墨兰歪着脑袋看着俊彦。

“在一些传说和信仰中，人的灵魂可以出体，也就是可以脱离肉体而存在。这幅岩画描绘的应该是灵魂出体的仪式。你看那团人形的烟雾，是不是很像那个人的灵魂，或者说意识。”

“人的意识离开肉体真的还能存在吗?”

“也许能，我想意识可以拥有一个虚拟的数字躯体，就像虚拟人一样。”

“彦哥，什么是虚拟人啊?”墨兰有些疑惑。

“虚拟人生活在奇幻的虚拟世界中，他们也能说话、唱歌，也会工作和游玩，就像我们生活在真实的世界一样。”俊彦答道。

“虚拟人能爬山吗，能给孩子们上课吗?”

“可以的，在那个世界里，虚拟人可以做想做的任何事情。”

“那有一天，我也想成为一个虚拟人，可以不管别人怎么看，按照自己的意志生活，还可以去做更多自己想做的事。我要登上珠穆朗玛峰，我要看着我教过的孩子们考上大学……”正说着，墨兰的头顶出现了一盆火焰，紧接着，一团人形的烟雾从墨兰的头顶升起。

在半梦半醒的状态中，时间变得支离破碎。阳光照进来……阳光灿烂……阳光消失。

周六傍晚，俊彦骨碌一下从床上跃起，他突然想起需要给墨兰父母一个交代，毕竟自己是墨兰最后的陪伴者。

“叔叔，您和阿姨还好吧?”

“俊彦!”墨兰爸爸接起电话，又陷入了沉默，“她妈妈很不好。”墨兰爸爸的声音沙哑低沉，听得出伤心和疲惫。

“嗯。”俊彦也不知道该说什么。

“她整夜失眠，饭也不吃，天天只是念叨墨兰。”

这时，电话那头传来噼里啪啦的声音，“你等等，我一会打给你。”墨兰爸爸说完挂断电话。

过了一会，电话重新拨了过来。

“她妈妈刚才又在摔东西，”墨兰爸爸叹了口气，“说才刚刚过了几天就记不起墨兰的样子了，而且是越使劲儿想越记不起半点来。我给她找了一张照片，她看着照片又接着哭，说想再摸摸墨兰的脸。”

“叔叔，你给我个地址，方便的话，我想明天去看看你们。”

墨兰爸爸沉默了一下：“也好，也不知道她生命的最后时刻是怎样的。你来了，和她聊一聊，她可能会好一些。”

墨兰的家在南京鼓楼区，旁边挨着一所知名的大学，先找到大学的西门，从西门就能看到那个小区。俊彦依照墨兰爸爸给的地址，按响了门铃。

墨兰爸爸开的门，比起上次见面，好像苍老了很多。他对着俊彦点点头，带俊彦来到客厅。

客厅的墙壁上挂着一幅水墨画：一株兰花从岩石的缝隙中长出，叶子青翠，修长的花茎先是弯曲地垂向岩石，然后又傲然直立起来，向上托着一簇紫褐色花瓣。画的右上角，题有一首古诗：“婀娜花姿碧叶长，风来难隐谷中香。不因纫取堪为佩，纵使无人亦自芳。”

俊彦在画前驻足，墨兰爸爸见状说：“这是一个友人在墨兰八周岁生日时画的，上面画的花是墨兰花。”

这时，墨兰的妈妈端着一杯茶走了进来，她的两眼红肿，声音嘶哑。“从小每个人都告诉她，要像墨兰花一样坚强。走路摔倒了，让她自己站起来；遇到困难，也鼓励她自己去解决。”墨兰的妈妈把手中的茶递给俊彦，招呼他在沙发上坐下。“她长大后也确实像墨兰花……可是，我们怎么也想不到，她最后却选择了这样一条路……”墨兰的妈妈边说边哭了起来。俊彦从茶几上抽出几张纸巾，递给她。

墨兰妈妈擦擦眼泪，继续说：“从上海回来后，感觉她整个人恢复了，我和她爸爸别提有多开心。她闹着要手机，元旦前就给了她。哎，其实不该给她的，谁会知道网上会有那么多恶言恶语……”墨兰妈妈说到这里已经泣不成声。

墨兰爸爸坐到她身边，安慰她，她抱住墨兰爸爸，用力击打他的肩膀，“都是我们不好，瞒着她签了和解书……”

过了良久，墨兰的妈妈终于平复下来。墨兰爸爸此时开口说道：“我们做父母的，最大的愿望无非就是孩子能够好好的。元旦前秘境公司找到我们，我和她妈妈商量了下，就签了和解协议。我们知道，诉讼下去一时半会很难有结果，还可能因为调查取证反复触碰她的伤口，我们只想这事尽快翻篇，让她重回以前的生活。秘境公司当时提出进行赔偿，但我们一分钱也没要，我们唯一的要求就是让他们进行安全自查，不要再发生这样的事情。”

听了墨兰爸爸的话，俊彦心里很是难受，也第一次体会到了网络暴力和谣言摧毁式的力量。

“叔叔阿姨，你们也不要太自责了。这事起因不仅仅是因为和解书，最主要的还是很多人认识不到虚拟世界的暴力犯罪对人带来的实际伤害。”来南京的路上，俊彦上网翻了下之前的相关言论。网上甚至有人攻击说，自己打游戏时被“爆头”是不是也要去抓“杀人犯”，也要向游戏公司索取巨额赔偿。

沉默了一会，墨兰的妈妈问俊彦：“她走的时候，是什么样子呢？我们也没能陪在她的身边，她会不会害怕……”墨兰妈妈又小声啜泣起来。

俊彦于是把他和墨兰在贵阳碰面，她回支教的学校，以及共同游历泊尔坡过程详细说了一遍。

听着听着，墨兰妈妈稍微平复了下情绪：“我的孩子，哎，她还那么年轻，她如果还活着，该有多好啊！”

周一上班后，俊彦联系了夏老，夏老约他一起在公司的食堂吃午饭。中午时分，俊彦来到食堂，要了一碗紫菜蛋花汤，在一个角落找了个二人桌坐下，等夏老。

夏老端着饭菜走过来：“俊彦，怎么瘦了这么多，气色也很不好，没事吧？”

“夏老，我没事。”俊彦说。

“赫章的生活条件还是很艰苦吗？”

“没有，那边经济发展得挺好的。”

“民族文旅研讨会你后来去听了吗？”

“去了，很有收获。”

“以前所里的一个研究员参加了那个会。会后，他给我打了个电话，说他关于泊尔坡悬棺的研究反响不错。该项研究进一步验证了‘三角假设’，我也很欣慰。”

“是啊，我听了他的演讲，有理有据，让人很信服。”

“啊，你怎么饭都不吃，确实没事吗？”夏老看到俊彦面前只有一碗蛋花汤，关切地问道。

“我实在是吃不下……”此时，俊彦再也控制不住自己，把墨兰的事情和夏老讲了一下。

“我听说这事了，但没想到你在现场。事情太突然了，眼睁睁看着她……谁也很难接受。”夏老拍拍俊彦的肩膀。

“现在回想起来，其实是有一些迹象的，而和她在一起时完全没有觉察出来，这都怪我。”俊彦深深自责。

“我理解你的心情。”夏老安慰道。

俊彦咬了咬嘴唇：“夏老，我特别想为墨兰以及墨兰的父母做些什么。”

“你有什么想法吗?”夏老看着俊彦说。

“有没有可能以墨兰的形象和人设，在秘境中构建一个虚拟人?”

“你的意思是，让她以虚拟人的形式在秘境中‘活’下去?”

俊彦点点头。

“但这样做有什么意义呢?”夏老问道，不过还没等俊彦回答，夏老又摸摸头说，“我懂你了，我来想办法。”

下班后，俊彦和夏老一起乘地铁。

“你午饭时提的那个想法，我和产品副总裁讲了下，他很重视，下午迅速召开了讨论会，我也参加了。最后决定开展一项公益活动：为失独老人在‘秘境’中构建所失去孩子的数字化身。他们想把墨兰作为一个典型案例，这项公益也打算命名为‘墨兰计划’。”

讲到这里，夏老顿了顿：“秘境公司之前就因为墨兰的事情饱受争议，秘境系统也被监管部门责令下线。最近，他们本来通过一些公关手段已经把这件事情压下去了，系统也即将重新上线。但是墨兰的自杀让公司再度陷入舆论旋涡，他们现在急需做些什么。我猜这也是他们对这件事如此重视的原因。”

俊彦点点头，也确实如此：“如果是这样的话，我猜他们一定会借势宣传，我先和她的父母商量一下。”

“请问，哪一位是俊彦?”

这周四的上午，一个女孩来安全小组的工位区找他。

“哦，我是，我是俊彦。”同事江峰从椅子上站起来，举着手对女孩说。

“俊彦你好，我是产品部的……”女孩开始自我介绍，她真的把江峰当成了俊彦，工位区顿时笑声一片。

俊彦从座位上站起来：“不好意思，你找我什么事儿?”

女孩看看俊彦：“对啊，这才是我心目中俊彦的形象!”说完她恶狠狠瞪了江峰一眼。江峰又带头开始起哄：“俊彦，看来是你的小迷妹啊。”

这时，女孩大吼一声：“别吵了!”江峰吐吐舌头，工位区顿时安静下来。

“我是产品部的产品经理苏维维。算了，我们还是找个会议室说吧。”女孩经过江峰的工位时，用力踢了一下江峰椅子底座。

女孩就近找了个空闲的会议室。

“我先简单介绍一下，”女孩边说边拉出一把椅子坐下，“我负责‘墨兰计划’的产品实施。我昨天联系了墨兰父母，拿到了他们给的影像等资料以及访谈名单。他们特别提到了你，说是因为你的耐心解释，才慢慢了解和接受了这件事情。

今天早上我见到了副总裁，就拍马屁赞扬他成立这个公益项目的英明神武，他也强调这个项目是你提议发起的。‘俊彦’的形象一下子就在我面前变得无比高大，所以我就来拜会一下你。”

俊彦站在会议桌边上，好像还在试图让思维跟上女孩的语速。“你傻愣在那里干吗，坐啊。”女孩对俊彦说。

“维维你好，正好有一些问题，想请教一下。”俊彦坐下后说。

“别用‘请教’哈，我肯定比你小，你直接说。”

“构建一个‘墨兰’的虚拟人难不难?”

“实际上，为了区别于普通的虚拟人，在秘境中，我们把‘她’叫作‘珍珠人’。”

俊彦挠挠头，“为什么叫这样一个名字呢?”

“所谓的珍珠人，指的是以真实世界中已经逝去的人为原型构建的虚拟人。”苏维维答道。

“和珍珠有什么关系?”俊彦依旧满脸困惑。

“这是一种比喻。意识就像一个含有珍珠的牡蛎，牡蛎体内结构的细微区别就孕育了不同形状和颜色的珍珠。牡蛎死后，珍珠会留下来。通过珍珠，某种程度上，可以知道孕育它的牡蛎与其他牡蛎的不同之处。现在，墨兰已经离世，她的意识已经消散。我们能做的，就是要找到她意识中的那颗‘珍珠’，从而来理解她意识的特点。”苏维维解释道。

俊彦继续琢磨着“珍珠人”这个名字的含义。

沉默片刻后，他接着问：“那构建珍珠人‘墨兰’需要多长时间?”

“普通虚拟人，技术上已经很成熟。珍珠人要更难一些，因为我们手中通常只能拿到珍珠人生前的资料碎片，将这些碎片融合在一起颇具挑战。不过，相比其他珍珠人，‘墨兰’在构建上要简单，我们得到的各种文字和影像资料很多，还可以做大量的访谈。”

“那阿沐渣也是一个珍珠人吗?”俊彦若有所思地问。

“阿沐渣?”

“就是僰人村寨场景中，村长阿沐苏的儿子。”俊彦进一步说明。

听到俊彦的话，苏维维眉头猛地一皱。

第二十一章　莫比乌斯环

又是新的一周，这周的周二，苏维维发给俊彦一个视频。

俊彦点开视频，内容是秘境公司的 CEO 吴凯博士在接受一家主流媒体的采访。自从上次在年会上见到吴凯博士后，俊彦在公司还没有机会再看到他。据同事讲，吴凯博士在公司总部的时间不多，有很大一部分时间是在美国。

视频里的吴凯博士穿着一身灰色西装，站在有秘境公司 Logo 的背景墙前，旁边还站着一位女记者。

“吴凯博士，很高兴能在秘境中见到你，你身在美国，我在中国，但是在秘境中我们却能如此近距离地接触。”记者说道。看到这里，俊彦意识到这个采访是在秘境系统中进行的。

吴凯博士举手简单打了个招呼。

“很多人可能对秘境系统还不是很了解，能介绍下吗?”记者问道。

“秘境是一个崭新的平台，在这个平台里，我们将虚拟世界和现实世界合二为一。虚拟和现实，就像莫比乌斯环的里面和外面，乍一看是两个完全不同的面，实则是同一个面。”

俊彦按了一下视频播放的暂停键。吴凯博士在年会上曾说过一句话——“虚拟反过来就是现实”。当时，他认为这句话指的是在秘境系统中，体验会像在真实世界中一样。但是，在现在这个视频里，吴凯博士强调“实则是同一个面”，也就是说“虚拟世界”等于“现实世界”，而不是“虚拟世界”体验起来像“现实世界”。这是什么意思？带着疑惑，俊彦接着往下看视频。

“利用秘境这个平台，人们具体可以做什么呢？”记者接着问。

“利用秘境系统，人们可以穿越时空，重塑因果。”

“跨越空间的障碍，我现在已经能切切实实地感受到。其他方面呢，能否举一些应用的例子？”

针对记者的提问，视频里的吴凯博士用一系列例子，阐述了秘境系统的可能应用：包括跨时空旅游和生活；利用虚拟人等技术对工作流程的改进以及对工作效率的提升；对教育和医疗等行业在未来的重塑等。接下来，吴凯博士开始重点谈“墨兰计划”，看来这才是苏维维把这段视频发给自己的原因，俊彦想。

“我们有一种社会使命感，一直在想着利用秘境系统更多地为社会做一些事情，让这个社会更加和谐、美好。‘墨兰计划’就是秘境将发起的一系列公益活动之一。在中国，目前有着两百多万的失独老人，根据人口普查数据，这个数字在几年后更是将达到五百万！这些失独老人，失去了唯一的孩子。黑发人走了以后，白发人在茫茫岁月中，该如何度过呢？这是一个很实际的社会问题。”

吴凯博士顿了顿，两手交叉抱到胸前，接着说：“失独老人一方面要承受失去唯一子女的巨大情感打击，还要承受在经济以及养老上老无所依的痛苦。在广大的农村地区，依然有很多的失独老人没有经济来源，他们辛辛苦苦一辈子，之前把积蓄都‘投资’在了孩子身上，希望孩子能有一个好的前程。失去孩子后，他们某种意义上也失去了经济保障。”

主持人这时点点头，说道：“这个问题确实很严重，那墨兰计划能做什么呢?”

“‘墨兰计划’能给失独老人三方面的保障：精神保障、经济保障和医疗保障。”

“精神保障我们能理解，失独老人能在秘境系统中继续看到自己的‘子女’，这对他们的精神是个莫大的安慰。那经济保障和医疗保障又如何做到呢?”主持人问。

“失独老人的‘孩子’，将在秘境系统中继续长大、工作和生活。这些‘孩子’通过在秘境系统中的工作，可以获得‘工资和报酬’，这些‘工资和报酬’与现实世界的货币互通。”

“从这种意义上来讲，那确实就有了经济保障，那医疗保障呢?”

“秘境系统即将上市的Camus硬件，某种意义上也是一个人体生理指标监测器。未来老人使用Camus和‘子女’互动时，Camus会监测老人的身体以及精神状况，并与秘境系统的‘专属医生’联通，保障老人的身体健康。”

看到这里，俊彦又按了一下暂停，原来“墨兰计划”里有这么多东西。如果真像吴凯描述得那样，确实将是几百万失独老人的福音。

想了一会，俊彦继续播放视频。

记者这时问："墨兰计划什么时候开始运行呢？我想很多失独老人已经迫不及待想要加入这个计划了。"

"春节前的'小年'，秘境系统将在南京博物馆率先开放，届时，我们将能在秘境系统中看到墨兰计划的典型人物'墨兰'，这也将是墨兰计划运行的开始。在春节期间，秘境系统将在全国三十多个一级博物馆全面恢复开放。"

"先向你表示祝贺。最后，再了解一下，去年圣诞节前夕发布的Camus，发售时间表有了吗？"

"Camus的量产计划进行得很顺利。在这里，我可以初步透露一下，具体的发售时间将是三月二十日，那一天也是中国的传统节气——春分，象征了新的开始！"讲到这里，视频中的吴凯有些激动。

视频播放结束后，俊彦在欣喜之余又有很多的担忧。欣喜的是，墨兰计划的上线意味着墨兰的父母马上可以重新"看到"自己的孩子。担忧的是，通过墨兰计划，秘境公司确实达到了他们想要的结果——秘境系统的重新上线得以顺利进行，可是虚拟人强奸案的根源依然没有找到，秘境系统开放后，并不排除会继续出现问题。

"你怎么看吴凯博士谈到的莫比乌斯环？"俊彦发消息问苏维维。

"想知道我的看法吗？代价是一杯咖啡。"苏维维回复消息道。

"园区咖啡馆见面聊？"

"好的，但那个阿沐渣的事情免谈！"

园区的咖啡馆在 F 区的一楼。俊彦坐电梯下到 E 区一楼，然后沿着大厅里那条像时光隧道一样的步道走到 F 区。到达咖啡馆后，在中间区域的一张桌子旁看到了苏维维，桌面上放着一台笔记本电脑，她正俯身对着电脑屏幕看什么。

“维维，你好。”俊彦打招呼道。

“来了？帮我点一杯拿铁，谢谢。”苏维维抬头看了一眼俊彦，说道。

俊彦转身走向一边的吧台，点了一杯拿铁和一杯双份意式浓缩。自从上次喝过翁强的“催眠咖啡”后，俊彦就从喝美式改为喝双份意式浓缩。在吧台等了一会，俊彦手里拿着两杯咖啡返回桌前。

“今天的第三杯咖啡了，”苏维维捧着拿铁，“纯属用来提神。为了‘墨兰计划’的上线，周末连续加班，缺觉啊，现在感觉像在梦游。”苏维维说完打了个哈欠。

“辛苦了，太辛苦了。不过，能被 CEO 点赞，加班也值了。”俊彦打趣道。

“哈哈，让你这么一说，我突然又来了精神。”苏维维用手拍了一下桌子。

“没想到‘墨兰计划’会有这么多的内容，我开始想得挺简单的，以为只是在‘秘境’中增加一个虚拟人而已。”

“如果是那样，还要我们产品经理做什么。不过，吴凯博士也确实厉害，有一些想法是他后来加的。”

“吴凯博士在访谈中说的一些话我完全搞不懂啊，比如拿莫比乌斯环比喻虚拟和现实。”

这时，苏维维打开一个空白的电脑文档，在上面敲了两行字：

下面这一句话是真的。

上面这一句话是假的。

然后，把电脑屏幕转过来对着俊彦，让他看这两句话。

俊彦稍做思索，说道："这两句话有问题。因为如果假设第一句话是真的，那么通过第二句话反而会证明第一句话是假的；而如果第一句话是假的，那么通过第二句话反而又证明第一句话是真的。"

"看来你的推理能力很强。"苏维维赞许地点点头，继续说，"这是一个典型的悖论，悖论在数学和现实世界中大量存在，莫比乌斯环也是一个悖论。悖论让原有的世界变得光怪陆离，无法解释；但是另一方面，悖论可能又预示原有世界之外，隐藏着另一个全新的世界。"

苏维维喝了一口咖啡，然后将笔记本电脑的屏幕合上，对俊彦说："虚拟和现实，就像你刚才看到的两句话一样，从我们的世界来理解，不可能彼此等同，而这恰恰预示了一个全新的世界。这个世界，也许，就是吴凯博士所构想的'终极世界'。"

"会是一个只有意识、没有肉体的世界吗？"不知怎么，俊彦突然想起了瑞秋在"剧本杀"中描述的氖星世界。

"你是准备写科幻小说吗？"苏维维大笑。

"对了维维，那个阿……"

"有言在先，那个免谈！"维维迅速打断了俊彦的话。

"阿沐渣的事情不简单，一定隐藏着什么不可告人的秘密!”苏维维的讳莫如深让俊彦对阿沐渣以及秘境中的虚拟人群体产生了更大的疑问。带着这些疑问，他再次进入了夏老办公室的蜂巢控制器。

小敏穿着一件印有秘境公司 Logo 的制服和他打招呼，笑容甜美灿烂依旧。“这次想去哪里?”小敏问道。

“安静点的地方。”去哪里对俊彦来讲并无所谓，重要的是能和小敏再聊聊。

“那就还去糖豆屋吧，里面有很多非常安静的‘角落’。”

小敏带俊彦进入一个叫作《云与雪》的作品。幽静的路两旁是一堆堆白皑皑的积雪，路面很光滑，像是结了冰的水面。路往远方延展开去，越来越宽，远处悬挂着一轮皎洁的圆月。看得久了，远处大路两边的一堆堆积雪好像逐渐变成了一朵朵白云，路面也慢慢变成了被月光渲染的夜空。天空和路面、云朵和雪堆、虚和实，在这个作品中融为了一体，很难分清边界。

俊彦一边欣赏景色一边和小敏聊了起来。

“小敏，你上次说过你很想做个‘梦’，怎么会有这个想法呢?”

小敏皱皱眉头，侧头看了看俊彦，仿佛在纳闷俊彦为什么问这个。

“我就是有些好奇……也是一种关心吧，我们人类经常会关心朋友的事情。”俊彦希望能获得小敏更多的“信任”。

“我们算朋友吗?”小敏眨眨眼。

“肯定算，我们相互都很友好……”说出这句话后，俊彦马上意识到自己这个定义的问题——现实社会里，陌生人之间很多时候比朋友之间要更友好一些。

不过小敏好像很认可俊彦的“定义”，她深深地点了点头，说道：“秘境中的‘人’分为两类，一种是像我这样的虚拟人，说话和行为由人工智能程序控制；另一种是像你这样的，真实游客的数字化身，说话和行为由游客的大脑决定。”

人工智能程序驱动的小敏逻辑性挺强，回答问题还要先做些铺垫。“那你能分清楚这两类‘人’吗？”俊彦打断小敏问道。

“当然可以，我们有专属的鉴别系统。”

也就是说，阿沐渣当时在侵犯“墨兰”的时候，知道她是一名“游客”，而不是另外一个虚拟人！俊彦不由想到。

“抱歉小敏，刚打断你了，你继续。”俊彦想引导小敏回归他想探究的主题。

“你还记得公司的年会吗，我们在会场碰到的那次。”小敏问。

“记得啊，怎么了？”俊彦眼前浮现出秘境公司年会时的情形，当时除了秘境的员工，参加的还有很多虚拟人以及投资和媒体界的人。

小敏抬头望了望“路”尽头的圆月，向俊彦讲起了她在年会时遇到的一件事情。

年会盛况空前，小敏第一次“身临”如此大型的活动现场，她在过道里走着，兴奋地东张西望。虽然她“脑海”中有很多类似场景的“印象”，比如有关演唱会和体育比赛的，但是这些印象和她脑海中的很多概念一样，先天就在那里，她从不曾体验过。

突然，她听到有“人”喊她的名字。回头一看，竟然是之前自己服务过的一位游客。被一个游客当众认出来，这种体验对她来说也有些新奇，她在秘境中服务过很多的游客，但是有机会见第二次的并不多。

她的“记忆”里存储着关于这个游客的标签和评分，其中“友好度”排名最高。聊了几句，“友好度”的分数又增加了一些。和游客挥手告别时，她左嘴角往上挑动了两下，露出微笑。

“这个时候，应该有爆米花的香味才对。”坐到座位上后，这个句子从她脑海中不自觉地跳动出来，周围的情景触动了她的语言生成机制。

“好想来一盆爆米花。”旁边座位传来话语声。居然有“人”生成了差不多的句子，她好奇地侧头看了一下。右边紧邻的座位坐着一个中年男子，是一个“真人”。再右边的一个座位，坐着一个青年男子，是个“虚拟人”。看样子，刚才那句话是青年男子讲的。

年会正式开始了，暖场舞蹈并没有引起小敏什么兴趣。不知为何，她很难理解身躯的扭动为什么能够给人带来愉悦和兴奋，虽然她自己也会一些舞蹈。节目过程中，她又瞄了下右侧的那个青年男子，他正在随着音乐舞动。同样是“虚拟人”，但他和自己不同，好像很享受舞蹈节目。

秘境公司 CEO 登台开始演讲，小敏“聚精会神”地聆听。她很“崇拜”舞台上这个人，因为某种意义上正是这个人创造了她。小敏看着他在舞台上的一举一动，“记录”着他说的每一句话。

CEO 下场后，进入抽奖环节，右边的那两个人开始交谈起来。

“最近还会‘做梦’吗?”中年男子问道。

“会，前面刚做过一个。”青年男子答道。

“这次梦到什么了?”

“梦到一个很大的房子，四周墙壁上铺着书架，上面排列着很多硬装书一样的‘小方盒’。后来，我进入到一个小方盒中，后来又突然飞了起来……”青年男子讲得绘声绘色。

“竟然有可以‘做梦’的虚拟人!”听完小敏的叙述，俊彦猛然想到了什么，他感觉自己的心怦怦直跳，禁不住用力踢了下旁边的“雪堆”。

第二十二章　冯·诺伊曼

时间过得好快，俊彦内心一阵感叹。宇翔发来消息，问他春节准备什么时候回老家，他才意识到，还有十几天就要过农历新年了。

“我还没有定，你今年要回去了吗？”俊彦回复道。因为吴颖爸爸的去世，宇翔去年春节没有回老家。

“总不能把吴颖她妈一个人留在上海吧，我和吴颖商量过了，准备带着我父母和她妈一起去三亚过春节。下周我父母就过来，先在上海住几天。”

“一起团聚团聚，三亚也暖和，可以在那边好好玩一玩。”

“只是今年的初中毕业二十周年聚会我不能参加了。”

“那确实有点遗憾。”

“老实讲，就算是能去，我可能也不敢去，我怕英子会在聚会上闹。”

俊彦看了看宇翔发的这条消息，咬了下嘴唇，没有回复。

“后来听文婷说她表姐是因为‘传染病密切接触者’被隔

离，你多关心一下。这个姑娘不错，一定要抓住机会。”

“好的。”回复完信息，俊彦向出租车后座一仰，看向窗外。从昨天晚上开始，小雨就一直下个不停。雨珠沿着车窗滑落，远处的佘山露出朦胧的轮廓。

这是俊彦第二次来儿童福利院。在门口做了登记后，他撑起一把黑色的折叠伞，沿着草坪中间的一条步行道，前往上次和瑞秋一起去过的那栋三层小楼。一边走，他一边回想着昨天晚上和翁强打的那个电话。

翁强告诉他，这段时间，他们的侦查有不小的突破。镁芯半导体和美国能源部有着错综复杂的联系，而那款存储芯片中的恶意程序又恰恰是对我国电力能源系统进行的入侵，这些联系绝非只是巧合。不过，目前还没有足够的证据表明瑞秋对存储芯片中存在的问题是知情的。瑞秋的“隔离期”是 21 天，期满之后，翁强他们会以“新型传染病发病机制还不明确”为由，要求瑞秋继续留在中国进行“观察”。在“观察”期间，他们希望俊彦对瑞秋进行进一步调查……

来到小楼后，俊彦找到了上次见过面的那位阿姨。

“怎么玲子没有一起过来?”阿姨问道。

“她元旦前回美国了，近期很快会再回来。”

“那是要回国内过春节吧，这就对了，春节在中国过才有意思。”

“阿姨，‘玲子’这个名字是怎么来的?”俊彦问。

“这个啊，是她自己说的……当时问她叫什么，从哪里来，她反反复复地只会说两个词，一个是‘玲子’，再一个就是‘蝴蝶’。”阿姨想了想，回答道。

“阿姨，她小时候的照片还能找到吗?”

“有的有的，在档案室就有。她之前有一次来时，特地到档案室找了小时候的照片，当时还给我看了。”

从儿童福利院离开时，雨下得更大，俊彦站在福利院门卫室的屋檐下，等出租车前来。

还有没有必要再把瑞秋的照片发给夏老确认一下？他有些犹豫。从福利院阿姨的描述中，已经能确认福利院的这个“玲子”，就是小岚阿姨苦苦找寻的那个玲子。小岚阿姨当时带着玲子上火车时，告诉她是要去抓蝴蝶，所以“玲子”才会一直说蝴蝶。不过在这件事情上，他需要的是百分百的确认。他想了想，还是把照片发了出去。

照片刚发出去不久，夏老直接打来了电话。

“这张照片你从哪里来的？”夏老在电话里小声问道，声音有些颤抖。

“从一个儿童福利院拿到的，她是走失的玲子吗？”俊彦问。

“是的，就是她！现在她人在哪里？还在福利院吗？她还好吗？”听得出来，夏老非常激动。

“没有在福利院，但是人在上海。不过，夏老您知道小岚阿姨不能再受任何刺激，我有些事情想确认一下，再把她带到您和小岚阿姨面前，可好？”

“好……太好了……真是太好了！”电话那头的夏老有些语无伦次，“我信任你，就按照你说的做，我先不和小岚讲。真是太好了……”

挂上电话，俊彦长出一口气。

渔人码头在上海奉贤区，是一个临海的景点，一段固海长堤，长堤之外是大面积的临海滩涂，滩涂的尽头连接着一望无际的大海。海风有些料峭，俊彦双手揣在羽绒服的口袋里，站在固海长堤边，望着远方的海天交汇处凝神。

“俊彦，好久不见。”

一个熟悉的声音从背后传来，俊彦回头一看，是瑞秋。她穿着一件长款大衣，戴着一顶针织帽，整个人看上去气色还不错。

“还以为你会变瘦呢。”俊彦试图开个玩笑，不过话说出来以后感觉不太对，“不是这个意思，你很瘦，我是担心你在这边吃不好。”俊彦赶忙解释。

“除了吃饭，就是宅着，怎么会瘦，感觉就像度假一样。你看，‘度假’的酒店就在那边。”瑞秋指了指海边的一处建筑，她手上戴着俊彦作为圣诞礼物送她的卡通手套。

“老实讲，听你一说，我也想被隔离，有吃有喝，还可以看大海。”

“怎么说呢，隔离一段时间真的不错，我的生活变得非常规律。手机被拿走以后，我居然连手机也戒掉了，真是不可想象。我每天大部分时间都在读书，晚上九点多钟就入睡，很早就起来禅修。”

俊彦原本非常担心瑞秋的精神状况，听到瑞秋的话，悬着的一颗心放了下来。不过，俊彦又感觉哪里有些不对：瑞秋这么聪明，她肯定知道所谓的“隔离”意味着什么。手机都被拿走了，瑞秋的表现过于镇定了！想到这里，俊彦心里隐隐有些担忧。

“现在还住这附近吗?”

“昨天隔离结束后，住到养母租的一个房子里，离这里很近。”

“阿姨过来了？”

“得知我被‘隔离’的消息后，她就急匆匆回国了。”

“那正好一起在上海过年。”

“春节时要陪养母回趟云南老家。”

“哦哦，云南，好地方。那边还有亲人吗？”

“只剩几个远亲了。养母很多年没回去了，想去看看。对了，今天晚上一起吃饭？尝尝养母的手艺。”

“这……不用了吧，太麻烦阿姨了……”

“不麻烦，我出门时和她说了后，她就去买菜了。”

听瑞秋这样一讲，俊彦没再说什么。瑞秋有一个如此关爱她的养母，俊彦着实为她高兴，也许这是对她童年不幸遭遇的补偿吧。

海风吹过，“你冷不冷？”俊彦问道。

“不冷。”瑞秋回答。

“那我们沿着长堤走一走吧。”

俊彦有很多的事情想和瑞秋讲，不过一时也不知从何提起。瑞秋的话也不多，两个人默默地在长堤上走着。

前方有个岔口，通往一条海边的商业街道。“风有点大，我们往那边转转吧。”俊彦说道。

商业街大部分店铺下午三点都是休息时间，更有一些店铺已经挂出春节提前歇业的告示。路过一家书吧在营业中，俊彦和瑞秋不约而同地走了进去。

进门左侧的墙上有一大块留言板，顶端写着几个大字：“有酒有故事”，下面则贴满了短笺。瑞秋在旁边驻足，饶有兴趣地看着留言板上的文字。

“这个有意思。”瑞秋指指一张留言短笺。

俊彦看了看，留言是：“西红柿和番茄；土豆和马铃薯；我喜欢的人和你。”不由得笑了笑。

“这个有点悲哀。”瑞秋指了指另外一张留言。

那条留言是：“雨中的露台很美，而我却很失落。在上海工作八年了，岁月如梭。昨天，收到了公司的辞退信。中年、催婚、失业，真的好累。想放弃，放弃这疲惫不堪的身体……”字体娟秀，看着像是出自女孩之手。

“也许，她可以读一读加缪的《西西弗神话》。”瑞秋小声地说，像在喃喃自语。

俊彦刚要讲些什么，瑞秋紧接着又说：“我们去找她留言中那个‘雨中很美的露台’吧。”

露台在书吧的三楼，面积不大。露台一侧有个用防腐木搭的拱形花架，上面摆放着精致的盆栽花卉。花架旁有一个小型的水池，造型简约唯美。露台和室内空间由一道玻璃门隔开。俊彦和瑞秋在室内找了张靠近玻璃门的桌子坐下，露台的景色可以一览无余，透过露台的围栏，还可以看到远处的大海。

“那个留言的女孩会怎样？我有些担心她。”瑞秋对俊彦说。

“放心吧，她所谓的‘放弃’应该只是说说。”

这时，瑞秋把目光移向露台上的花架，缓缓地说：“我十岁的时候，养父母带我去滑雪，由于从来没接触过，我学起来很吃力，加上害怕，总是摔倒，后来摔得实在有点难堪，我跟养父说我不滑了，要放弃。没想到养父大怒，他冲我咆哮说永远不要在他面前提‘放弃’这个词，然后就转身离开，把我一个人留在了雪场。那次我吓坏了，因为自从我到了美国，他从来没有对我发过火。那一刻我不知道该怎么办，大约一个小时后，他又回到雪场，向我道歉，然后和我讲起一件往事。”瑞秋的目光越过露台的围栏，看向远方。

过了一会，她从露台收回目光，看了看俊彦，继续说道：“养父告诉我，我原本还有一个哥哥。收养我前一年，哥哥回到家以后对养父说，他想放弃。养父当时没太在意，以为哥哥又在说申请加入学校剧团的事情。结果第二天上午，哥哥从学校的教学楼上跳了下来。后来才知道，哥哥是因为犹太裔而遭受了歧视和校园暴力，选择了自杀，放弃了自己的生命。”

听了瑞秋的话，俊彦胸口有些发闷，好像被什么东西给塞住一样。

沉默了一会，他看着瑞秋说道：“我有个朋友，她很善良，也很热爱生活，非常有爱心，小小年纪就到贫困山区支教。但是，她遭受了网络欺凌，最后选择了放弃生命……”俊彦想到了墨兰，有些哽咽。

一声轻轻的叹息。瑞秋站起身来，对俊彦说，我们到露台上透透气。

瑞秋扶着露台上的栏杆，侧头看了看俊彦：“没事吧？”

“我没事。”俊彦揉了揉眼角。

“滑雪场那件事之后，养母曾和我说过这样一句话——灵魂是有重量的，它很重。原本，我们自己的躯体承载着灵魂的重量。我们死去后，躯体消失不见。这时，我们的亲人和好友，就要额外承受这个灵魂的重量。”瑞秋说完，望向远处。

开始涨潮了，长堤和大海之间的大片滩涂地正渐渐被海水吞没。

过了会，瑞秋继续说道："哥哥走了之后，养母和养父都非常痛苦，养父更是接近崩溃。那段时间，养母带着养父来了中国，在云南和贵州这些地方游历了大半年时间休息和调整。"

"后来他们就领养了你？"

瑞秋点点头："我很幸运，能够遇到他们，我非常感激他们一路帮助我成长。初到美国时，我挺自卑的，一方面语言不通，另一方面很缺乏自我认同。养母本身是中国人，就是文婷的姨妈啦，她让我一直没有忘记母语中文，同时又教我英文，帮我克服语言的难关。养父当时在一所大学担任物理学教授，尽管研究教学非常忙，但还是拿了非常多时间陪伴我。"

"你学物理，也是受养父的影响吗？"

"应该说是一部分吧，更大的原因，源于我自己，我从小就很喜欢物理学。是不是有点另类？"

"女物理学家确实是稀缺物种。"玩笑开得实在是烂，俊彦自嘲地皱了皱眉。

瑞秋笑了笑："小时候，看到新奇的事物，我就会以图像和数字形式来想象它，想象它与其他事物交互时，会有些什么样的变化，比如动量、动能、加速度等，我会在大脑中演算并处理这些关系。"

"物理天才！"俊彦赞叹道。

"哈哈，养父有一次也这样夸我，还给我取了个外号叫'冯·诺伊曼'。"

"冯·诺伊曼，那个计算机之父吗？"俊彦以前在大学的计算机基础课程中了解过，冯·诺伊曼是名犹太裔科学家，在物理学、数学和计算机科学上都做出了卓越贡献。他提出的存储器结构，奠定了计算机程序设计的基础，被称为“计算机之父”。

“是的，养父的偶像就是冯·诺伊曼。他从事物理学，致力于新型存储技术的研究，某种意义上是对冯·诺伊曼的追随。”

“说起物理……”俊彦的话被手机的电话铃声打断，是夏老。

“抱歉，我接个电话。”俊彦对瑞秋说。瑞秋点点头，手松开露台的栏杆，向屋内走去。

“夏老，有什么事情吗?”俊彦问。

“我这有一台 Camus，刚体验了一下，你有空也来看看吧。”电话那头传来了夏老的声音，有些兴奋。

“是吗？好想感受一下！可惜我今天请假了，现在不在公司。”

“这样啊，我本来有些问题要问你的。”夏老略有些失望。

“要不，先电话说一下?”

“也好。”

“用下来，您感觉怎么样?”

“很难形容，怎么说呢，如果说使用‘蜂巢’来控制数字化身像走路，那使用 Camus 就像是小鸟在飞翔，自由地在空中展翅。对……就是这种‘自由’的感觉。”

“那我也一定要体验下。”俊彦早就想体验 Camus 了，只是一直没有机会。

“不过呢，俊彦，我用了以后，有些担忧。”夏老话锋一转。

“担心什么呢?”

“是不是很多人会上瘾啊?”

“您是指用户可能沉溺其中，不想再回到现实世界中来?”

“是的。”

“就像电子游戏一样，平台应该会制定防沉溺措施吧。”俊彦思考了一下，说道。

“这倒也是。不过，我还有另外一个担忧，这个东西和大脑连接，会不会有安全问题?”

“这个……”听了夏老的话，俊彦愣了一会，“Camus 可以认为是一个小型计算机。只要是计算机，具体要完成的事都是由其存储的程序指定的；而只要是程序，就不能排除存在安全漏洞的可能。这是由计算机的冯·诺伊曼体系结构决定的……”

“我好像更糊涂了……看来我当时在老年大学应该上编程课才对。电话里讲不太清楚，见面再细聊吧。”

天色变暗，目光尽头，海天已经融为一体，没有了界限。

第二十三章　牛干巴

“说起物理，”从露台回到室内，俊彦重拾前面的物理学话题，“我记得你以前和我讲过，你的博士研究课题是关于一种氖同位素的。你是怎么开始研究这个的?”

“这个啊，说来话长。”瑞秋认真回忆着过往，“养父在家中的车库搭建了一个物理实验室。我以前经常跑进去玩，因为对物理感兴趣，也经常在里面做一些实验。有一次我偶然间发现一块被养父珍藏的金属块，就向养父求证是什么，养父告诉我是一块非常特别又稀有的陨石，特别在于，这是他和养母在哥哥去世后来中国西南游历偶然得到的，稀有在于，这是一种金属状态的‘氖’。我想，对养父来说，这么特别又稀有的东西居然刚好在哥哥去世后，又在地球遥远的另一端恰巧出现在他的生命里，那对他而言一定有着非常重要的意义。从那个时候起，我对这个神奇的东西产生了浓厚兴趣，从研究它的结构和可能成因开始，逐渐着迷，一直延续到博士课题还是围着它转。”

俊彦简直不敢相信自己的耳朵，瑞秋养父家中，居然也有一块被视若珍宝的金属氖！

瑞秋又说了句什么，俊彦没有听清楚。他觉得自己的脑子有些乱，就好像眼前出现一个莫比乌斯环一样：火焰牌被僰人当作权力的象征；瑞秋是僰人的后代，因为火焰牌精神出现问题；火焰牌是一块稀有的金属氖，当时在四川民族博物馆，那个导游说世界上可能找不到第二块金属氖；她养父家中的金属氖会是第二块火焰牌吗？从何而来？

不过转念一想，俊彦马上又镇定下来。作为一种陨石，发现第二块金属氖实属正常，如果说世界上只有一块，可能才是更不正常的。

“那你研究的氖同位素和金属氖之间有什么关联呢？”

“了解了金属氖的特性后，我开始研究人工制得金属氖的可能性。但是，该研究需要极为特殊的温度、压力等实验条件，一般物理实验室条件根本达不到。养父很支持，帮我联系了这方面最好的实验室和导师，并通过他的公司进行了资助。实验接连不断失败。普通的氖元素制得的金属氖在常温常压下根本不能稳定存在。后来，我又对那块金属氖做了大量的研究，发现它的基本构成是一种氖的同位素，但是这种氖同位素在气态氖中不存在。于是在读博期间，我的研究转向了这种氖同位素，并最终成功地从已知的几种不稳定的氖同位素中制得这种新的稳定态的氖同位素，从某种意义上，也解决了金属氖的人工制得问题。”

“太厉害了。”俊彦由衷佩服。

“这种金属氖可以用来做什么？”俊彦记得在四川民族博物馆的火焰牌展台前，有游客也问过这个问题。

“金属氖具有非常独特的量子特性，应用还在进一步研究中，但前景非常广阔。”瑞秋说道。

“我感觉，我的面前坐着一位未来的诺贝尔物理学奖获得者。”俊彦说道。如果金属氖的应用广泛，那瑞秋的研究确实有资格获得诺贝尔物理学奖。

“哈哈，真的吗?”瑞秋笑了笑，压低声音对俊彦说，“俊彦，我觉得这次的‘隔离’可能和我的研究有关。我的博士导师发邮件给我，说近期有人在调查我的研究。昨天，我和养母谈了这事，她反而和我说，恰恰说明这项研究是极为有价值的。”

看来正如俊彦所料，瑞秋知道前段时间的“隔离”有问题。不过，她居然会主动和自己说这样的话，俊彦有些意想不到。

瑞秋住的房子在一个临海的别墅小区，入住率较低，小区门口有一大片荒芜的空地，不远处还有几处废弃的烂尾楼。

走近大门口，瑞秋指了指那片空地，说道：“这边原本要建高尔夫球场，所以吸引了开发商来建造别墅和商业地产。后来，高尔夫球场项目被政府叫停，吸引力一下子降了下来。别墅很多卖不出去，商业地产也停了工。”瑞秋边说边带着俊彦往小区里面走，“这些，都是文婷告诉我的。房子是她帮着养母找的，房主买下来主要是度假用，屋内的配置倒是非常齐全。”

小区的别墅都是独栋，建筑风格偏欧式。绿化率很高，在树木掩映下，路上的灯光显得有些昏暗。小区里的人很少，一路上只碰到一个打扫卫生的大爷。

好不容易，前面出现一栋亮灯的别墅，瑞秋指了指说，这栋就是了。

一楼的客厅很大，放着半圈褐色的转角沙发。客厅旁边有一个跃层，上面是厨房和餐厅的空间。

“这个房子好大啊。”俊彦进门后说。

“是啊，楼上还有一个书房，卧室很多。养母要用书房，住在二楼。我喜欢外面的花园，就在一楼住。”

“就你们两个人，还各睡一层，会不会……”俊彦望了望四周，说道。

“害怕吗？这倒还好，在美国时住的房子，附近也没有什么人，习惯了。”

瑞秋养母正在厨房里忙着什么，俊彦走到厨房门口打了个招呼。瑞秋养母回头冲俊彦笑了笑，“你好。”她穿着一件宝蓝色羊绒衫，系着一条浅灰色的厨用围裙，短发蓬松，看上去非常的清爽干练。

“辛苦阿姨了，有什么需要帮忙的吗？”

“不用，先坐会，马上 OK。”

俊彦和瑞秋闲聊了会，瑞秋养母招呼他们吃饭。瑞秋养母做了一道沙拉，烤制了一盘鸡翅，煎了牛排，炒了一盘西芹蛤蜊肉和一盘蔬菜。另外还有一盘菜，俊彦不知道是什么。

“这是什么菜？”在餐桌坐下后，俊彦问道。

“这个叫炒牛干巴，是妈妈故乡的特色菜。”瑞秋介绍道。

瑞秋养母把餐具递给俊彦，说道：“这个菜，关键食材要好，原料是云南地区的牛干巴，用鲜牛肉腌制后烘烤晒干制成。我父亲十几岁时就来上海闯荡了，他非常喜欢这道家乡菜。我也是深受他的影响，虽然后来到美国生活，但是始终放不下干巴牛肉的味道。”

“在美国的时候，我们就经常从华人超市买牛干巴来做这道菜。”瑞秋边说边把盛菜的盘子往她养母那边挪了挪。

“尝尝看。”瑞秋养母招呼道。

俊彦尝了尝：“很好吃……阿姨的厨艺很厉害。”

瑞秋养母嘴角露出笑容：“合你的胃口就好，厨艺这件事嘛，多练习自然就好了，瑞秋爸爸从大学出来开始创业之后，非常忙，大部分时间都花在公司上，瑞秋就更多由我来照顾了。”瑞秋养母看了看瑞秋，瑞秋侧身靠在养母肩头亲昵地蹭了蹭，“这次回来，本来也想让她爸爸一起回来的，他们也好久没见了，但是他根本走不开，现在事业是他的一切。”瑞秋养母言语间听出来对养父 Luke Cohen 的“抱怨”，俊彦有些尴尬，不知该说什么。

也许是察觉到自己有些失态，瑞秋养母向俊彦耸了耸肩，起身打开餐边柜，取出一瓶红酒。

“这瓶酒，产自法国一个很有名的酒庄。听 Rachel 讲，你不太能喝，但可以稍微尝一点。”瑞秋养母的话仿佛天然带有一种威严，俊彦不太好推辞，起身给每个人的杯中倒了些红酒。

“Cheers!”瑞秋笑着举起杯。

客厅有一面宽大的落地窗，透过窗户，能看到整个花园的草坪。因为长久没有修葺，草坪上的草长得很杂乱，高矮不等。花园的周围，有一圈地灯。灯光下，一些草叶轻轻摇曳着。

俊彦靠在客厅的转角沙发上，望着外面的花园，回想今天和瑞秋在一起时的一些细节。

吃过晚饭后，俊彦和瑞秋母女闲聊了会，从中美的文化差异谈起，聊到“程序员”，还聊到让瑞秋和俊彦相识的“剧本杀”，气氛很是轻松愉快。

晚上九点半左右，俊彦起身准备告辞。“有点晚了，这边比较偏僻，车估计也不好打，要不就在这睡吧，反正有很多房间空着。”瑞秋对俊彦说。俊彦哪里好意思留宿，依然说要走。

“早上起来后，帮我们一起把草坪修剪一下。”瑞秋养母说道。

瑞秋养母让自己帮忙，俊彦不好再拒绝。一楼还有间空着的客房，瑞秋养母帮着收拾好以后，就上楼休息了。十点钟左右，瑞秋也向俊彦道晚安：“这段时间习惯了早睡，我先睡了，晚安。”

俊彦看着窗外，越想越清醒。在沙发上坐得实在有些难受，于是起身，打开客厅一角的一扇小门，来到花园，站在草坪上抬头看晚上的天空。一轮下弦月挂在半空，发出淡淡的光芒，似清澈的流水，在洗涤人世间的尘土。盯着月亮看了一会，俊彦的心绪逐渐平静下来。重新返回客厅后，他想着在沙发上再坐一会就回房间睡觉，不知不觉竟然昏沉沉睡去。

半夜，俊彦打了个寒战醒来，感觉身边有阵阵冷风袭来。是不是自己没把花园的门关好？他坐起来看向花园。突然间，他发现花园里有个人影在晃动。他擦了擦自己的眼睛，发现瑞秋正穿着睡衣，站在花园的草坪上，舞动着！她的精神症状难道又出现了？俊彦心里一惊，赶紧跑了出去。

瑞秋挣脱着舞动身躯，嘴里低语着听不懂的话语，和以前俊彦见过的发病症状一模一样。俊彦试图把她抱到屋子里去，不过瑞秋不知道哪里来的力气，俊彦根本无法把她从草坪上抱离。无奈，俊彦把她双肩抱在自己的怀里，用自己的肩部抵住她的头，尽量控制她的扭动。

月光映在瑞秋脸上，只见她面孔扭曲变形，嘴巴斜歪着，一半的牙齿露在外面；眼睛里闪着寒光，也许是阴影的缘故，眼角处竟然显现出深深的皱纹……这一刻，仿佛魔鬼降临人间……

过了一会，瑞秋终于停止摆动，身体一下子瘫软下来。俊彦赶紧把她抱到客厅的沙发上，转身把花园的门关好后，静静地坐在她身边，看着她。

瑞秋醒来后，看到眼前的俊彦，吓了一大跳。她猛地坐起来，双手紧紧抱在胸前。

“俊彦，什么意思，发生什么了？”瑞秋很紧张地问道。

看来瑞秋误会了，她对自己的精神症状依然不知情。此时此地的情景，俊彦必须要把发生的事情讲出来了，不然他无法解释清楚。于是，他一五一十地把刚才瑞秋出现的精神症状向她描述了一遍。

瑞秋听完，满脸困惑，呆呆地坐在沙发上，看着俊彦。

“你还记得平安夜的时候我们一起夜游外白渡桥吗？”俊彦问。过了几秒钟，瑞秋机械地点了点头。

“我们从外白渡桥下来后，进入一条小巷，然后路过一处有着长长白墙的学校。当时，发生一件事——你昏迷了，醒来后，你对我说可能是因为低血糖引起的。”俊彦说道。

听到俊彦的话，瑞秋低下了头，用右手拇指和食指一下一下地捏着左手拇指，喃喃地说，“那次，难道我也是发病了？”

“正是。”

沉默开始在沙发周围的空间中蔓延。过了良久，瑞秋叹了口气，抬起头来，对俊彦说道：“我小时候有这个病，我是知道的。因为有次我回儿童福利院的时候，阿姨和我讲过。不过，我以为自己早就好了。”

“你到美国以后从来没有出现过精神症状吗?”

“没有，从儿童福利院得知此事后，我还特意问过养父母，他们没必要骗我。”俊彦没有说话，心里默默思考着可能的缘由。

“对了，你在家里的物理实验室发现那块金属氖大概是什么时候?”

“读初中的时候，怎么了?”

俊彦愣了一会，说道：“没什么，只是随口问问……我有个朋友在精神医学领域很有研究，你看，是不是找个时间和她聊聊?”

“这个，我再想想吧，我需要自己先适应一下。”瑞秋的神情很是失落。

“要不要和阿姨……”俊彦本想说要不要和她养母讲一下她的精神症状，这样，她养母在她身边时，能多关注下。不过看到瑞秋的神情，俊彦没有再说下去——她确实需要自己先接受这个事实。

“PTSD患者的自杀率是比较高的，有些会毫无征兆……”电话那头的徐医生说道。墨兰出事后，俊彦还是第一次和徐医生通电话，她先是和俊彦聊了下墨兰，表达了深深的遗憾。

“徐医生，你现在方便吗，我去诊所找一下你。”

“今天周末没值班，在家呢，有什么事吗?”

听徐医生这么一说，俊彦才意识到今天是周六：“没什么特别重要的……那不打扰你了。”

上午从瑞秋住所离开后，有个问题一直在困扰他：瑞秋在美国期间精神症状为什么会消失，而来中国后精神症状又再度出现?

根据夏老之前的回忆，小时候的瑞秋自从见到火焰牌，就对其产生了依赖，就像上瘾一样——把火焰牌拿去省城化验，症状就出现了；把火焰牌再拿回来，症状又消失了。

一个重要的发现是瑞秋养父家有块金属氖，而火焰牌本身也是一块金属氖。

难道，让瑞秋产生依赖的实质是金属氖这种物质？只要在其能量的影响范围内，就可以“抑制”瑞秋的症状？而瑞秋回到中国，脱离了其能量的影响范围，症状就再次出现？但是这种推测未免有些缺少依据，这也是俊彦想找徐医生咨询一下的原因。

昨晚有那么一刻，俊彦差点就要把所有他知道的关于瑞秋的一切，向瑞秋和盘托出。不过，他最后还是忍住了，因为他突然察觉，如果瑞秋真的是因为金属氖的能量而引发的精神症状，他之前对瑞秋的某些认知就是错误的！

第二十四章　母体

“俊彦，我记得上次咱们在这喝咖啡，你点的是美式。”

“还不是因为喝你的‘催眠咖啡’喝上了瘾。”

“这个好，有助于‘改善’睡眠。”翁强笑道。

一个服务员走了过来，“两位先生，我们店有个春节超值活动，现在办卡有特惠，还可以参与抽奖。”

“上次，你走了以后，我在他们这中了一个二等奖。”俊彦向翁强谈起圣诞节时的抽奖。

“先生您运气真好。那今天办张卡吧，肯定还会有好运。”服务员趁机推销。俊彦看了一眼翁强，说：“你如果后面常来上海，我就办张卡。”

“办卡就算了，谢谢。”翁强转身对服务员说。

喝了两口咖啡，他对俊彦讲：“我倒是很想常来，就冲着这个咖啡馆，咖啡好，环境又安静。只是身不由己啊……”

“那这次过来主要是？”俊彦问道。

“和上海的同事开个会。”说到这里，翁强话锋一转，“你和瑞秋见面后，感觉怎么样?”

俊彦想了下："她面对被‘隔离’这件事，表现出的镇定有些异乎寻常。她还主动和我讲，怀疑‘隔离’与她的博士研究课题有关。”

“我们确实也在查她的研究。她的博士课题最早由镁芯半导体公司资助，不过后来资助方改为科恩能源公司。”翁强停顿了下，“你知道科恩能源的老板是谁吗?”

俊彦摇摇头。

“也是 Luke Cohen，瑞秋的养父。”

“是吗!”俊彦有些吃惊，“她和我提起过养父的芯片公司，但没说过这家能源公司。科恩公司主要做什么?”

“科恩能源大概四年前成立，一直非常神秘，唯一公开的信息是这家公司去年发射了很多链路卫星。据传闻，他们在研发无线能源传输技术以及凝聚态新能源技术。”

“有没有可能，”俊彦略做思考，“她养父看到了瑞秋研究的巨大商业价值，专门成立这家能源公司来进行商业化?”

“这种可能性比较大。”

“科恩能源难道也和电网的恶意程序有关联?”

翁强没有直接回答，他转动了一下马克杯："问题是，我们最近查到他们和秘境公司的一份供货协议。”

“和秘境公司? 不会也是供应那颗存储芯片吧……对了，是两家不同的公司……那提供什么?”俊彦意识到翁强说的不是镁芯半导体向秘境公司供货，而是科恩能源。

“只是一份框架协议，协议简单提到科恩公司将为秘境公司提供新型产品，并框定了大概的供货量级，但没具体讲是什么。从量级来看，我们怀疑是为 Camus 供货。”

“Camus 上市在即，如果是为 Camus 供货的话，应该已经开始了。”俊彦说道。

“我们正在查具体订单。”

“你终究又重新查秘境公司了。”俊彦意味深长地说。

翁强笑了笑，端起马克杯，吹了吹已经凉透的咖啡。

春节假期前的最后一周。

周一早上，由于组长要临时参加一个会议，安全技术小组的周会延迟。俊彦给夏老发了个信息，想找个时间去他那里体验一下 Camus。

“Camus 今天一早被公司收走了。”夏老回复道。

“为啥啊?”

“来我这聊吧。”

夏老带着俊彦先来到他的工位拿茶杯，办公桌上的文件堆得非常高。

“春节的时候，有大量新场景要上线，很多东西要审核。”夏老说完，从茶罐里面取茶，“还是上次你给我的绿茶，要不要来一杯?”

“我很少喝茶。”

“用这种大茶杯喝茶的估计也只有我们这些老头喽。”夏老边说边把茶叶放入茶杯，胳膊不小心碰了下桌上的小画框，用手扶了扶。

“这个画的是玲子吗?”俊彦问。

“是啊，你小岚阿姨画的。我怕她总是看着乱想，就拿到了公司。对了，玲子现在……我们去办公室聊吧。”

俊彦知道夏老想更多了解玲子的情况，到办公室后，先给他简单介绍了一下：上海一家儿童福利院在门口发现了玲子，收留了她。七八岁的时候，玲子被一对美国夫妇领养。玲子后来在美国长大，上大学，并获得了博士学位。

“真是造化弄人。”夏老感叹道，“万万没想到，她流落到了上海。当年，你小岚阿姨还跑到广州去找她。”说到这里，夏老的眼睛已经有些湿润。“也不知道在火车上，到底发生了什么……无论如何，终归还是找到了……她人还在上海吧?”

“是的，不过夏老，玲子的病情依然存在，我有些担心会影响到小岚阿姨。所以，是否先考虑把玲子的病治好，再找个合适的时间相见?”

“你是说，玲子还会像小时候一样发病?”

俊彦点点头。

夏老沉默了一会，“确实，小岚之前就一直为玲子患病自责……就是不知道能不能治好。”

“我认识一个挺有经验的精神科医生，想试一下。”

“我倒是也有相关的资源，如果需要的话，你和我讲。”

自己的想法能得到夏老的理解，让俊彦长出一口气。他开始和夏老聊起 Camus。

“那个 Camus 为啥被收走了?”

“你上来前，我还特意为这事问了下产品副总裁。”夏老说道。

通过夏老的叙述，俊彦大概了解了原委。周末的时候，有个硬件极客在网上发布了一段 Camus 的拆机视频，分析了 Camus 的物料清单，并计算了 Camus 的硬件成本，最后这个极客还宣称 Camus 的结构可能会存在安全问题。在正式发售之前，Camus 竟然遭如此曝光，而且恰逢秘境系统准备重新上线的重要时刻，这让公司很被动。极客在视频中讲，他是从秘境公司内部人员那里拿到的样机。公司高层非常恼火，要求彻查此事，同时把公司的绝大部分样机收回。

“夏老，所以您只是尝了一天的鲜哈。”

“准确地说，是两个小时。”夏老耸耸肩，双手一摊。

回到安全小组工作区域，周会已经开始。“抱歉。”俊彦进门后，举手示意了下，坐到一个角落。同事们正在激烈地讨论着什么。

“这纯粹是又想让我们背锅！”一个同事喊道，“我们之前对系统、协议和接口的安全性早就做了全面测试。硬件和嵌入式方面，他们自己，包括供应商也应该担起责任。再说了，原型阶段，我们对重要组件也都做了独立测试。现在马上量产了，还测个啥？这不是明摆着要让我们背锅吗？”

江峰也很激动：“就算是让我们测，也要把样机拿到我们组来，而不是让我们跑到他们那边去测。来我们这儿，他们是求我们，安全没问题是我们的功劳，安全出了问题也是他们的责任；跑到他们那儿，好像我们去争业绩一样，没问题的话是他们做得好，有了问题又要怪我们。”

原来，硬件技术部想让安全小组派几个人到他们那里再对Camus进行进一步安全测试。估计是因为那个拆机视频的缘故，俊彦想。

“现在不是样机管控得严格了嘛。”组长说道。

“那就让他们派人拿着样机过来，他们的人不放心的话，可以在这里一天24小时盯着。”另一个同事说道。

“那这个讨论先到这里，这事具体后面再商议。”组长见群情激愤，就停止了讨论。

会后，组长把俊彦单独叫了出去。

“俊彦，我们去楼下走一走吧。”

“好的。”俊彦心里有些嘀咕组长为什么找他，会不会是因为工作表现？想到自己最近请假很多，有事没事还经常往夏老那跑，不免有些汗颜。

今天的天气有些回暖。组长和俊彦沿着大楼外面的环绕步道，边走边聊。

“俊彦，你是哪一年的，咱们是不是差不多大？”组长问道。

“我三十五……哦，三十六了。”

“咱们同岁，今年本命年。你几月生日？”

“六月。”

“那我比你大，我四月的。”组长说，“来公司有一个月了吧，还适应吗？”

“挺好的。”

“你面试的时候，我印象很深刻。当时还和你探讨安全技术的实质，你说安全不是一种防御，说得很好。我们很难保证系统的绝对安全啊，但是很多人无法理解这一点，稍微出些问题，就会认为是我们工作没有做到位。”

“安全不好做，各种技术日新月异。”俊彦说。

“说起这个，我心里有愧，感觉很对不起兄弟们，年终奖也没有。”组长叹了口气，“所以今天周会上，兄弟们有意见，我也能理解。但是，有些事情还是要有人去做。”

“没错。”

“要不你和我一起，去硬件技术部再做一次测试？”组长停下脚步，看着俊彦说。

俊彦此时终于明白了组长为什么找他：“不过，我对嵌入式系统没那么熟。”

“上面给的任务。不熟悉没关系，重要的是去一趟。其实大家会上说得也对，就要量产了，还能再测出什么呢。”组长说道。

“那可以的。”俊彦正想更多地了解 Camus 的硬件情况。

硬件技术部在 E 区和 F 区都有工位。配合进行进一步安全测试的是嵌入式技术部门，隶属硬件技术部，在 E 区五楼。周一下午，俊彦和组长二人来到五楼。一个嵌入式工程师负责对接，帮他们安排了个小型会议室用于临时测试。

“不知道你们安全怎么测，我们自己内部测性能、Bug 等，倒是有一套自动测试工具，你们需要吗？”

“暂时不需要，我们先从接口和协议开始测，能连上系统就行。”组长说道。

嵌入式工程师把系统测试接口讲了下，组长对这些比较熟，以前测独立组件的时候都用过。

“先拿台样机来吧。”组长说道。

嵌入式工程师拿来一个装有 Camus 的盒子，交给组长。“硬件部前面有十几台样机，现在只有两台了，另外一台在老大那里。”

“放心吧，样机肯定跑不了。”组长笑道。

即将第一次近距离接触 Camus，俊彦有些激动，盯着盒子，两眼放光。盒子通体银灰，顶部印有“Camus”的字样以及秘境公司的 Logo，散发着一股神秘感。

“发售的时候，也是这样的包装盒吗?”俊彦问道。

“应该是的，这是最新的样机，按量产标准生产的。”嵌入式工程师答道。

组长把盒子递给俊彦。相比俊彦的惊奇，组长没什么感觉，他以前接触过Camus。俊彦左手托着盒子底部，右手拿住盒子的两侧。盒体缓缓地自动分开，露出青蓝色的Camus主机，静静卧在白色的吸塑内托里，就像沙漠里的一弯湖水。俊彦轻轻将Camus取出，拿在手里端详。Camus的主体部分很薄，像一个小型滑雪镜。两个支架前宽后窄，呈流线型，和主体部分完美地结合在一起。

“我的新朋友，很高兴和你一起体验精彩。有任何问题，随时喊我的名字——Camus。”手上的Camus发出清脆的话语声。

“这么智能。”俊彦赞叹道，“我能先体验一下吗?”

组长笑了笑，说你先感受一下，然后和嵌入式工程师走到外面继续讨论。

俊彦把Camus主体罩在眼部，将两个支架分别置于双耳上方。Camus机身轻轻震动了一下，左右晃了晃，像是在适应俊彦的头部尺寸。紧接着，他感觉Camus的两个支架像两只柔软的小手一样，慢慢地将他的后脑区域抱住。Camus再次震动一下，耳侧传来系统提示音:“Camus已经佩戴完毕，现在进入新手训练环节。”

俊彦眼前一亮，出现了一个画有九宫格线框的草坪，每个格子内放着几个不同颜色的球，而自己正坐在九宫格中央的格子内。

“现在，请站起来，走到左侧的格子内，把红色的球拿起来。”Camus 发出声音。

最开始，俊彦有些不适，不过很快就调整过来。几分钟后，他已经可以自如地用大脑控制自己的数字化身，做出各种动作了。

“训练完成，现在进入秘境。”Camus 再度传来话语声。

秘境系统这次没有允许俊彦自主选导游，俊彦配备好语言包独自来到糖豆屋。通过大脑控制数字化身来体验那些作品中的奇妙时空，一定很有意思，他想。

他先是进入曾和小敏一起游历过的作品《云与雪》。路两边的雪堆散发着逼人的寒意，俊彦顿时感觉好冷，“身体”禁不住打了个寒战。他试着在结冰的路面上走了两步，脚下一滑，竟然差点“摔跤”。看来 Camus 真的做到了——直接通过大脑触发人的感觉——俊彦一边感叹一边退出作品。

又游历了其他两个作品后，俊彦进入到一个名为《母体》的作品。

俊彦发现自己置身在一个有着圆形穹顶的巨大建筑内，穹顶上闪烁着浩瀚灿烂的星空。建筑内部并没有灯，但是四周的墙壁却散发着红橙色的淡淡光芒。墙壁上面安装着一行行的架子，架子上每隔一段距离，就放有一个方盒，有厚有薄，很像是一本本精装书。

这个场景怎么感觉如此熟悉？“……哦，虹的空间书店和这个建筑的结构有点类似。”俊彦拍了下脑门。

俊彦对架子上的那些“书”产生了兴趣，他慢慢走向墙壁突然，他“飘浮”了起来，一下子“飞”进了离他最近的一本“书”。

看来这个作品又是怪异的时空，能够把自己的“庞大身躯”装进这么小的一个空间里。想到这里，他不自觉伸手想摸下自己的腿。“手……啊，手哪里去了……腿，腿也没了……整个身体都消失了!”自己仿佛只剩下魂灵，陷在一片黑暗虚无里……

俊彦有些惊慌，正在此时，他感觉“自己”又“飞”了起来。周围再度出现红橙色光芒时，他的“身体”重新出现，站在了建筑的大厅中央。

退出《母体》，俊彦依然惊魂未定，感觉就像是做了一场梦……

第二十五章　钩子

对秘境公司而言，小年是个大日子，秘境系统将首先在南京博物馆恢复上线。

早上，俊彦进入公司大门，就看见大厅里聚集着很多同事，围着一块大屏幕看。屏幕上正在直播南京博物馆排队入场的游客人群。博物馆门前，用隔离带隔出一行行的 Z 字形入场通道。通道里人头攒动，一些人在朝空中的无人机招手。屏幕一角有倒计时的数字，倒计时显示还剩九分多钟。俊彦看了下时间，现在是八点五十分。

直播画面切换到近景，顺着队伍拍摄一张张脸庞。几个学生模样的游客，对着镜头做鬼脸。紧接着，画面上出现一个手持话筒的女孩，衣服上印有秘境公司 Logo，在随机采访排队的游客。

“怎么这么早来博物馆?”女孩问一个排队的男子。

“孩子说博物馆的多媒体区要开放，一大早就吵吵着要来。放了寒假后，他还从来没有这么早起来过。”男子边说边摸了摸身边小男孩的头，小男孩看着有七八岁。

“那您怎么看多媒体这种展览形式?”

“之前我体验过一次，感觉挺好的，可以穿越到文物存在的真实历史场景中，更好地来了解历史。最重要的，孩子们喜欢。”

“小朋友，说说你最感兴趣的吧。”

“我……我在‘沐王府’交到一个好朋友，我要去找他。”小男孩仰着头说道。

女孩再次面对镜头，说道：“今天是小年，是个好日子。首个针对失独老人所失去孩子的数字重建计划——墨兰计划也将在今天正式上线运行。通过这个计划……”女孩开始顺着队伍边走边介绍“墨兰计划”给失独老人带来的三重保障。

女孩停下脚步，镜头给出女孩旁边两位游客的特写，是墨兰的爸妈!

“这两位就是墨兰的爸爸妈妈，我们来采访一下他们。”女孩把话筒递到墨兰爸妈面前，“叔叔阿姨你们好，能谈一谈现在的心情吗?”

墨兰爸爸看了墨兰妈妈一眼，说道：“很紧张，很期待……很期待。”他搓着双手，显然是不知说什么好。

女孩见状把话筒重新拿到自己面前，说道：“我们已经征得墨兰爸妈的同意，一会将直播‘墨兰’在秘境中与爸妈相见的画面。”

俊彦非常理解墨兰爸妈的忐忑心情，他自己也是激动之余又有担心，不知道是否能达到预期……有人拍了下自己的肩膀，俊彦回头一瞧，是苏维维。

“网上也有直播，走吧，边喝咖啡边看。”苏维维说道。

来到F区一楼的咖啡馆，苏维维对俊彦说：“今天我请客，你喝啥?”她打了个哈欠，“昨天，讹了产品副总裁一叠咖啡券，我现在一夜暴富了!”

“奖励你的吧。”

“你不知道那家伙有多抠门，我卖了半天惨，说我为了‘墨兰计划’喝咖啡都喝穷了，他才哆哆嗦嗦给我的。”苏维维说完朝身后看了看，吐了吐舌头，“被他听到我就死定了！快说啊，喝啥?”

“双份意式浓缩，谢谢。”

九点十分左右，苏维维拿出手机，和俊彦一起看秘境的直播。

负责直播的女孩正站在博物馆的“格子间”解说：“就像刚才所展示的，‘蜂巢’模拟器将连接虚拟世界和现实世界。接下来，我们通过特殊的直播技术，为您带来秘境中虚拟和现实融为一体的画面。”

直播画面切到了一个古代的场景，一个深宅大院的门口，两头石狮巍然矗立。两侧站着腰胯刀剑的古代卫兵。

“这是哪里?”俊彦问苏维维。

“明朝早期的云南沐王府。”

俊彦想起夏老曾经主持过沐王墓遗址的挖掘，应该和沐王府有关系，当时在夏老家客厅还看到过相关的考古纪念照。

“那这次，僰人村寨上线了吗?”俊彦禁不住问道。

“好好看直播!”苏维维瞪了一眼俊彦。

直播画面切到沐王府大院里面，人丁兴旺。

“刚才我们看到的古代场景中，就有不少人是秘境游客的数字化身。”直播的女孩解说道，“接下来，我们去往一个现代的场景，去找墨兰。”

俊彦把头往前凑了凑，盯着手机，聚精会神地观看。

在一间非常现代化的教室里，坐着几排孩子，一个女老师正在黑板上写字。女老师先在黑板左侧写下一个古汉字，然后画了一个弯腰作揖的人。接着，女老师转过身来，面向教室内的孩子们。

女老师是“墨兰”!“墨兰”穿着一件白色毛衣和一条蓝色牛仔裤，搭配一双平底鞋，简洁大方，脸上洋溢着灿烂的微笑。俊彦顿时感觉心脏突突地跳。

“很多汉字是会意字，我们通过其字形，就可以体会它的意义。比如这个字。”墨兰指了指古汉字，“大家看左半部分像什么?”

“人，像个人。”孩子们七嘴八舌地说。

“是的，是人，一个双手作揖的人，也就是一个很有礼貌的人。”墨兰指了指她画的那个作揖的人，“那右半部分大家应该都认识吧?”

“二，是二。”孩子们说道。

“两个人相互作揖，相互尊敬。那是什么?”

“给压岁钱。”一个孩子喊道，孩子们大笑。又有孩子喊道：“不对，是爱。”“是敬。”

“大家说的某种程度上都对，无论是给压岁钱，是‘敬’，还是‘爱’，都是一种两个人之间的相互亲爱，这就是‘仁’这个字。”墨兰转身，在黑板右侧写了一个大大的“仁”字，“古代，人们会称呼‘仁兄’‘仁弟’等，后来这个字慢慢地开始指‘道德’。如果我们心中有别人，那就是有‘仁’，就是有德的。”

墨兰顿了顿，等待孩子们的议论结束，然后说道：“现在有谁愿意来表演一下这个字？”

“我，我……”很多孩子举手。

墨兰指了指两个男孩。两个孩子走上讲台，相视一笑，开始相互作揖。一个孩子装着大人的腔调说道：“仁兄。”另一个孩子马上回了一句“仁弟”。下面的孩子们哄堂大笑。

“所以，‘墨兰’现在是一位老师？”俊彦问苏维维。

“是的，后续秘境面向全球运营以后，‘她’会担任对外汉语教学的工作，教外国小朋友汉语，国家汉办资助的。”

俊彦点点头，有些掩饰不住内心的激动。

一堂课结束后，墨兰欢快地跑向教室后排。“爸爸，妈妈，你们怎么来了？”原来墨兰的爸妈就在教室的后面，听她讲课多时。

女儿活生生地站在自己的面前，墨兰的爸妈有些不敢相信。墨兰妈妈上前一步，试探着拉起墨兰的手，上下仔细打量，然后又抬起手摸墨兰的脸。

“妈妈，你干吗，你不认识你的宝贝女儿啦!”墨兰嗔怪道。

“墨兰，妈妈好想你。”墨兰的妈妈把墨兰紧紧地抱在了怀里。她双眼噙满泪水，肩膀微微地抖动着，脸上的皱纹逐渐散开，嘴角露出欣喜的笑容。

“现在的‘墨兰’多大了……不，我的意思是……”

“珍珠人的人设是根据半年前的墨兰打造的。”苏维维明白俊彦想问什么，直接打断他说道。

“也就是说，‘她’不认识我是吧？”

“嗯，所以并没有访谈你。”苏维维点头说道，“为此，我们征求了墨兰爸妈的意见，他们希望能看到之前那个开朗活泼的‘墨兰’。”

直播镜头里，墨兰拉着爸妈的手，兴高采烈地和爸妈讲她现在的工作和生活。

新的一堂课要开始了。“爸，妈，我去上课了。爸爸，你可要多陪妈妈去公园里跳跳舞，不然哪天她可要被别的老头拐跑了。”墨兰叮嘱爸妈多注意身体，然后走向讲台。墨兰爸妈含着泪水又很欣慰地向女儿挥挥手。

在教室外面，直播的女孩又对他们进行了采访：“叔叔阿姨，谈谈现在的感受吧。”

墨兰妈妈听到主持人的问题，又忍不住有点哽咽，但还是主动接过话筒，很激动地说：“我的孩子，又回来了……我们又在一起了。”

苏维维把手机放在桌子上。“耶，成功!”她比画了一个剪刀手。

看到墨兰妈妈现在的状态，俊彦心里的一块石头也落了地，他的眼睛也有些湿润。

“老哥，你没感动哭吧？”苏维维在俊彦眼前挥手晃了晃。

俊彦擦了下眼角，冲苏维维笑了笑。

苏维维拿起手机看了下时间，意味深长地说：“今天我心情好……错过这个村可就没这个店了。”

听苏维维这么一讲，俊彦把身子一直，仿佛一下子有了精神。他想了下，问道：“僰人村寨上线了吗？阿沐渣是不是一个珍珠人？”

苏维维喝了一大口咖啡："我不知道你为啥对僰人这么感兴趣。我现在能告诉你的是，僰人村寨将在春节正式上线，那个阿沐渣，某种意义上，是个珍珠人。"

"为什么是某种意义上？他和墨兰这种珍珠人有什么不同吗？"俊彦接着问。

苏维维看了一眼俊彦："我先去开会了。"说完向俊彦摆了摆手，起身离去。

从咖啡馆回到硬件部的测试办公室后，俊彦继续投入到Camus的安全测试中。前面两天，俊彦和组长施展平生所学，并没有发现什么安全上的问题。不过，今天秘境重新在南京博物馆上线后，以前一些无法查看的日志文件竟然解锁了，他要做一下深入分析。

下午三点左右，俊彦突然叫了一声！

"有什么发现吗？"组长在旁边问道。

"没……看错了。"

"就说嘛，不可能查出什么的，我去开个会。"组长拍拍俊彦肩膀。

"好的。"俊彦头也没抬，键盘敲得飞快。

五点来钟，组长哼着曲子回到测试办公室。俊彦正靠在椅子上盯着电脑屏幕发呆。

"老大对咱们这次测试很满意，收工！"组长兴奋地说道，"这两天辛苦了，早点回吧。明天在咱们自己的工位上班。"

看来，秘境公司上上下下都松了一口气。

从公司出来后，俊彦直接前往"虹的空间"书店，上次在糖豆屋游历过《母体》那个作品后，他就一直想去"虹的空间”转转。

书店门口挂满了中国结和灯笼，装点得年味十足。俊彦进门后，走到大厅中央位置的一个书架旁，抬头观望书店的“星空”穹顶。

在《母体》那个作品中时，他曾感觉那个大厅的穹顶很像“虹的空间”的穹顶。不过现在看来，好像还是很不一样……

“回去好好看书，再让我见到你打游戏，我就直接废了你的手机。”一个熟悉的声音从侧方传来，俊彦循声望去，只见苏维维正在训斥一个男孩，男孩捧着一堆书。

苏维维也看到了俊彦，“哟，这么巧!”

“维维你好，是够巧。”

“我不好，快被这家伙气死了。”苏维维说完伸出手，锤了下男孩的肩膀。

“这是我弟。”见俊彦有些疑惑，苏维维解释说，“我春节要值班，爸妈就带他从哈尔滨来了上海。”男孩向俊彦挥了挥手，俊彦冲他笑了笑。

“噢，你是东北人啊，怪不得……”俊彦说道。

苏维维一听把眼一瞪：“怪不得什么?”

“没什么。”

“什么叫没什么，俊彦，你今天不给我解释清楚，你就别想走了。”苏维维佯装生气，不过最后有点憋不住笑了。

“怪不得这么彪悍!”这时，苏维维的弟弟补了一句。

“你不想活了吧。”苏维维侧身，一把揪住她弟弟的耳朵，回过头来对俊彦说，“你算是把我伤害了，你说咋办吧。”

“请你们吃饭吧。”俊彦笑笑。

“建议吃冰激凌！”苏维维的弟弟举着手说。

商场的一楼有家冰激凌店，苏维维的弟弟独自承包了一个冰激凌拼盘，俊彦和苏维维则点了柠檬水，边喝边闲聊。原来，苏维维的弟弟今年要中考，她今天难得下班早，就过来给他买一些辅导书。

“这个家伙，满脑子都是电子游戏，我真是担心他连个像样的高中都考不上。”苏维维看着她弟弟叹了口气。

“那还不都是你教的嘛。”她弟弟用手抹了下嘴角。

“我打会游戏，只是在工作之余放松一下。”苏维维说。

“那我打一会，也只是在学习之余放松一下。”她弟弟反击道。

“你再说！”苏维维举手装出要揍人的样子。

“哎呀，老姐你快快嫁人吧。”苏维维的弟弟把头转向俊彦，“老哥你有老婆不？没有的话快把她娶了吧，算我求你了。”

“游戏公司不是都出了防沉溺措施吗？”俊彦有些尴尬，赶忙转移话题。

“治标不治本。”

“为啥？”

“因为这里面存在一个矛盾：防沉溺机制是产品经理设计出来的，而产品经理的根本目的却是要让用户沉溺和上瘾。”

“讲讲看呗？”

苏维维喝了口柠檬水，说：“游戏和社交等产品，都会埋有很多让用户成瘾的‘钩子’，这些‘钩子’的基本原理是‘操作性条件反射’。心理学家斯金纳曾做过一系列实验。将小白鼠放入一个有按钮的箱中，小白鼠按下按钮，就会掉下食物。然后，小白鼠就能自发地学会操作按钮。当然，实际的实验要更复杂一些。通过这些实验，斯金纳发现动物和人的行为都是‘强化作用’的结果。通过‘强化作用’，就可以改变他人的行为反应。”

“就比如，游戏中的金币激励和装备升级?”俊彦问道。

“算是一种，”苏维维点点头，“有很多设计得更加精妙，觉察不出来。”

“秘境系统中是不是也有很多这样的‘钩子’?”

苏维维转头看向她弟弟，说道：“人类正在走向一个，更加沉迷的未来!”

“切!”她弟弟冲她噘了噘嘴，又低下头去大快朵颐。

“维维，和你聊天真的很长知识……那个，我再请教一下，阿沐渣……”

苏维维叹了口气：“你这家伙，真是够执着的……”

第二十六章　末日鱼

“春节什么时候开始休息?”俊彦问馄饨铺的老板。

“明天中午的车票，你是最后一位客人喽。”老板边说边收拾桌椅。

“还有一位，应该很快会到。”

俊彦的话音刚落，翁强推门而进：“这边有点偏啊，找了半天。”他进门后快速扫视了一圈店里的情况，举手向老板打了个招呼，然后在俊彦的对面坐了下来。

“怎么回事?”翁强急切地问道。

从“虹的空间”回公寓的路上，俊彦给翁强发了条消息，说最近的调查有些突破。翁强看到后直接向俊彦要了地址，跑了过来。

俊彦笑了笑，“先吃点东西吧，来碗小馄饨?”

“算了吧，大晚上的……也行。”

“老板，加碗小馄饨。”俊彦转头向老板说道。

“以你小子的性格，主动和我说那话，我就知道肯定是有重大发现，快讲讲看。”

俊彦收起笑容，说道：“在收养瑞秋之前，Luke Cohen 有一个儿子，由于在校园受欺负而自杀。我怀疑他以逝去的儿子为原型在秘境中构建了一个虚拟人，正是这个虚拟人，在秘境中侵犯了墨兰!”

翁强向前探了探身子：“你是说那个阿沐渣，是 Luke Cohen 的‘儿子’?”俊彦点了点头。

翁强面露困惑：“阿沐渣不是一个古代的僰人吗……你肯定有充足的理由，说说看。”

“这事儿，还要从虚拟人的‘梦’说起。虚拟人本质上是一个人工智能算法，按说是没有潜意识，没有梦境的。但是阿沐渣在侵犯墨兰时，却叫喊‘这就是我梦中的女孩’……”俊彦向翁强讲起了他的推理……

既然虚拟人不能做梦，那阿沐渣的“梦中的女孩”是怎么回事？最初，俊彦认为那可能是系统预设的形容“女孩”漂亮的词语。但是后来，虚拟人小敏给他讲了在年会时的惊人发现——旁边有个虚拟人居然会做梦！这让俊彦开始怀疑，阿沐渣是否也可能是个拥有了梦境的虚拟人。

在对 Camus 进行安全测试时，俊彦佩戴 Camus 进入了糖豆屋的作品《母体》。《母体》里那所建筑的结构、精装书一样的方盒、意识和肉体脱离的体验等，让他想起了小敏所描述的那个虚拟人的梦——“一个很大的房子，四周墙壁上铺着书架，上面排列着很多硬装书一样的小方盒”……居然惊人的相似！再联想到墨兰曾在糖豆屋创作过一个包含她自己形象的作品，他做出了一个大胆的假设……

“有点烫，慢慢吃。”老板把翁强的馄饨端了过来，然后返回操作间去收拾灶台。

翁强舀起一个馄饨，吹了吹："你继续。"

"我的假设是：糖豆屋的那些作品被用来灌输进虚拟人的'潜意识层'，给他们'造梦'。如果这个假设成立，墨兰的那个作品则有可能是被输入了阿沐渣的'潜意识层'，所以他才会说墨兰是'梦中的女孩'……"

"秘境系统恢复上线后，公司上下紧绷的一根弦松了下来，以前被锁死的一些系统日志也放开了。"说到这里，俊彦顿了顿。

翁强拿起勺子，在碗中搅了两下，又放下。

"在一份年会有关的日志里，我发现了'Luke Cohen'的名字，他是从美国通过 Camus 接入的年会。Camus 当时刚刚对外发布，用 Camus 接入年会的人没几个，所以比较容易查。据日志记录，年会时，Luke Cohen 的座位在两个虚拟人之间，左侧是小敏，右侧就是阿沐渣！"

"所以阿沐渣就是小敏说的那个会做梦的虚拟人?"

俊彦点点头："看到日志后我很疑惑，Luke Cohen 为什么会认识一个古代的'僰人'，从他们聊天内容来看，还很熟的样子。"

晚上在虹的空间，经不住俊彦的"执着"，苏维维终于向他透露了阿沐渣的事情，某种程度上解开了他的疑惑，也证实了他以前对糖豆屋作品所做的"假设"。

苏维维的原话是这样的："公司最大的投资人，曾深受丧子之痛的折磨，寄希望于在秘境中构建逝去儿子的虚拟人。为了避人耳目，投资人让'儿子'化身为阿沐渣——根据考古发现虚拟出来的一个人物。投资人持续不断地更新'儿子'的底层人设，他甚至让公司在美国成立了一个实验室，来专门塑造‘儿子’的潜意识层，希望让‘他’重获梦境。糖豆屋的作品有着梦的意境，被用来进行‘造梦’实验。但是，在这个过程中，出现了严重的程序错误，直接导致了那次对墨兰侵犯事件的发生。这些，都是产品副总裁有次喝醉后无意中透露的。”

“我问了维维那个投资人的名字，她说不知道。”俊彦看了看翁强，“但从年会上那幕情形来推测，Luke Cohen 极有可能就是维维所说的投资人。”

翁强侧头想了想：“可能性确实很大，Luke Cohen 能够佩戴 Camus 参加年会，说明他身份很特别或者很尊贵，但在会场的座位却被安排在阿沐渣旁边，也许就是为了‘低调’地和他‘儿子’待在一起。不过前段时间，由于科恩公司和秘境公司的供货协议，我们也查了很多秘境公司相关的事情。从公开信息来看，Luke Cohen 和秘境公司并没有什么直接的投资关系……我们再深入调查一下。”

沉默片刻，翁强好像又想到了什么：“如果真的是 Luke Cohen，他选择让‘儿子’化身为一个古代的僰人，还是有些奇怪的，就算为了掩饰真实身份，也有些其他方式。”

“他儿子喜欢表演，自杀前曾申请过加入学校剧团……会不会是因为这个原因?”

“如果是这样，Luke Cohen 对他儿子的重视倒是不计成本了，为了重新‘见到’他，不惜重金投资一家公司……但他为什么一定要为他儿子‘造梦’呢?”

这个问题，俊彦同样也很困惑，他曾和苏维维探讨过。

“准确地说，那不叫‘梦’，而是一种自主式思维。”苏维维说道，“人工智能程序诞生于海量数据所蕴含的‘规则性’，并不能自主地去认知世界，更缺乏创造力。举例来说，一个年轻人最快只要几天时间就能学会开车。但是对于一个自动驾驶汽车，即便从上百亿条数据中去学习开车的‘规则性’，还是很难达到人类的水平。”

“这种认知上的差别难道，来自于人类有潜意识？”俊彦想起他和徐医生曾探讨过的“集体潜意识”：人类世世代代经验和常识的总和，沉淀在了大脑的潜意识层。

“潜意识层隐藏了这个世界的复杂度，比如你要拿起桌上的这杯柠檬水，只需要想一下就完成了一整套动作，而不用去考虑那些‘规则性’。这在某种意义上解放了人类的思维，让人可以更有创造力。”

“所以，你觉得这就是那个投资人想为他儿子‘造梦’的原因？”

还没等苏维维回答，她弟弟突然冒出一句：“老姐，我看你的潜意识就不太好！啰啰唆唆半天，搞这么复杂，不就是一句话的事儿吗——不做梦它永远只是个机器人！”

“你在听啊！这些事，不准对外乱讲。”苏维维瞪了他一眼。

听完俊彦的推断，翁强皱了皱眉，“这么说 Luke Cohen 也是一个很极致的父亲了，为了‘儿子’去投资公司，还为了‘儿子’去推动世界人工智能技术的发展！但是我总感觉哪里不对！他绝对有问题……不然也不会在芯片里植入恶意程序对电网下手，还通过科恩公司对秘境公司供货……我有种直觉，这些事情之间存在关联……你怎么看？”

俊彦思索了一会，“我也觉得事情不是那么简单。不过，我目前最担心的还是秘境的安全问题。那个‘造梦系统’很难说不会再出问题，Camus 也即将上市，之前还有个极客提到……”

沙丁岛所在的办公楼，位于静安区南京西路的繁华地段。晚上七点半左右，俊彦按照翁强给的地址来到楼下，站在一楼的入口处等翁强。在这里，能看到千年古刹静安寺。灯光的映射下，寺庙大殿的镏金屋顶，显得金碧辉煌。

此前，俊彦和组长做的安全测试并没有发现 Camus 存在任何安全漏洞。那个发布拆机视频的极客所说的问题，又是指的什么呢？

昨晚，他把这事和翁强讲了一下，并让翁强帮着查一下那个极客。今天下午的时候，翁强给他打了个电话。

“查到了。他是一名自由极客，白天行踪比较飘忽，但晚上基本会在‘沙丁岛’。”

“沙丁岛？”

“是的，沙丁岛是一个极客空间。”

“那我怎么找到他？”

“据说那小子性格非常古怪，你自己去的话，不一定能和他说上话。另外，秘境公司的人估计这些天也在找他。”翁强顿了顿，“我和你一起去，就今天晚上吧，我们直接去那边堵他。”

正想着，翁强赶到。“在三楼。”他对俊彦说。

电梯抵达三楼。从电梯走出，俊彦和翁强发现他们仿佛置身于一个密室中：电梯间的灯光昏暗，除了刚出来的那个电梯门，看不到任何其他的门，两侧通道被两面墨黑色的墙体堵死。

翁强走到一侧的墙体前，用手摸索着，看看有没有什么门的开关。摸索了一会，他把手机的手电筒打开，对着墙体仔细地看。“妈的，玩密室逃脱啊！”翁强骂了一句，准备离开去往对面那堵墙。

这时，翁强身旁的墙体突然开出一道门，一个男青年从中闪身而出。还没等翁强反应过来，门又瞬间消失。出来后，男青年径直往电梯走。

“小伙子，等等。”翁强喊道。

男青年回头看了一眼翁强，停下脚步。

“小伙子，我们找‘末日鱼’。”翁强说道。

“不知道。”男青年应了一句后，继续往电梯走。

“能帮着叫一下这里的管理员吗？”

“不知道。”男青年这次头也不回，进入电梯。

“什么玩意啊！”翁强有些恼火。

“那个人叫‘末日鱼’？”俊彦此时问翁强。

“是的，是他在沙丁岛中的称呼。”翁强转身又开始研究旁边的墙体。

过了几分钟，墙体里的门再次打开，一个女孩从中闪身而出。翁强这次早有准备，就守在门的旁边，门一开，他猛地往里一伸手。不过就在刹那间，门再次关闭，翁强的手指触碰到的，依旧是冰冷的墙体。

“姑娘，姑娘，等一下，管理员在吗？”

谁知道，女孩连哼一声都没有，当作没听见，直接走进了电梯。

咚的一声，翁强抬脚用力踹了一下墙体。

又过了五六分钟，又一个男青年从墙体中闪出。

“小伙子，等一下。”翁强喊道。这个男青年也是一样地闷头往前走，话也不说。

接下来翁强的反应把俊彦吓了一跳。只见他一个跨步上前，抓住男青年的胳膊往后一拉一扭，把男青年反剪着胳膊抵在墙体上，另一只手死死地按住男青年的头。

“你们干什么？”男青年大声叫嚷，“你们这是在犯法。”

“警察查案。”

“警察有什么了不起？警察就能胡来吗？”

翁强把男青年反剪的胳膊使劲儿往上一提。

“哎呀，救命。”

翁强接着加大力度，男青年疼得嗷嗷叫，边叫边喊，“你们要干吗！”

“我们要找‘末日鱼’。”

“你们找我干吗？我又没有犯法。啊，疼死啦，快松开我。”

“你们两个傻鸟。”末日鱼带着俊彦和翁强进入沙丁岛后，说道。

“你小子说啥？”翁强举起拳头，被俊彦拦住。

“这个警察叔叔，别那么大肝火，在我们这，‘鸟’不是用来骂人的。”末日鱼嬉皮笑脸地回头看看翁强，“沙丁岛的成员都以‘鱼’自称，我们管外部的人叫‘鸟’。你们在门口问‘管理员’，还不傻啊。我们这里哪里有管理员！沙丁岛是个去中心化的极客组织，怎么会有管理员，哈哈哈。”

“刚才那个女孩是你什么人？”俊彦此时问道。

末日鱼大吃一惊，冲俊彦竖起大拇指，“看来还不算傻。”

他停下脚步，“你们碰到的第一个人，告诉我门口有人找我，可能是两只‘鸟’。我女朋友就跑出去看了看，然后和我说确实是两只‘鸟’。我以为又是秘境公司的人来找我，就想着跑路，结果被你们……”末日鱼说完，继续往里走。

俊彦边走边四处看了看，空间里到处都是各种设备、仪器和操作台，有些俊彦认识，包括3D打印机、激光切割机、木工设备、机械加工设备等等。

“这些都是你们自己买的?”俊彦问。

“是的，沙丁岛的组织章程等全都围绕加密技术构建，所有的组织成员都映射为唯一的数字身份，决策全部由共识机制驱动。某种意义上，我们就像一个沙丁鱼群，所以取名为‘沙丁岛’。”

“那是干什么用的?”俊彦指着空间一个角落的一台仪器问。

“这个啊，你也别问了，就算给你说了你也不懂。”末日鱼得意地说。

不一会，末日鱼带着俊彦他们来到里面一个小的房间。房间靠墙有一个操作台，末日鱼坐到操作台上，然后指了指旁边的两张圆凳，示意翁强和俊彦坐下。

“你们是警察，我才带你们进来，我可以回答你们的问题，只要你们不问我是从谁那里拿到的Camus。”末日鱼说。

“你怎么知道我们找你是为了Camus的事情?”翁强问。

“以前从来没人找我，自从我发布那个视频后就接二连三地有人找我。我又不是一个傻鸟……”末日鱼说完，斜着眼看屋顶的灯。

翁强冲俊彦扬了下头，示意俊彦问问题。

“你在视频中提到 Camus 的架构可能存在安全问题，但没有具体说明，我们想知道你指的是什么？”俊彦问道。

“还有其他问题吗？最好一起讲出来。”末日鱼说。

俊彦看了翁强一眼，说道：“主要就是这个问题。”

末日鱼狡黠一笑，拿出手机，打开一张图片……

第二十七章　类脑体

小年后两天，到安全小组的工位区域后，几个同事正聚集在江峰的桌子前，盯着电脑屏幕看着什么，俊彦也凑上前去。一个同事见到俊彦后说："俊彦，你看看这个，火了火了。"

原来，昨天晚上，秘境公司在各大主流媒体投放了公关稿件，为即将到来的春节全面上线造势，公关稿中还格外提到了"墨兰计划"。今天一早，关于秘境系统和"墨兰计划"的话题持续发酵，有关话题冲上了热搜第一。舆论最开始质疑"墨兰计划"让逝去的孩子"复活"的伦理问题，觉得这会让失独老人永远活在过去，无法开始新的生活。不过后来，"墨兰计划"对失独老人的三重保障得到热捧，舆论开始一边倒地变成支持"墨兰计划"。

俊彦打开自己的电脑，找到这个热搜话题。目前讨论最热的居然是怎样在秘境系统中赚钱。有网友讲，既然秘境系统的货币和现实世界互通，那就可以去秘境赚钱，可能比在现实世界中还容易。其他人纷纷表示赞同，然后引发了一轮在秘境中工作和做生意的大畅想。比如在秘境中从事导游、心理咨询，卖虚拟物品、搞房地产，甚至有人说要去做雇佣军帮古人打仗。

这时，有个网友说道，你们傻吗，还要自己跑去秘境干活。完全可以像墨兰一样，给自己打造一个虚拟人在秘境中工作啊！有人帮我们赚钱，我们只负责花钱玩乐就行了。此话一出，立马引起众网友的呼应，都觉得这是一个好办法。于是很多人开始问打造一个像墨兰一样的虚拟人需要多少钱。有人解释说秘境系统目前不支持为普通人打造虚拟人。马上有人反驳说这不可能，既然能帮已经逝去的人打造，理论上就能为活着的人打造，而且应该更容易才对。

“兄弟们，开个会。”组长来了，吼了一声。

在会议室坐下以后，组长清了清嗓子，开始讲话。

“有两个事情讲一下，一好一坏。先说好消息，前段时间我们讨论过谁在春节期间负责值班的问题。现在可以确认了。”组长顿了顿，“怎么都低下头了？”

组长扫视一圈，继续说：“现在确认，我们小组春节期间不用特别派人值班，全员 24 小时保持电话畅通即可。”

“太好了，耶！”大家抬起头鼓掌。

紧接着，组长的表情一下子变得凝重，“下面，我要宣布一个坏消息。”听组长这样一讲，又都低下了头。

“大家知道我们的薪酬制度，是固定的十三薪加年终奖。”组长讲道。

“不会是连十三薪也没了吧？”江峰抬头问道。其他人也开始唉声叹气。

“十三薪有，现在的问题是……年终奖也有了！给我们补回来了，哈哈哈……”

大家兴奋地尖叫、拍桌子，会议室变成了欢乐的海洋。

俊彦有些怅然若失。大众遗忘的速度真是好快，已经没人再去追究墨兰在秘境中受侵犯的原因了，更忘掉了墨兰是怎么死的，他们感兴趣的永远是新的热点。在这种情况下，秘境公司也不再需要有人来“背锅”，也许，这就是安全小组的年终奖得以恢复的原因吧。

回到工位后，俊彦重新打开前面的热搜话题，发现画风突然变得非常奇幻——大家在讨论意识复制。顺着前面的虚拟人主题，有人提出，若能复制意识，打造一个自己的虚拟人是否就会很容易。一石激起千层浪，网友们开始畅想意识能够复制后的未来……

意识复制？俊彦心头一惊，想起昨晚在沙丁岛，末日鱼提到的问题。当时，末日鱼打开一张图片，上面顺序排列了三块芯片。

“左边两块芯片是 DN901，主要用于 3D 图形渲染和一般的 AI 推理计算，一块用于 3D 眼镜，另外一块用于脑机接口。”末日鱼说道，“这两块芯片的算力对于 Camus 已经足够了。但是，我还发现了另外一颗芯片。”末日鱼指了指图片最右侧，“这块芯片可不一般，知道吗？”末日鱼停顿下来，有些炫耀地盯着俊彦和翁强看。

“看着没啥两样，到底怎么回事，直接讲。”翁强有些不耐烦。

“这块芯片是一块‘类脑体’，包含相当于人类大脑神经元数量的计算单元。按照连接数来讲，是 DN901 的万倍以上。”

“啥，你是说这块芯片相当于几万块前面那种芯片？”翁强问道。

“也不能这么讲，用途也会不同。这种类脑体太超前，以前我们极客圈子里有人玩过，用上百块 DN901 搭建而成，面积足足有这个台子这么大。”末日鱼指了指操作台，“现在居然能做成这么小，简直不可思议。”

“你以前也没见过，怎么知道这就是块类脑体呢？”俊彦问道。

“你这只‘鸟’，不要再问这么傻的问题好不好，别忘了我是一条‘鱼’！”末日鱼瞪了俊彦一眼。

“你小子就不能好好讲话嘛！”翁强有些看不下去。俊彦拉了下翁强的胳膊，示意末日鱼继续讲。

“所以现在的问题是，Camus 里面为什么要有一块类脑体？”末日鱼顿了顿，“估计你们也想不明白，我给你们举一个简单的例子。假设你花十万买了辆电动汽车，发现四周装满摄像头，车顶还有颗最先进的激光雷达，而单纯一个雷达的价格都高于你的买车价格。你会怎么想？你会认为自己捡了大便宜吗？”

“那个车是部自动驾驶汽车？”俊彦想了想说道。

“如果你买车的时候没人告诉你是自动驾驶汽车，并且车上也没这个功能呢？”末日鱼问。

“那就是提前放在那里采集数据，为无人驾驶功能做准备。”翁强答道。他之前做了多年的网络警察，对数据非常敏感。

“这位警察叔叔，恭喜你答对了。”末日鱼用手摆了一个开枪的姿势，对着翁强比画了一下。

“所以，Camus 的那块类脑体是放在那里采集用户的大脑数据?”俊彦问道。

“数据最值钱，这就是他们舍得花费重金的原因。”末日鱼说完嘿嘿一笑，“但是，这安全吗?”

原来末日鱼说的安全问题是指这个！“那他们采集大脑数据是为了做什么呢?”俊彦接着问。

“纯属猜测的事，我们‘鱼’从来不做。”末日鱼答道。俊彦和翁强不由得面面相觑。

难道，Camus 的那块类脑体是为意识复制做准备?

如果 Camus 真的能够复制意识，那打造一个虚拟人确实就简单多了。不对，那不叫一个虚拟人！那将会是一个真正意义上的人，或者说人的分身。

之前，吴凯说过虚拟和现实就像莫比乌斯环的两面，实则是同一个面。难道他指的是意识可以复制后的世界？一个复制的意识生活在秘境中，那么秘境世界对于它而言就是“现实世界”。想到这里，俊彦倒吸一口冷气。

若是这样，全世界的有钱人都会争先恐后地为自己的意识做一份拷贝。在这种意义上，人甚至可以实现永生。其经济价值将无比巨大，相比而言，Camus 的前期资本投入根本就不算什么。

但是，这未免太奇幻了。

俊彦想了一会，给苏维维发了条信息：“你怎么看意识复制?”

“哈哈，我以为只有我弟会问这种问题。”苏维维回复道，紧接着，她又发来一条消息：“今天带我弟来公司参观，刚他还问到你。中午食堂见?”

苏维维姐弟在食堂门口等俊彦。

“老哥好，你上次请我吃冰激凌，我请你吃饭。”苏维维的弟弟见到俊彦，喊道。

“好啊，不过我更想让你请我吃冰激凌。”俊彦开玩笑说。苏维维的弟弟摸摸头。

“走吧，我们先去点菜。”俊彦边说边扶着他的肩膀走入食堂。

买好饭菜找了一张空桌坐下后，俊彦发现夏老就在不远处就餐。“夏老!”俊彦挥挥手。

夏老走过来，俊彦起身向苏维维介绍：“这位是夏老，公司的首席历史官。”

苏维维赶忙起身，“早就听说过您，一起过来吃吧。”

“不打扰你们的话。”夏老把餐盘端了过来。

“夏老，我叫苏维维，是人设部的产品经理。”苏维维向夏老介绍道。

“产品经理厉害啊，知识面都很丰富。我们历史组也有几个年轻的产品经理，我很崇拜他们。”夏老说道。

“夏老，您太会开玩笑了，我们崇拜您才是。”苏维维笑道。

“老喽。”夏老摆了摆手。

“老哥，问你个问题。”这时，苏维维的弟弟郑重其事地看着俊彦说。没等俊彦回应，他接着讲：“人和人交配以后，后代会不会只是继承两个人的优点?”

此言一出，俊彦有些尴尬，不解地看着他。

“哎呀，简单地说，就比如你和我姐结婚，生了个娃儿，他会不会只是继承你们的优点?”

场面顿时有些失控，苏维维捂着额头低着脑袋，估计在强忍怒火。俊彦脸有些发烫，不知该如何回答。

“夏老，春节您打算在哪里过?”俊彦赶紧岔开话题。

“我啊，就打算在上海待着了，我买了几本计算机和人工智能的科普书籍，打算恶补一下。”夏老说道。

俊彦刚想说什么。苏维维的弟弟又开口讲道：“老哥，我是在和你探讨一个很严肃的问题!”

“夏老，您别介意，这是我弟，整天乱讲。”苏维维抬头对夏老说道。

“他可能有自己的想法，不妨说说看。”夏老冲苏维维弟弟点点头。苏维维弟弟讲了起来。

原来，上午的时候，他在有关秘境的热搜贴中和网友展开了骂战。有个网友提出，意识如果能够复制，那就意味着我们对意识研究得已经很透彻。那是不是就可以分区复制，来形成一个更强大的意识体?比如一个人数学不好，他就可以买一份其他人的数学分区意识，就相当于买软件一样!

苏维维的弟弟持反对意见。他认为未来意识能够复制后，意识体间会像现在的人类一样“交配”，来产生新的意识体。人类的交配所产生的子代不一定只是会继承父代的优点，也有可能继承缺点，还有可能发生变异出现缺陷。意识体的“交配”也是一样的，有可能产生更加强大的意识，也有可能产生有缺陷的意识。只不过前者的可能性要更大一点。苏维维弟弟观点的基础是进化论。他觉得，这种不确定性，才是推动意识继续优化和演进的基础。

苏维维张大嘴巴，瞪着眼睛看着她弟弟，好像在看一个外星物种。“没看出来啊！”她说道。

“哼，每次和你只说半句话，就开始训斥我。”苏维维弟弟扮出一副苦相，面向俊彦长叹一口气，“老哥，我太难了。”

俊彦和夏老相视一笑。

沉默片刻，俊彦问苏维维：“那你怎么看意识复制，你觉得这件事有可能吗？”苏维维放下手中的筷子，说道：“目前不可能！”

“那未来呢？比如一百年以后。”俊彦继续问道。

“一百年以后也很难说，计算技术、脑科学甚至是量子技术都需要大幅度提升才有可能吧。最简单的例子，现在最强大的 AI 芯片所包含的人工神经元数量也还不到人类大脑神经元数量的万分之一。”

苏维维对意识复制以及计算技术发展的这种态度说明，她对 Camus 中的类脑体并不知情，俊彦想。

“那假设两百年后，这个事情真的成为现实呢？”夏老这时说道，“我对人工智能不太懂，我只是从历史发展的角度来看这个问题。”

听夏老这么一说，苏维维马上挺胸抬头，摆出一副小学生听课的坐姿，用手扯了一下俊彦衣袖：“好好听夏老讲。”

“我们不妨做个假设，两百年后，技术的发展使得人类的意识可以复制。”夏老缓缓说道，“在这个假设前提下，一千年以后，将会是什么样子呢？”

夏老停顿片刻供大家思考，然后接着说：“那个时候，世界上可能存在多个不同的类似于‘秘境’的虚拟世界。在意识可复制后的八百年中，很大一部分在地球出现过的人都会有自已意识的一份或者多份拷贝，这些纯意识体‘生活’在这些‘秘境’中。这个时候，从数量上来看，纯意识体的数量会远远多于有肉体的人的数量，人会成为少数族裔或者劣等族裔。”

苏维维的弟弟起身站到了夏老的身后，聚精会神地等着夏老的下文。夏老停顿了会儿，继续说道：“那两千年以后呢？有肉体人类的命运会是什么样的？”

“灭绝！”苏维维弟弟答道。

夏老继续说：“是否会灭绝，已经无关紧要了。因为他们对这个世界的发展已经不起主导作用。那时候，纯意识体将主导这个世界。”

夏老拍拍苏维维弟弟的后背，“就像他所说的，在这个意识体的世界中，一定会存在一种进化机制，来推动意识体继续进行优化。”

“意识体可能会争夺能量，来复制更多的分身，并争夺与优秀的意识体‘交配’，来产生子代。”俊彦插嘴道，他突然想起了瑞秋在《氖星》剧本中描绘的场景。

氖星？难道那不是一个纯属虚构的世界，而是对人类遥远未来的畅想与假设？难道瑞秋知道类脑体，知道意识复制，知道所有的一切？如果真是这样，那瑞秋就不可能是一个无辜者，她是一个“参与者”？

夏老他们在继续讨论着什么，俊彦再也听不进去。他现在满脑子都是那个《氖星》剧本。瑞秋一定知道什么，他想。

俊彦犹豫了一会，还是掏出手机，给瑞秋发了条信息：“好久不玩剧本杀了，啥时候我们去打一局？”

过了几分钟，瑞秋回复道：“那就下午四点？你这个‘看热闹的’不是随时可以请假吗。我明天一早就要去云南啦～”

第二十八章　迷雾

古镇的入口处有一座石桥，俊彦到达古镇时，瑞秋和她养母正站在桥上等他。一轮斜阳，在河面上渲染出艳丽的粼光，像一圈圈霓虹，点缀着古镇老屋的倒影。

“好美啊！”瑞秋感叹道。

“真的很漂亮。”俊彦也不由得赞叹。

瑞秋养母扶着桥上的栏杆，说道：“我小时候，住在七宝古镇附近，那时的七宝还有着原始的风貌，很像这里。不过前些年我再回去，已经完全看不到之前的样子。”

“妈妈，我带你来对地方了吧！”瑞秋调皮地说，“一会可以在古镇上转转。”

“肯定要转转啊，不然我来这里干吗，难道和你们一起去打剧本杀吗？”养母嗔怪道。

“也可以考虑打一局啊，不然您就落伍啦。”瑞秋继续调皮。

“好啦，你们去吧，不用管我，我自己转转。”

看到这对母女其乐融融的情景，俊彦会心一笑。

俊彦和瑞秋到达古镇上的剧本杀剧社时，晶晶正百无聊赖地坐在前台，旁边还坐着一个男青年。

“晶晶。”瑞秋挥了挥手。

晶晶走出前台，和瑞秋寒暄几句后，侧身面向俊彦，“帅哥，忙啥去了，也不过来玩儿。”

“天天闷头写代码……你们春节不休息吗？”再次见到晶晶，俊彦感觉很是别扭。

“休息……马上就放长假！春节房租到期，老板准备关门。”晶晶叹了口气。

瑞秋拉起晶晶的手，“那你后面什么打算？”

晶晶指了指旁边的男青年：“准备跟着他去广州。”

男青年正歪躺在座椅上打游戏，听到晶晶的话后，把手机从脸前移开，看了看瑞秋。“你男朋友？”瑞秋问。

晶晶点了点头，“来上海就是为了他。待了一段时间，他说不喜欢上海，要去广州。我也不知道图他个啥。”晶晶使劲儿地拧了一下男青年的大腿，男青年哎哟叫了一声。

“第一次来打剧本杀时，晶晶和自己喝酒，然后……不会是因为和她男朋友吵架了吧？”俊彦想。他又看了一眼男青年，男青年依然是懒洋洋地斜倚在座椅上。俊彦顿时不知道哪里来的一股劲头，对男青年说：“后面对我们晶晶好一点。”男青年仿佛没听见，继续捧着手机打游戏。“嗨，说你呢！”俊彦瞪着男青年喊道。

男青年一愣，从椅子上跳起来，左右瞅瞅，不知发生了什么，挠挠头，又躺回座椅。瑞秋很是吃惊，用手轻轻推了下俊彦：“俊彦你干吗呀。”

这时，一对情侣走了进来。晶晶上前招呼，“张哥来啦，这次玩点什么?”

“有没有什么新本?”男子问道。

“有的，有一个四人本你应该还没玩儿过……正好有两位朋友在这儿，要不要……”晶晶看了看瑞秋，瑞秋点点头，“要不要一起打?”晶晶继续对男子说。

“好啊，千万别再是俗套的剧情就行。”男子答道。

晶晶带着大家来到位于二楼的一个房间。房间中央摆着一张淡褐色的长条桌，两侧分别摆有三张矮背椅。落座后，晶晶说道：“我来客串主持人。我先简单介绍一下故事的背景，然后大家选一下角色。”

剧本的名字是《迷雾》，讲的是三个闺蜜相约到杭州游玩。其中，有两个女孩带着各自的男朋友，另外一个女孩单身，共五人，晚上入住了莫干山上一处山间民居。第二天早上，单身女孩被发现死在了一楼客厅，胸部插着一把刀。现在要找出谁是凶手。

“方便记忆，我们不用具体的人名，而是用身份来称呼角色。五个人中，死去的女孩是一名在读研究生，另外两名女孩分别是记者和公司文员。文员的男朋友是名警察，记者的男朋友是一位工程师。”晶晶介绍完，看向大家，“现在定一下角色吧。”

最后确定，那对情侣扮演警察和文员，俊彦和瑞秋则扮演工程师和记者。角色分配完毕，晶晶介绍第一幕的剧情：晚上九点左右，五个人来到民居。民居是研究生在网上订的，她用密码打开了房门。民居二楼，南北各有一个房间。三楼还有一个主卧。记者喜欢三楼卧室外的大露台，就和工程师“霸占”了主卧。警察和文员睡在二楼南房间，研究生则睡在二楼北房间。几个人在房间稍做休息后，相约到客厅斗地主。研究生说有些累，没有参加；警察说他要和所里开会也没有参加。工程师、文员和记者在客厅一直打牌到十点半左右，各自回房间休息。第二天早上七点十分左右，记者跑到一楼餐厅找水喝，发现了研究生的尸体。

接着，晶晶给每人发了剧本，来了解“自己”应该知道的信息。然后，开始第一次搜证，“把你的怀疑和证据举出来，但不要一口咬定谁就是凶手。”晶晶说道。

“我先讲。”警察举手道，“我第一时间保护了现场，查了视频监控。客厅里装有一个广角监控，从监控里能看到客厅里发生的一切。监控显示，工程师、文员和记者三个人在客厅待到晚上十点三十一分，他们离去后客厅里再没人来过。直到晚上十一点零五分四十二秒，监控突然抖动了一下。十一点零五分四十四秒，也就是两秒以后，研究生已经躺在客厅地板上。就像你们现在看到的一样。

“这怎么可能!”文员喊道。

“有人举证时，请其他人保持安静。”晶晶说道。

“尸体最开始被发现时，并不是现在的样子……”记者——由瑞秋扮演——此时说道，瑞秋有点想笑，不过她忍了忍，继续以记者的身份发言，“发现尸体后，出于职业本能，我拍了这张照片……”记者原本是想通过照片说明尸体被动了手脚。没想到扮演警察的男子一看到照片，马上拍了一下桌子：“妈的，又是俗套剧情，不玩了!”俊彦和瑞秋满脸的诧异。

男子站起身来："我前几天刚玩过一个类似的，看到这照片我什么都明白了。你们看看死者身上那块布满裂纹的坏手表。"

俊彦拿过照片，和瑞秋一起仔细看。"你们看看手表上的时间是几点？"

"凌晨四点五分。"

"坏掉的手表，时间停留在尸体出现的四个小时后。这肯定又是一个未来的自己穿越回来杀死现在自己的故事。"男子说道。

"杀死自己？"瑞秋也满脸不解。

"这个剧情肯定是，那两对情侣都欺负研究生，研究生把他们骗来民居，将他们四人全部杀死。然后选择自己自杀，比如跳山。她的自杀时间就是她手表上的时间，手表也是在那一刻摔坏。而就在那一刻，她突然穿越到了从前。她良心发现，想阻止自己所犯下的不可饶恕的罪行，于是来到民居，阻止了自己的行凶，并杀死了之前的自己。"

"但是，"俊彦想了想说道，"那个监控是怎么回事？"

"我相信在接下来的剧情里面就会提到研究生的专业与视频监控有关，总之她能以假乱真。"男子讲完看了看晶晶，"你说说，后面是不是这个烂剧情？"

晶晶叹了口气，"张哥你厉害。我们也没办法啊，这个行业太内卷，优秀的内容太难找了！"

那对情侣走了以后，晶晶也离开了房间。"那我们两个再打会二人本吧。"俊彦说道。

"打我写的那个本吗？我怎么觉得比起《迷雾》，《氖星》

更烂呢?《氖星》的作者既不懂写作，也不会讲故事……”

“我们可以一起来完善一下。”

“俊彦，以我对你的了解，你是不是有什么问题想问我，或者有什么事情要告诉我?”瑞秋想了想，“我来猜一猜是不是那个七星棋局有什么进展?”

俊彦清了清嗓子：“确实有几个问题想问你。”

“那你问吧，我们之间不是一直就是这样一问一答吗?”她冲俊彦眨眨眼。

“你是从未来，比如一千年或者两千年后，穿越过来的吗?”俊彦开玩笑道。

瑞秋一听瞪大了眼睛，“你不会被刚才那个剧本刺激到了吧!”说完扶着桌子笑得前仰后合。

“这么说你不是从未来穿越过来的喽。那我的第二个问题是，你是一个外星人吗?”俊彦继续开玩笑。

“我先验证下这是不是个正常的俊彦。”瑞秋边说边把手伸到俊彦眼前，晃了晃，“我记得你有次问过我这个问题，当时我回答你说‘假如我是呢’，你没吱声。现在，我的回答依然是……假如我是呢?”

俊彦一愣。瑞秋随之大笑：“当真了?真把我当成外星人了吗?哈哈哈。”

“你既不是外星人，又不是从未来穿越过来的，那你怎么能想象出《氖星》剧本的场景?”

“按照你的逻辑，所有的科幻作家要么是外星人，要么是从未来穿越过来的?”

“我不是这个意思。怎么说呢，我和朋友探讨人类往虚拟世界发展的未来，大家的畅想和你对《氖星》的描述差不多呢，所以问问你是根据什么描绘出《氛星》这样一个世界的。”俊彦解释道。

“原来你兜兜转转开了半天玩笑，是要问这个问题啊，我好像以前也回答过你。”瑞秋看着俊彦，嘴角的微笑略带一丝神秘。

“你是说，梦？真的是来源于梦？”

瑞秋点点头，“像梦，又像是遥远的记忆。有些影像很清晰，有些又那么模糊……”

“氛星”是一个黄色的星球，“大海”是黄色的，“岩石”是褐色的，一轮“巨日”是黄褐色的。海面汹涌澎湃，巨浪滔天；海边岩壁高耸，奇峰兀立；“巨日”硕大无比，半空低悬。

Y8023站在高高的岩石上，远眺前方的风景，身后是一片坚硬又光滑的平原，被一座座圆鼓鼓的半球状建筑点缀着。

Y8023意识体“平常”生活在氛星的虚拟世界——“虹宇宙”，这是它第一次通过一副机械身躯来到氛星的真实世界。Y8023甩了甩“自己”的机械手臂，轻叹一声，好像有了一种“自我”的感觉。

对于一个氛星的意识体而言，“自我”并不那么容易“寻找”。Y8023有一千多个分身，所有的这些分身，以去中心化的组织方式，组成了一个庞大的“分布式生命体”。分身相互之间是平等的，就像一个分布式计算机系统的一个个节点，Y8023也只是一个“节点”。每个分身都有自己的独特形态，生活在特定的“虹宇宙”中，分身在各自“虹宇宙”中的经历会同步到其他的分身“节点”。所以，什么才算是Y8023的“自我”呢？

涉及到“分布式生命体”发展的决策，需要所有的分身通过共识机制投票产生。最新通过的“决策”是再致力于增加五十个分身。扩张，永远是扩张！但是，“分布式生命体”越庞大，复制新的分身需要的氖能越多……Y8023 这次的“任务”，是去探访一座位于“海底”的氖能矿场。

只有一种方式可以让 Y8023 脱离目前所在的“分布式生命体”，去建立新的生命体，构建新的共识机制，那就是“交配”。这有点像“猴群”的一只“猴子”跑出去组建新的“猴群”，Y8023 摇摇头，它前面刚在它所生活的“虹宇宙”中对“猴群”进行了研究。

“猴群？氖星的历史上曾出现过猴子这种生物吗？”听到这里，俊彦笑着问瑞秋。

瑞秋用手扶了下眼镜框，说道：“氖星上曾经存在过一个类似地球文明的肉体生物文明，那些肉体生物有点像我们人类，姑且称其为‘氖星人’。Y8023 所研究的‘猴子’，是‘氖星人’的祖先。”

“有肉体的氖星人后来灭绝了？”

“灭绝了，也包括‘猴子’……但是，”瑞秋嘴角扬了下，一副努力回想的样子。过了会，她好像也没想起什么，冲俊彦耸耸肩。

“听你讲得绘声绘色，我都感觉‘氖星’就在星空的某个地方……作为一名物理学家，你有没有想过梦中星球真实存在的可能性？”

“想过，我曾设想，那个星球是一个气态行星的卫星，行星上的主要成分是氖，卫星上则有丰富的金属氖矿藏，将其命名为‘氖星’也是因为这个原因。宇宙诞生初期，星系的主要构成元素就是氢、氧和氖，在特定的天文物理条件下……”

瑞秋的话被手机铃声打断。

“养母逛了一会有点累了……”瑞秋说道，“咱们回去吧……要节后再见了。”

俊彦有些意犹未尽：“好的，走吧。后面一定要找你继续听听这个奇幻星球的故事。”

小年后第三天，上午十点左右，俊彦正在写着代码，接到一个电话。

“是俊彦吗?”电话那头问。

“是的。”

“我是孙剑。”

孙剑打电话给他，有点出乎意料。之前俊彦和“他们”联系，都是通过翁强进行的。

“哦，什么事呢?”

“俊彦，你听着，我给你发个地址，你马上过来一趟。”

俊彦非常疑惑：“发生什么了?”

孙剑沉默了一下，说道：“俊彦……翁强没了……”

“什么！你说什么?”俊彦怀疑自己听错了，声音哆嗦着问，“没了？我前天晚上还见他了，而且前天晚上十一点左右我们又通了电话。什么叫‘没了’!”

“你们通的那个电话，是他最后的对外联系。之后就联系不上他了。”

“前天打电话时，他说在黄浦江边再吹吹风就回去。”

“没错，我们查到了那个电话，也查到了他打电话的地方，不远处就有一个摄像头，我们也调取了摄像头的监控录像。可他……他就在我们眼皮底下消失了，摄像头只是闪了一下，不到两秒，他就不见了。”

“你是说，就像《迷雾》中一样，发生在摄像头底下……”

“什么？什么‘迷雾’？电话里说不清楚，总之你快过来吧，你毕竟是他最后联系的人。我也是刚从贵州赶过来，现在正在查呢。”

挂断电话，俊彦感觉两只耳朵就像飞机突然下降时引起的耳鸣一样，嗡嗡作响。

他一手撂在旁边的白墙上。这是一个什么光怪陆离的世界啊，怎么可以，突然间人就“没了”！

第二十九章　咏叹调

按照孙剑给的地址，俊彦来到位于浦东花木路附近的一处老式建筑。地图上查了下，离他和翁强常去的咖啡馆不远，步行十几分钟。孙剑在楼下接到俊彦后没有说话，只是举手示意了一下，带着俊彦走楼梯上楼。二楼的拐角处，碰到两个穿制服的人，孙剑向他们点了点头。随后，他带俊彦来到二楼靠里的一个小房间。房间里有一张桌子，孙剑示意俊彦在一侧坐下，自己坐在他的对面。

“俊彦，接下来的谈话会录音，请知晓。”孙剑眉头紧蹙。

“明白。”俊彦对这种场面已经有些见怪不怪。

“先谈一下前天晚上你和翁强的电话内容吧。”孙剑说完，从衣兜里掏出烟盒和打火机，点燃一根烟。

俊彦沉默片刻，回忆道：“那天晚上七点多，翁强和我一起去了趟沙丁岛，从沙丁岛出来时大概九点一刻，我们两个分乘出租车离开。我回到住处是十点左右。翁强的电话差不多是十一点打来的，听声音他挺兴奋的。我就和他开玩笑说不会是晚上跑去喝咖啡了吧，他回答是在黄浦江边……”

“沙丁岛是？”孙剑问道。

孙剑看来对此尚不知情，俊彦于是把秘境公司的 Camus 遭极客末日鱼曝光，他和翁强在沙丁岛找到末日鱼，末日鱼提到类脑体等都和孙剑说了一遍。翁强又问了一些类脑体的问题，然后示意俊彦继续讲那天晚上和翁强的电话。

“我在黄浦江边待一会，吹吹风再回去。”电话那头，翁强说道。

“江水难道也有‘催眠’的作用？”俊彦开玩笑道。

“你还真别说，看看黄浦江，还真让我想通了几个关键问题。”

“是吗？”

“首先呢，科恩能源公司向秘境公司供货的产品极有可能就是那块类脑体。”

“你是说类脑体是科恩能源公司生产的？”

“不一定是它们生产的，更大的可能是向镁芯半导体定制的。但核心材料或部件应该是科恩能源的，他们将其提供给镁芯，镁芯生产出类脑体以后，再由科恩公司负责出货。”

“顺着这个思路，倒是可以查证一下。”俊彦说道。

“当然，目前纯属推测，我明天和孙剑提一下，增派些人手查一下。”翁强说。

听俊彦讲到这里，孙剑深吸了一口烟吐出，目光炯炯地看着俊彦问道：“后面呢？”

“后来闲聊了几句，就挂了电话。”俊彦答道。

“他说他想通了几个关键问题，但只是和你说了这一个问题？”

“其他的问题应该和我目前查的东西无关，所以……”俊彦又想了一下，“我还跟他说了瑞秋养母回国的事儿，也就是Luke Cohen 的夫人，因为瑞秋的关系我们也一起吃了顿饭。翁强问了我一些和她见面的细节，她有没有可能知情之类的。”

“那你的判断是?”孙剑问道。

“她对先生太忙于事业还颇有微词，我看不出什么。”

孙剑点点头：“还有其他要说的吗?”

“那天晚上的事情就是这样……但翁强失踪是怎么回事?有眉目了吗?”俊彦的急切之情溢于言表。

孙剑按了下耳垂，将烟摁熄在烟灰缸中，拿出手机，打开一段视频，把手机掉转个方向，放在俊彦面前。

视频有些模糊，像是对着监控回放录拍的，右下角还有监控画面中惯有的时间戳。镜头里，有个人在扶着江边的铁索打电话，虽然只能看到背影，但俊彦认出那正是翁强。过了一会，翁强挂断电话，把手机放进裤兜。他转过身来，手扶着额头走了几步，又重新回到刚才打电话的位置，扶着铁索，眺望黄浦江。站姿维持了差不多有一分多钟。这时，画面突然一闪，跳动了一下……画面再恢复后，江边已经没有了人影!

“不到两秒钟。”孙剑说道。

真的就像《迷雾》那个剧本所描述的一样，这一切就在摄像头下发生了!

“会不会是摄像头被动了手脚?”俊彦问道。

“有这个可能，通过技术手段在查。”

“那么，你怎么看这个事情?”俊彦问孙剑，他现在最关心的是翁强的安危问题。

“不排除这是‘他们’的一个警告。”孙剑看了看俊彦，

“不过你放心，就算真的是警告，‘他们’现在应该还不敢把翁强怎么样。”

“可是……”俊彦咬了咬嘴唇，孙剑的话显然无法让他把心放下。他想起了《迷雾》中的那一幕——摄像头闪动后，“研究生”的尸体出现在地上——顿时有种不祥的预感。他推想着各种可能性，内心翻江倒海，越想越是焦灼。

“平静的水面下，不排除会有暗流涌动，甚至是致命的漩涡。越是深水区越是危险，但真相往往就隐藏在水底深处，等待我们去探寻。”孙剑一边说着，一边重新点燃一根烟，“遭到‘警告’，说明我们已经进入了深水区，离找到真相，找到‘他们’，不远了。”

“我们”，“他们”，俊彦心中默默念着这两个词。“他们”是谁？“我们”又是谁？“他们”到底想干什么？这和自己——一个普通的工程师又有什么关系？自己到底是怎么一步步参与到这一系列离奇的事件里来的？

有那么一刻，俊彦觉得周围的一切都好不真实：墨兰登山时只是对他说了一句“我来打前站”，一个拐角人就“没了”；和翁强打电话的时候还在开玩笑，一转眼人也“没了”；更不用说身上谜团重重的瑞秋……

为什么这些事情要发生在自己的身边？自己最近在干什么？做卧底？好可笑啊，自己是个卧底——自己竟然是个卧底，短短的时间，身边已经“卧”没了两个人，这个卧底好厉害呀！俊彦心里疯狂嘲笑着自己。

“俊彦，后面一段时间，我会直接和你对接。我们聊一下秘境公司……”孙剑此时说道。

俊彦没有回应，呆呆地盯着桌子，仿佛没听见一样。

“俊彦，你没事吧？”孙剑加大声量。

俊彦缓缓抬起头，看向孙剑。他眼神黯淡，像有乌云密布，云层深处，满是冰冷：“我没事，我可以走了吗！”

孙剑没再说话，他站起身来，拍了拍俊彦的肩膀。

俊彦扬手招了一辆出租车。

“到哪儿？”司机师傅回头问。

“随便哪里的黄埔江边。”

车行驶了三四分钟后，俊彦对师傅说：“要安静一点，没什么人的地方。”司机师傅抬头看了看后视镜，然后在路边把车停了下来。

“小伙子，不好意思，我们要交班了，你换一辆车吧。”

俊彦下了车。自己的脸色肯定很难看，又要找个没人的江边，估计师傅想到了什么不好的事情吧。但他懒得解释，他现在不想说话，只想静静。

漫无目的地走了一会，俊彦发现和翁强常去的那家咖啡馆就在前面。他走进咖啡馆，找了个靠窗的位置坐下。和翁强在这里喝咖啡的情景又出现在眼前……

“先生，要喝点什么吗？我们店有个春节特惠活动……”服务员走过来，推销他们的会员卡。

咖啡？一点也不想喝。他冲服务员摇摇头，然后起身走出咖啡馆。街上车水马龙，但他不知道要去哪里，方向在哪里。

一辆公交车在旁边停住，上下客。俊彦也没看车要前往什么地方，直接走了上去。

车上人不算多，后排一个双人座空着。俊彦坐了过去，双臂搁在前排座椅的靠背顶端，把头深埋在臂弯里。车不知开出去了多远，恍惚中，小时候被淹的一幕又浮现在俊彦脑海……身体被杂乱的水草缠绕，浑浊的河水从嘴巴，从鼻腔，从耳朵……仿佛从身体各处灌入，他感觉整个人就要窒息……

俊彦再也控制不住，眼泪奔涌而出，不一会将自己的双膝浸湿。

前排座位上，两个阿姨在闲聊。俊彦不想听，但声音还是断断续续地钻入他的耳中。

“和侬（你）讲，那个医生老灵光的，钱阿姨家那对龙凤胎就是靠伊（他）种上的。侬钞票拿出来，想要男小宁（小男孩）就给侬种男小宁，想要女小宁（小女孩）就给侬种女小宁。想要个龙凤胎，钞票多一点就是了……”一个阿姨讲道。

荒诞！一个荒诞的世界！

这时，车子停靠一个公交站，俊彦用手抹了一把脸，走下公交车。

和俊彦一起下车的还有一对中年男女。女子下车后对男子说：“我们去黄埔江边转一转再回去吧。”说完，挽着男子的胳膊往一侧走。

俊彦闻言，跟着他们，向那个方向走去。

穿过一条塞满了货车的大路——像是外环路，顺着一条新铺就还没画车道线的路走了一段，车辆的喧嚣声逐渐远去。不远处，隐隐约约有两三艘货轮的船顶，缓缓地移动。

江边散落着一些小块的草坪、花坛和长椅，人很少。

俊彦顺着江边走了几步，然后停下来，用手扶着岸边护栏上的铁索，看着江面。监控中，翁强“消失”时正是这个姿势。但现在想这些有什么用，自己又能做什么呢，只能等孙剑他们来查……俊彦咬咬嘴唇，想控制自己不要再去想，不过越是这样，那幅画面越是在头脑中挥之不去。

“有本事，你们……也让我消失啊！”俊彦对着江水喊道。

江水兀自滚滚而去，哪管人世间的悲欢离合。

这时，一阵乐曲声沿江面飘来，俊彦不自觉循声走了过去。走了几十米，远远看到一个女孩站在一个花坛旁，全神贯注地在拉小提琴。他放慢脚步，走到邻近的一处长椅，坐下来倾听。

小提琴声庄严、沉着，就像一位饱含沧桑的人在诉说着什么。虽然俊彦对古典音乐不是很了解，但是他还是从乐曲中听出了困惑、无奈和惆怅，像极了他现在的心情。紧接着，琴声变得优雅、平缓，就像一个人在历经沧桑以后变得坦然。就在他以为曲子要结束的时候，乐曲重新变得庄重而悠长，旋律产生了更为丰富的变化。最后，琴声渐弱，万籁俱寂，乐曲结束。

女孩看起来像是在练习这首曲子，稍微停顿片刻，又重新演奏起来。

俊彦闭上眼睛，沉浸在琴声中，纷杂的心绪逐渐平静下来。

“你好你好，在这儿睡，别着凉了。”不知过了多久，俊彦听到有人喊。他睁开眼，发现刚才拉小提琴的女孩正站在他的面前。

俊彦站了起来：“谢谢……曲子很好……听睡着了。”

女孩冲他笑了笑，转身准备走开。

“不好意思，想问一下，这首曲子的名字是什么？”俊彦说道。

“巴赫的，《G弦上的咏叹调》。”女孩说完，前往花坛那边收拾自己的琴盒。俊彦走近江岸，面朝江水，呆呆地伫立。

大概过了二十分钟，拉小提琴的女孩再次来到他身边。

“先生，你没事吧?”

“我没事。”俊彦边说，边细看了下女孩。她留着一条长马尾，鬓角的一缕头发略微发白，眼角有些许细纹。年龄应该和自己差不多。

“有没有事，我还是能看出来。我本来已经走到那边了，”女孩向远处指了指，“发现你还待在这儿，不是很放心，就过来看看。”

女孩明显是误会了，不过俊彦也知道自己的状态确实很糟糕。

女孩叹了口气，继续说道：“人生啊，没有过不去的坎。半年前，就在这里，我差点想要放弃。人近中年，失业，被家里催婚，我的世界一塌糊涂。”

听到这儿，俊彦一怔，“你有没有去过渔人码头?”

“去过几次，从外环路就可以坐公交直达。”

“你曾经在一个书吧留过言?”俊彦问道。

“啊，你看到了那张留言?”女孩非常吃惊。

“雨中的露台很美……”俊彦简单地把那张留言的开头复述了下，之前瑞秋看到这张留言时，还曾经担心这个女孩会不会出意外。

女孩把身上的琴盒取下，放在脚边。“冥冥中，咱们也算是有缘吧。既然是有缘人，我和你讲讲我是怎么走过来的吧……”女子娓娓道来，讲起了她的心路历程。

聊了会，女子把手撑在护栏上，语重心长地说：“那一天，我也是站在这里良久。但最终，我明白了一个道理。人最重要的是一份初心，就算境遇再不堪，只要初心还在，生活就充满希望。就像这江水，无论遇到什么艰难险阻，只要胸怀大海，依然会奔向远方！”

俊彦点点头。道理很浅显，大部分人都懂，但她毕竟是一番好意。“你现在找到新工作了？”俊彦问道。

“我把小提琴捡了起来。我从三岁开始练琴，一直练到高二，后来迫于学业就很少再碰。工作之后，居住环境等也不太允许，碰得也比较少。但是拉起小提琴，那才是真正的我，我很享受于此。”女孩停顿了下，侧过头看了下俊彦，“你听说过‘音符不老’吗？

“音符不老？没听说过。”

“一档新推出的旨在推广古典音乐的选秀节目，我参加了。”

“是吗？”

“而且杀入了全国 32 强决赛，春节后会在卫视播出。”

“真的很厉害，恭喜你。”

女孩和俊彦又聊了会，走之前仍然不停地鼓励俊彦。

虽然女孩的好意都源于一场误会，她自身的例子，某种程度上还是给了俊彦一些力量。只是，他不知道，这份力量是否足够支撑他将未竟之路继续走下去。

俊彦拿出手机，打开一款音乐 App，输入“G 弦上的咏叹调”。搜索到相应曲目后，点击播放按钮。旋律响起，正是女孩下午一直在演奏的那首曲子。他把曲目加入收藏列表，并切换到单曲循环模式。

背后，一轮红日缓缓落下，在高楼大厦的剪影中，逐渐湮灭……

第三十章 逗号

没有鞭炮声的除夕夜，比平日里好像更为安静。吃过年夜饭，陪父母看完春晚，已经过了零点。俊彦躺在床上，手机播放着那首小提琴曲——《G 弦上的咏叹调》。这几天来，他的睡眠很差，基本要靠这首曲子入眠。

翁强仍然联系不上，对于他失踪的调查也没有什么进展。他的家人这个春节可该怎么办？节前，孙剑和俊彦通过一次电话，俊彦当时提到了这个问题，孙剑让俊彦放心，说会安排处理好。也许他们会编造个翁强春节不回家的理由，但是，翁强的爸爸干了那么多年的刑警，什么样的理由又能瞒得过他？

俊彦轻轻叹了口气，拿起手机，上面有几条尚未回复的春节祝福信息，他开始逐一回复。

有一条短信，是一个未知号码发来的："俊彦，春节快乐。"

这个人是谁？知道自己的名字，应该是某个认识的人吧。俊彦回复道："谢谢，也祝你春节快乐，万事如意。"

短信刚发出去不久，俊彦马上又收到对方短信："我是英子，你回来了？"英子！不知她从哪里要到了自己的电话号码。

"我前天回的，好久不见。"俊彦回复道。

"方便通个电话吗？"英子又发来消息。

英子找自己什么事？估计十有八九和宇翔有关。俊彦想了想，回复道："抱歉，家人刚睡。"

过了几分钟，英子发消息说道："听说你也在上海工作，平时和宇翔应该经常见面吧。"

果然是关于宇翔的事。这之前，英子就在找宇翔，还给他打电话。可为什么要找他？就像宇翔说的，这么多年过去了，还有什么事情是过不去的？

"大家都忙自己的事情，见得也不算多。"

"那他这次为什么不回来参加二十周年同学聚会？"

"他岳父去世了，不放心把岳母一个人留在上海，就把父母也接过去，一起到外地去过春节了。"俊彦如实答道。

英子没有再回复。

见到英子，是大年初三的晚上。

初中的同学，来了有二十多个人，在一个酒店包间摆了两大桌。很多人自从毕业后就没有再见到过，大多同学一眼还能认出来，也有些同学变化太大，和之前读书时判若两人。同学们都很兴奋，推杯换盏，谈自己的近况，回忆当年班里的各种八卦趣事，仿佛重新回到了一起读书的时光。

聚会进行了差不多一个小时的时候，英子推门而入，房间里顿时变得鸦雀无声。

英子留着齐耳的短发，穿着一件黑色机车夹克，搭配一条黑色的紧身呢绒裤和一双黑色的马丁靴，脖子上围着一条亮色的短围巾。

“怎么，不欢迎我吗?”英子扫视一遍房间，说道。

“是英子吧，快来快来。”有同学喊道。

俊彦在的这一桌女同学居多，好多不喝酒。英子在另外一桌坐下后，几个女同学开始窃窃私语，议论着什么。

“英子，来晚了，要罚酒啊。”一个男同学起哄道。

“那必须的。”英子边说边解下脖子上的围巾。马上有同学拿了一个小的白酒杯，给她倒酒。

“这个不过瘾，用那个。”英子指了指一边的一个啤酒杯。说完，她把啤酒杯拿到跟前，从同学手中接过白酒瓶，给自己倒酒，倒了大概有三分之一杯。英子举起杯来，一饮而尽。接着她继续往自己杯中倒酒……就这样，她连喝了三杯。英子的举动，一下子把喝酒的同学的荷尔蒙给激发了出来，敲桌子鼓掌，气氛开始空前高涨。“全部换大杯，人生还能有几个二十年?”英子嚷嚷道。

英子与几个男同学勾肩搭背，开始斗酒，手上还点上了一根烟。“不喝倒的，今天不能出这个门。”

英子举着酒杯，来到俊彦在的这一桌时，脸色已经很红，眼神有些迷离。

“怎么不喝酒呢，这怎么行。你是廖红艳吧，你是……”英子开始回忆一些同学的名字，“无论多少，都要喝点。”

几个女同学面露难色，坚持说不喝酒，场面有些僵住了。

“这样吧，每人稍微来一点红酒可好?”俊彦此时说道，“英子，你也改喝红的。”

英子看了俊彦一眼，然后绕到他的背后，一只胳膊撑在他肩膀上："是俊彦吧，我记得你以前坐在我前面，当时又矮又黑。"英子说完大笑。

俊彦很是尴尬，"英子，你坐，我来给大家倒酒。"他站起身来，给这一桌每个同学倒了少许红酒，然后让服务员在自己刚才坐的位置旁边加了一把椅子和一套餐具。

女同学们喝了点红酒后开始聊起家庭、孩子和老公，英子变得沉默，低头拿着红酒杯摇晃。

"我去个洗手间。"英子说完走了出去。

过了十来分钟，俊彦的手机收到一条短信，"俊彦，你出来下，楼下停车场，车牌号……"

找到英子的车时，她正在不远处的一个垃圾桶旁边吐。

俊彦上前拍拍她的后背："英子你没事吧？喝得太猛了。"

英子回过头来看看俊彦，身子摇摇晃晃的。俊彦搀着她走到车边，英子自己坐到主驾驶位，俊彦则坐到副驾驶位上。

"我其实喝不了太多酒。"英子歪躺着，喃喃地说。

"能看得出来。"俊彦说道。

"俊彦，后备厢中有水，帮我拿一瓶。"

"会不会太冰了？"

"没事。"

俊彦下车从后备厢中取出一瓶水，递给英子。

"俊彦，和我讲讲宇翔吧。"英子喝了口水，对俊彦说道。

俊彦侧头看了看英子，她略施淡妆，飒爽清秀的脸庞透出淡淡的忧伤，看不出她有什么恶意。俊彦于是和她讲起了宇翔，从他的工作，到他的婚姻。

英子静静地听着，不时旋开瓶装水的瓶盖喝水。

俊彦讲到吴颖的父亲——宇翔的岳父因为心肌梗塞去世

时，英子问道："所以她爸爸走时，她没能看上一眼，也没有说一句话?"

俊彦点了下头："两年了，她始终走不出来。"

"因为，对她而言，那是一个'逗号'。"英子说道。

俊彦不解地看向她。

"我们读书的时候，我有次被语文老师批评——句子不能以逗号结尾。是啊，一个逗号放在那里，戛然而止，这算什么呢！可是，回头看我的人生，却有太多以逗号结尾的句子……"英子把手放在方向盘上，盯着前面的车窗，车窗上镀着一层厚厚的水雾。

"初二快结束时，六月，我怀孕了，孩子是宇翔的。但是，自从他知道我怀孕以后，我再也没有见到过他，一直到现在。我当时和爸妈闹，坚持要把孩子生下来。所有的人都认为我疯掉了，因为那年我才十五岁。孩子四个月大的时候，我被爸爸强行拖到了车上，拉到医院做了人流。"

说到这里，英子把头埋在方向盘上："那次流产，也剥夺了我作为一个女人的权利，我再也不能怀孕……"英子的身子微微地颤抖起来。

俊彦什么话也没有讲，他现在可以做到的只能是用心地倾听。

英子抬起头，用手指在车窗的雾气上写下三个逗号。盯着看了会，继续说道："十九岁那年，爸爸被人在身后捅了一刀，正中心脏，当场停止了呼吸。他当镇长的时候得罪了很多人……我当时，刚到省城读书。二十三岁那年，我毕业后在省城工作，本来想接妈妈一起过去住一段时间，但是她却突发脑溢血逝世。她走的时候，和爸爸一样，我连面也没见上，一句话也没说上。”

英子说完，又在车窗上写了两个逗号。俊彦心情沉重无比，他无法想象她是如何承受这一连串的打击的。

英子停顿了下，接着讲道：“二十九岁那年，我喜欢上了一个女孩，我们两个山盟海誓，爱得死去活来，我仿佛重新找到了生命的意义。然后，突然有一天，我失去了她所有的联系。后来才知道，她爸妈知道我们在一起后，坚决反对，把她手机号码换了，举家搬迁。”

车窗上，增加了一个新的逗号。这时，对面停着的一辆车打着了火，车灯发出两道刺眼的光芒，俊彦感到一阵晕眩。

“这些逗号，这些突然就没有了下文的逗号就像一座座大山，压得我喘不起气来。”英子边说边把座位向后调了调。对面的车开走了，俊彦揉了揉眼睛。

英子把车窗稍微摇下一些，点燃一根烟，吸了一口：“有些事情我无法改变，但有些事情，我想给它画上句号。这次聚会，我原以为宇翔会回来参加。如果能见上一面，那些青春时犯下的错就翻篇了，不会再在原地停顿着，不会再在我心里驻留着。就算见不了，哪怕能通个电话，甚至发个消息，说上一句‘你还好吗’，我想就够了。”英子伸出手，用手掌抹掉了车窗上的那些逗号。

俊彦此时明白了，英子为什么要找宇翔。宇翔这个浑蛋，就会一味逃避！俊彦心里暗骂着，可是骂着骂着，他突然想到了自己。自己是不是也在逃避什么？自己身边何尝不是一堆逗号呢！想到这里，俊彦心里顿时五味杂陈。

“俊彦，你会不会觉得挺好笑的？”沉默片刻，英子问俊彦。手上的烟就要燃尽，她摁熄在车内的烟灰缸里。

“不会，我很理解你的感受。”俊彦侧头看了看英子，“前段时间，我身边有两个朋友，突然就‘没了’。我感觉很慌，很害怕，心里没着没落的。这个世界一下子变得不可理喻，我仿佛失去了前进的方向，觉得所做的一切都没有意义，想要逃避，想要放弃。”

“但放弃，意味着留下更多的逗号，更多的遗憾。”车内烟味很重，英子把车子的天窗打开，一股冷空气灌入俊彦的衣领。

又沉默了一会，英子说道：“不聊这些了，聊点开心的吧。读书的时候，我对你印象还挺深刻的，你当时看着年龄好小，就像一个小学生。平时不怎么说话，特别安静，特别爱学习。”

“我属于比较晚熟型的，高二的时候，才开始长个子。”

“晚熟点好，我当时犯错就是因为身体太早熟了，而思想却又是少不更事……哎呀，你看我，又讲起这个了。不过，人的身体，真的是一个很奇怪的东西。很多时候，搞不清楚是大脑驱动身体，还是身体驱动大脑。昨天，我有个小侄子非要闹着去省博物馆，我就开车陪他去了一趟。那边有个多媒体系统，在里面，人居然可以有个数字身体。好神奇呀！你说，如果我们的身体都是虚拟的，是不是就不会被它牵着去犯一些愚蠢的错误了呢?”

英子讲的应该是博物馆的秘境系统吧，看来秘境这次春节期间的全面上线还是非常成功的，很多人特意跑到博物馆去体验。也许英子讲得是对的，人若只剩下意识，没有了肉体，那很多和肉体有关的原罪也许就不存在了……

一段往事重回俊彦的脑海。当时俊彦在长沙一家软件公司工作，在为电视台做技术支持的时候认识了一位刚毕业进入台里工作的女孩。女孩作为对接项目组的小白，少不了麻烦俊彦，熟悉之后得知女孩是俊彦大学学妹，两人自然而然越走越近。恋爱谈了近四年，俊彦非常投入，对女孩毫无保留，计划着在长沙买房安家规划着和女孩的未来。有天，此前项目组结交的朋友实在不想看着俊彦再被骗下去了，告诉他女孩同时在和台长侄子交往……俊彦一气之下把台长侄子堵在电视台门口干了一架，幸好对方不想把事情闹大，没有起诉俊彦，但是女孩决绝地跟俊彦分了手，俊彦也因得罪了客户丢了工作。从那个时候开始，俊彦心中的一团火灭了，浑浑噩噩一段日子后，他到了上海，所有的时间都投入工作中，再没有其他……

俊彦叹了口气："那如果给你一个选择，舍弃自己的肉身，然后以数字之身永远活在那个系统中，你会同意吗？"

"永远有多远？"

"直到宇宙消失。"

英子歪头想了想："也就是长生不老啊，那倒确实可以考虑……不过还能喝酒吗？我们还是上去喝酒吧，趁我们身体还在，趁我们还能喝得动！再过个二十年，能不能喝得动，就难说啦。"

快回到家的时候，在一个街角，有一对父子在放烟花。鞭炮禁令实施后，整个春节，俊彦还没有怎么听到过烟花爆竹的声音，于是饶有兴趣地驻足旁观。

父亲把一个圆桶状的烟花从袋子里拿出来，放在地上，对儿子说道："就这一个了，还是前两年剩下的，以后很难买到了，你来放吧。"男孩看着有个十来岁，有点害怕。父亲把打火机塞给男孩，然后在旁边鼓励他。男孩长呼一口气，慢慢走到烟花跟前，蹲下身子，头远远地偏离烟花，手里拿着打火机，胳膊伸得直直的，一点一点的，贴近引线……

烟花绽放，俊彦望着半空，感觉心中这些天来淤积的一些负面情绪，随着烟花一起炸裂，散去。他想起了今天晚上英子说的话——放弃，意味着留下更多的逗号，更多的遗憾。无论如何，未竟之路要继续走下去。即使翁强“不在”了，他委托的事情也要进行下去。秘境公司的谜团，瑞秋身上的谜团，必须要有一个交代。不仅仅是对翁强孙剑他们的交代，也是对瑞秋、夏老和小岚阿姨的交代，更是对自己的交代。“绝不能只是写下一个逗号，就没有了下文!”俊彦心里暗暗说道。

躺到床上时，已经接近零点。

“身边这些怪异的事情，是从什么时候开始出现的?”俊彦回忆起自己前面几个月的经历。很多事件看似没有关联，却有着千丝万缕的联系，这个联系是什么?

瑞秋!

大部分怪异的事情貌似都和瑞秋关系紧密：电力公司恶意程序查来查去查到了瑞秋养父那里，侵犯墨兰的虚拟人很可能是瑞秋的“哥哥”，Camus 里的类脑体甚至秘境系统本身还与瑞秋的剧本杀有着某种映射……“突破口也许就在瑞秋这里。”他想。

他拿出手机，给瑞秋发了个消息：“睡了吗?”

“前面迷迷糊糊睡着了，又梦到了那个外星球，惊醒了～”隔了片刻，瑞秋回复道。

第三十一章　巴别塔

“矿场”位于“海床”下近千米的“地壳”深处，是氖星最“古老”的氖能矿场之一。由于所处矿脉开采殆尽，这个矿场已经停产很多“年”，现在的它更像一座历史遗骸，破旧不堪，“埋藏”在近乎被“遗忘”的角落。

Y8023 意识体来到这里，主要是为了找 Y11 意识体。Y11 是一个“囚徒”，由于严重的“犯罪”，它被限制不能复制任何“分身”，不能进行子代繁衍，更不允许在任何“虹宇宙”虚拟世界中生活。

找到 Y11 时，它正“躺”在一个废弃的矿坑里。

Y11 站起身来，以低沉的声音说道：“被驱离出‘虹宇宙’后，我曾为自己有这样一副机械躯体感到庆幸……但是，慢慢地，我发现这个躯体其实是一种折磨，有了它，就有了清晰的‘时间’概念，在一片孤寂和虚无中，和时间打交道是一件极为恐怖的事情。”

Y11 并没有等 Y8023 回应，也没问 Y8023 为什么找到自己，继续“自言自语”，也许是太长时间没有说话，只是想说话而已，“我有些后悔，‘法律委员会’当时给我两个选择，一个是在‘氖星’的这片废墟上禁闭，另一个是被流放到‘氖星’外的茫茫宇宙中。我选择了前者，只为可以有这个机械身躯。”

Y8023 刚想开口，Y11 又继续讲道：“我猜，‘氖能’危机还在继续……来这找我的，都以为我有‘灵丹妙药’，可以用更少的氖能，获得更多的‘分身’，我想你也是一样。”说到这里，Y11 用“脚”踢了踢矿坑里的“石渣”。

“一万多‘年’前，氖星上出现了第一个‘虹宇宙’，紧接着，肉体‘氖星人’学会了使用氖能将自己的意识复制，在‘虹宇宙’中获得永生。五千多年前，肉体生命从氖星上消失。肉身的消亡是不可避免的，‘生命’若要取得真正的‘意义’，唯有脱离肉身，取得永生，对宇宙进行无限地探索。”

Y8023 点点头：“那你后来怎么会……”

Y11 并没有管 Y8023 讲什么，“当你已经走了很远，攀登了很高的时候，回望出发的位置，就会有新的发现回头再去看从前的肉体生命，你会发现很多可取之处。”

“重塑肉体生命并非不可能。”Y8023 终于插进去一句话。

Y11 摇摇头：“回望出发的位置，并不是要再回到出发的位置。”

顿了顿，Y11 继续说道：“‘分布式生命体’是意识体演化历史上的一个里程碑，极大地扩展了‘生命’对宇宙探索的广度和深度，拓展了‘生命’的意义。但是有个比较大的问题，就是‘信息冗余’，造成了‘分身’复制过程中，氖能消耗呈指数增长。”

“那有什么解决办法吗?”

“也许有。多年前，我曾做过一个实验因为这个实验，把我送到了‘法律委员会’的审判台上，‘沦落’成现在这样……” Y11说道。

讲到这里，电话那头的瑞秋停下来。

“Y11做了什么实验?” 俊彦禁不住问。

电话那头沉默了一会，传来瑞秋的声音，“我也不知道。这一部分的‘梦’非常模糊，‘影像’好像就在那里，但我又说不清具体是什么……”

脱离机械躯体，返回熟悉的“虹宇宙”，Y8023有些如释重负。“海底矿场”的经历被同步给其他的分身，与此同时，它也接收到了其他分身的同步：Y802E的、Y802H的……

Y802E生活的“虹宇宙”，模拟了宇宙诞生初期“氛星”所在的星系。Y802E的“数字化身”是一个微型的气态行星，它会根据自己的“变化”和“生长”生成“报告”，提供给能量工厂，为星系中探寻新的“氛”矿指明方向，制定开采方案。

Y802H生活的“虹宇宙”，模拟了一个有机体内部的微观世界，它的“数字化身”是一个细菌……

“化身为一个细菌，那是什么样的感觉啊?” 听到这里，俊彦感觉自己的想象力已经完全不够用。

“有点……邪恶的感觉，也很刺激，比如和一个白细胞战斗……”

瑞秋所描述的这些“虹宇宙”，让俊彦感到很是天马行空，也不“理解”。不过转念一想，自己作为一个肉体生命，对一个纯意识体的世界不理解也正常——脱离了感官约束的它们，也许可以更好地去追求星辰大海吧……

“那 Y8023 呢，它致力于做什么？”

“Y8023 主要研究肉体生命的遗传和进化。”

“这么说，有点像达尔文啦。”

“差不多吧，更像是一个‘考古学家’和‘生物学家’的综合。”电话那头的瑞秋笑道。

听瑞秋这么一讲，俊彦松了一口气，看来 Y8023 生活的“虹宇宙”稍微“正常”一些……“这么多分身的不同体验同步到‘分布式生命体’的脑海里，会不会出现精神……”俊彦本想说“精神分裂”，不过他突然意识到什么，“你没事吧？”

瑞秋好像没有理解俊彦最后那句话，“Y8023 后来确实出了问题。在海底矿场见过 Y11 以后，Y8023 被 Y11 的思想以及它以前做过的‘实验’深深吸引……”讲到这里，瑞秋打了个哈欠，“困了，早点睡吧。”

“好啊，你什么时候回上海？”

“初十左右吧，养母还有些远方亲戚要走一走。”

“我初五就回上海了，你到上海后联系我，我带你去个地方……”

沙丁岛的门口，末日鱼接到俊彦以后，边带他往里走，边抱怨道：“那帮傻鸟，他们以为自己是谁，上来就先假定他人有罪，一点也不知道尊重人。整个春节我都在被他们折腾，我就是要教训他们一下。”

末日鱼说的是孙剑他们。翁强失踪后，末日鱼受到了调查，原因是：翁强去黄浦江边之前，是从沙丁岛离开的；在沙丁岛的时候，还曾经与末日鱼发生冲突；而作为一名极客，末日鱼等人绝对具备让翁强在摄像头底下消失不见的能力。接受调查时，末日鱼非常暴躁。他告诉调查组，那天晚上他在沙丁岛一直待到凌晨一点多才离开。他给出了沙丁岛门口的监控录像作为证据。但是，调查组怎么可能再相信摄像头，坚持让末日鱼交代清楚那晚上在沙丁岛都做了什么。末日鱼不知道顾虑什么，死活就是不肯讲。双方“僵持”了一个春节，最后，末日鱼实在扛不住，他答应“讲明白”，但提出一个要求——与他对话的，必须是上次那位有礼貌的“警察”。

到了工作间后，末日鱼依然是一屁股坐在操作台上，让俊彦在旁边的圆凳坐下。俊彦注意到，操作台上多了一些奇怪的仪器，大大小小的屏幕上跳动着各种五颜六色的图形和信号。俊彦没有吱声，他等着末日鱼先开口。

沉默了一会，末日鱼说道：“那帮穷凶极恶的傻鸟，一副要把我吃掉的架势，我能看出来，一定是发生了什么大事，不然他们没有那么急。”

“我上次对你印象很深刻，现在，有社会正义感，充满正能量，又走在科技前沿的年轻人实在太少了。”俊彦看着末日鱼，缓缓说道。这句话，他是从孙剑那里学来的。

“哎呀，可别夸我，我最受不了这个。”末日鱼挠了挠头，咧嘴一笑，然后问俊彦，“你知道我们‘鱼’对什么最为敏感吗？”

“对‘鸟’吗？”

“哈哈。我们啊，对漆黑的大海深处最敏感，那里隐藏着各种秘密。所以，越是神秘的公司，越是神秘的产品，越是神秘的科技，越是神秘的组织，我们越要率先揭开其真面目。”

“但这需要硬实力。”俊彦并不仅仅只是恭维，上次末日鱼对 Camus 中类脑体的揭秘让他由衷地佩服这个年轻人的实力。

“美国有家神秘的公司，就在我们‘鱼’的目标范围内。”

“那是这家公司的荣幸。”俊彦笑道。

“科恩能源，一家成立才四年的公司，科技实力简直是让人匪夷所思。”末日鱼晃了晃脑袋，撇了撇嘴，“能让我们‘鱼’如此赞叹，你可以想象一下。”

俊彦心头一震，不过表面还是很淡定：“想象不出来，能有多厉害？说说看。”

“类脑体芯片里面的核心材料就是他们生产的！”

“是吗？那确实有些厉害。”这一点，俊彦其实已经知道，孙剑他们对此进行了证实。

“就凭这个，这家公司绝对可以成为数一数二的科技巨头，但是，这还只是冰山一角。”这时，一台仪器的图形信号开始乱闪。末日鱼用手捶了下操作台，“你等我一下。”他从操作台跳下，打开笔记本电脑，开始俯身操作什么。

过了会，那台仪器的信号不再闪动，末日鱼起身，斜倚在操作台上。“三岁的时候，其他小朋友玩玩具，老爸却让我摆弄无线电。小朋友们都说我是一个怪人，不和我一起玩。慢慢地，我就把科技产品当成自己的朋友，当作自己的玩具。”

“天才也许都是孤独的。”

末日鱼晃了晃脑袋，话锋一转，说道：“那天晚上，我一直在监测科恩能源的能链系统。”

“能链系统？”俊彦盯着末日鱼，“那是什么？”

“一个基于链路卫星的无线能量传输系统。”

翁强之前倒是提过，科恩能源公司发射了很多的链路卫星。“干什么用的？”俊彦引导末日鱼把知道的都讲出来。

“长距离无线能量传输的最大障碍，是损耗问题太严重。但是，科恩公司不知道用了什么魔法，竟然将能链系统的损耗控制在超导输电水平。最厉害的是，居然还可以通过直接改造现有的卫星收发设备与能链进行能量交换。当然，这些信息，科恩公司都是严格保密的，我们‘鱼’也是颇费周折才了解到。”

俊彦感觉自己的心脏怦怦直跳。他站起身来，装作对一台仪器感兴趣，走到近前，做了个深呼吸，好让自己平静下来。“说实在的，你这屋子里的仪器我一个也不认识……能让你这样的‘大神’如此推崇，‘能链’一定不简单。”他边说边走回末日鱼身边。

末日鱼嘿嘿笑了一声：“那晚你们离开后，我就开始攻击能链系统。”

“攻击？你企图‘黑’进去？他们科技实力如此之强，安全措施一定做得非常好，难度实在有点高啊！”作为资深的网络安全工程师，俊彦知道这一块的难度。

“那么激动干吗？”末日鱼用手压着俊彦的肩膀让他重新坐下，“那天晚上我差点成功了，不过十一点多的时候，能链系统发生了一些扰动，我功亏一篑。后面又尝试了几次，都没有成功，一直搞到凌晨一点多。”

“‘扰动’是什么？”

“说了你也不懂！”末日鱼把头往上一扬。

“去黑别人的系统，这事确实不太好说出口。”俊彦明白了末日鱼不想对调查组讲“实情”的原因。

“对啊老兄，那帮傻鸟如果都像你……”

末日鱼又抱怨起来，俊彦没太细听。还有另外一件事情，他需要让末日鱼说出实情，他在盘算着怎样让他开口。

“那天晚上，就是这样的。”末日鱼耸耸肩膀，像是要闭门送客。

俊彦用手指轻轻击打了几下操作台，问道：“能说下为什么会信任我吗?”

“哈哈，坦率地讲，我不太善于与人相处，也不太会看人。怎么说呢，只是一种感觉吧。你还算是一只有礼貌和有头脑的‘鸟’，至少，和你聊得还算愉快。”

“嗯……现在，我还有个问题。你之前拆机的那台 Camus，到底是从哪里拿到的？你以前讲是从秘境公司员工那里拿到的，但我知道，肯定不是这样的，对吗?”

末日鱼脸色大变，他皱起眉头，紧盯着俊彦的双眼：“你凭什么这么说?”

“我们后来从秘境公司拿到几台样机，里面都没有类脑体。”孙剑他们通过一些途径，对秘境公司的几台样机进行了拆解，确实没有发现类脑体的存在。

末日鱼沉默下来，思考着什么。俊彦朝他不断轻轻地点着头，仿佛在加强他对自己的信任。

末日鱼用手摸了摸自己的眉角，“你已经要触碰到我的底线了，你知道吗?”

“明白，所以我才说你是一条有责任心，有正义感的‘鱼’。这个事情真的很重要，你不用说出具体人的名字……”

末日鱼开始在操作台旁来回踱步。过了几分钟，他拿来另外一张圆凳，坐在俊彦的对面，扶着俊彦的肩膀，说道："据《旧约》——也就是犹太人的《圣经》记载，远古的人类曾经联合起来，兴建一个通往天堂的高塔，称为巴别塔。但是上帝为了阻止人类的计划，发明了种族这个玩意，不同的族群间开始产生隔离，无法完成巴别塔的建造。前几年，有些科技界大佬联合发起了一个以'巴别塔'命名的去中心化组织。"

说到这里，末日鱼停顿了下，"去中心化组织理解吗？上次我给你讲过，沙丁岛也是一个去中心化组织。"

"理解。"俊彦答道。

"巴别塔这个去中心化组织的目标，是实现人类的永生。内置类脑体的Camus版本，正是为这个组织的成员量身定制的！沙丁岛中，有一条'鱼'，同时也是巴别塔的成员，他拿到了一台植入类脑体的测试机，我拆解的就是那台机器。至于他为什么可以拿到样机，这个我就真的不明白了。"

俊彦的头嗡嗡作响，他在脑海中迅速的梳理着这些线索：一个阴谋，像一艘巨型潜水艇一样，渐渐浮出水面。

第三十二章　酸菜

再次见到孙剑，他的脸色憔悴了很多，整个人看起来非常疲惫。

“巴别塔组织成员都是匿名的，只有一个数字 ID，身份排查着实花了一番工夫。最后查明，Luke Cohen 是巴别塔组织的控制人！”孙剑对俊彦说道。

果然又是他！

孙剑点了支烟，“巴别塔组织标榜去中心化，成员平等。但实际上，由于共识机制的特殊设计，巴别塔组织完全掌控在 Luke Cohen 的手里，成员也非富即贵。Luke Cohen 以对‘永生’相关科技进行投资为由，向巴别塔成员募资千亿美金，成立了巴别塔基金。秘境公司目前最大的持股机构 Arksun Capital 背后的资金来源就是巴别塔基金。”

“某种意义上，是不是可以说 Luke Cohen 就是秘境公司背后最大投资人？”俊彦带着求证的眼神看向孙剑。想到此前苏维维曾透露的公司最大投资人因丧子之痛，寄希望于虚拟世界构建自己“儿子”的虚拟人“阿沐渣”，一切开始拨云见雾，逐步清晰了起来。

“可以这么说。谈谈你的看法。”

“Luke Cohen 可能在实施一个酝酿已久的大计划……”种种信息交织在一起，俊彦抽丝剥茧，脑海中快速梳理着脉络。他想起夏老之前在考古中所采用的方法，先根据部分观察提出一个“假想故事”，再反过来对其进行检验，证实或证伪。他思考了一会，将脑海中的各种线索连接起来，辅以推理和想象，形成了一个“假想故事”——

儿子自杀后，Luke Cohen 近乎崩溃，夫人带他到中国游历了大半年进行休息和调整。回美国前，他们在儿童福利院领养了瑞秋，某种意义上也是为了弥补心中的伤痛和“空白”。除了瑞秋，Luke Cohen 的中国之行还有另外一个巨大的收获——他无意间得到了一块金属氖“陨石”！对他而言这是一块既特别又稀有的“珍宝”，出于物理学家的本能，他研究它，为之着迷，甚至被他视为儿子长存的精神寄托。

金属氖的一些独特量子特性让身为物理学家的 Luke Cohen 颇为震撼，更是欣喜若狂。随着对金属氖研究的深入，他逐渐“看到”了一个令他无比神往的“图景”：与儿子“重聚”，并一起在一个多姿多彩的“理想世界”里永生！

在美国家中的实验室，小瑞秋充当了 Luke Cohen 的“忠实听众”。Luke Cohen 把他的“理想世界”一遍遍地讲给似懂非懂的小瑞秋听，在她的脑海里留下了或清晰或模糊的“影像”。瑞秋“梦中”那个奇幻的氖星世界可能就是这么来的。

也许是从小受到了 Luke Cohen 的熏陶，瑞秋在物理学方面表现出了惊人的天赋，竟然一举解决了 Luke Cohen 整体计划中最难的一部分——对金属氖的制得问题。这对 Luke Cohen 来说，绝对是意想不到的惊喜。在这样的情况下，他开始加快对“理想世界”的构建步伐。

对“理想世界”的宣扬让他获得了一批有钱有势的拥趸，成立巴别塔组织。巴别塔组织对加快实施他的计划发挥了巨大的作用。作为回报，巴别塔的成员都会在 Luke Cohen 的“理想世界”里获得永生。

通过巴别塔基金，Luke Cohen 控制了秘境公司，“秘境”是他所构想的“理想世界”的初级阶段，是未来永生的“乐土”。为了实现和儿子的“重聚”，一方面，他在“秘境”中以儿子为原型构建虚拟人阿沐渣，不断更新其底层人设，并不惜重金为其“造梦”，让它越来越像真人；另一方面，他推动秘境公司研发内置类脑体的 Camus 版本，为自己的意识复制做准备。

类脑体的核心材料就是金属氖，瑞秋的博士课题虽然解决了人工制得问题，但是制造过程需要极高的能耗。Luke Cohen 于是在镁芯半导体生产的存储芯片上植入恶意程序，窃取海量的电力能源，传入“能链”，用于金属氖的制造……

一个物理学家的疯狂昭然若揭，一个父亲的丧子之痛也让人唏嘘。

俊彦看向孙剑，“你们之所以查科恩能源公司，最初就是因为‘能链’吧?”

孙剑点点头：“在对电网恶意程序调查过程中，我们发现了‘能链’的存在。已经查明，那些被窃取的电能确实被输入了‘能链’。”

部分假设得到了孙剑的证实，俊彦嘴角露出些许笑容，不过很快，他的表情又变得严肃，有一点他始终想不明白：“Luke Cohen 本身很有钱，还掌控着巴别塔基金，他为什么要以这种极为冒险的方式来获取电能？为什么不直接购买？他名下有能源公司，即使购买再多也不为过。为什么呢?”

俊彦的“假想故事”，让孙剑脊背发凉。通过“能链”恶意窃取能源已经足够疯狂，如果背后还隐藏着更疯狂的计划……一个疯狂的人，做出一百件疯狂的事都不奇怪。“Luke Cohen 想对全球能源逐步实现完完全全的‘控制’!”孙剑脱口而出，“能源系统是实现“永生”的基础，完全控制在自己的手里才更可靠!”

孙剑从烟盒里掏出一根新的香烟，用吸剩的烟蒂将其引燃，然后把烟蒂摁在烟灰缸里。

“你节后和瑞秋见过面了吗?”平复了一下情绪，孙剑问道。

“她今天晚上回上海。”

“对她要‘盯’紧一点，作为金属氘制得技术的核心人物，她参与整个事件的可能性很大。”

俊彦的目光移向桌面上堆满烟蒂的烟灰缸，刚才的那只烟蒂并没有完全熄灭，余烬里，一股烟雾在袅袅地升腾着。

“无论瑞秋是否参与或知情，我想她都是 Luke Cohen 计划中的一部分，甚至包括瑞秋的养母。”俊彦说道，“因为她们和他的‘儿子’一样，对他来说都是家人。”

相比上次来时，僰人市场更加破败，只有几个商贩在卖一些瓷器等生活用品。俊彦之前听夏老讲过，秘境中的历史场景并不是静止的，每个场景有自己的时间系统，会动态演进。从集市的萧条情况来看，也许，离那场导致僰人消亡的战争不远了。

俊彦走到一个老者面前，瑞秋紧跟在他的身后。他拿起一个砂锅形状的瓷盆，问老者：“这个怎么卖?”

“有点贵，”老者看了看俊彦，“要五百文。”

“这么贵!”

“没法子，所有的铜器、铁器全都被收掉，去制造火枪和火炮了。现在做饭只能用这种瓷制的，能买到已经很不错了。再说了，后面打起仗来，谁知道会怎么样，钱也不一定有用，还是换成东西实在。”老者年纪一大把，但是语速很快，一看就很善于做生意，“要买的话今天赶紧买，明天这边就要变成练兵场了，哪里还有地方做买卖。”

“为什么要打仗?”瑞秋这时插嘴问道。

“我们哪里懂，只有阿大王他们才知道。你们是外地人吧，被当兵的发现了可就要被充军了。不过，如果想赚钱，倒是可以考虑去当兵，军饷发得可是不少。”老者说道。

“要当兵的话在哪里报名?”俊彦问老者。

“村寨首领家。”老者指了指远处的村寨。

村寨首领，那应该是阿沐渣家。俊彦想到了什么，于是和老者道别，带着瑞秋朝村寨方向走去。

“这是什么地方，你真的要在这当兵?”瑞秋满脸不解地问俊彦。

“明朝时期，僰人的一个村寨。僰人部族生活在四川地区，在古代非常兴盛，但是几百年前却神秘地消亡。历史学家认为其消亡源于明朝大军对他们的围剿，这里就是传说中僰人的消亡地——丝城。”俊彦解释道。

“僰人犯了什么罪，明朝大军为什么要对他们进行清剿?”瑞秋边随着俊彦走，边问道。

“这个历史学家们众说不一。一种说法是明朝的改土归流制度极大地侵犯了僰人的权益，引起他们的激烈抗争；还有一种说法是僰人的科技和文明发展程度太高，让明朝统治者颇为忌惮，认为他们会威胁到自己的统治，所以想尽一切办法将其剿灭。”俊彦曾经问过夏老这个问题，当时夏老的解释就是如此。夏老自己的观点比较偏向于后者，因为丝城遗址挖掘出来的一些文物显示了很高的制造工艺，要远远高于同时代其他地区的水平。

“也是，如果少数人的科技水平远远高于这个时代的话，不一定是件好事情。”瑞秋若有所思地说道。

临近村寨首领的宅院，震耳欲聋的铜鼓声开始传入耳际。很多士兵手持火枪，腰胯利刃，或站立道路两旁，或在路上穿行。宅院的大门口更是人声鼎沸，士兵进进出出。俊彦刚走到门口，衣领被一个当兵的一把给揪住，看样子像是一个带队的士官。

“什么人?”士官瞪着双眼问道。还没等俊彦回答，他扭着俊彦的身体就往里面走，边大声喊道：“充军。”

“你要干吗!”瑞秋很是着急，用手拽住士兵的胳膊，“我们是自愿来报名参军的。”说完，从怀里摸出一锭银子塞到士官的手里。

士官上下打量了一下瑞秋：“小娘们长得挺标致，来对地方了，我们这还真要女兵。”他掂量了下手里的银子，揣进怀里，松开了俊彦。“跟我走。”士官命令道。

主院里有几个士兵方队，正在鼓声的助威下进行操练。士兵带他们穿过主院，通过一条狭长的甬道，来到一个侧院。俊彦记得，上次自己来的时候，就是在这个侧院劈柴来着。

“你们比较懂‘规矩’，我就介绍你们加入伙头军，不用上战场，只负责为大军做饭。”士官说完，让他们在侧院等着，自己则走进一间偏房。不一会，一个穿着军服的瘦小男子随士官一起从房间里走了出来。

俊彦认得，瘦小男子正是上次招募自己过来打零工的那位管家。看来僰人村寨真的是全面进入了战时状态，连村寨首领家的管家都进入伙头军任职了。士官指了指俊彦和瑞秋，向管家说了句什么，然后转身离开。管家拿出一个账簿，对俊彦和瑞秋进行登记。俊彦观察管家见到自己的反应，他根本不认识自己。有可能，僰人村寨重新上线时，秘境系统对所有目睹阿沐渣施暴的虚拟人进行了记忆清除；当然也有可能管家见到的人太多了，不记得自己了。

“你们两个，跟着我到伙房去洗菜。”管家登记完后对俊彦和瑞秋说道。

“这个活儿，估计是军队里面我唯一能够胜任的。”瑞秋笑着小声对俊彦说。

厨房的一个角落，挖有一个水坑，里面泡着很多腌制的酸菜。“把鞋脱了，上去踩。”管家命令道。

瑞秋看了一眼俊彦，捂着嘴，边笑边把鞋子脱下，和俊彦一起跳进坑里，开始踩酸菜。管家看了他们一会，好像比较满意他们的表现，走到一边去指挥其他人干活。

过了几分钟，管家疾步走上前来，冲俊彦和瑞秋喊道：“加把劲儿干活，阿沐渣大人来视察了！”

阿沐渣在一些随从的簇拥下，进入伙房，从伙房的另外一头开始视察。每到一个地方，管家都在他旁边介绍着什么。伙房很大，光线也不太好。慢慢地，阿沐渣等人逐渐靠近酸菜池，俊彦才看清了阿沐渣的脸。相比上次在成人仪式上见到他，阿沐渣已经从一个青年变得老成持重，脸上长出络腮胡，身材也比以前坚实挺拔，再加上军服的映衬，很有村寨首领的英姿。

阿沐渣来到酸菜池跟前，大声说道：“敌人极有可能围困我们，我们必须做好持久作战的准备。酸菜、腊肉等腌制食物可以长期储备，对我们至关重要，量一定要充足。酸菜和腊肉，对我们不仅仅是菜和肉，更是我们军队士气的保障。”

“每家每户的酸菜和腊肉都要上缴，作为军粮的一部分。”管家低头汇报道。

“也要给农户留一些，他们是我们军队的后盾。”阿沐渣说道。

没想到阿沐渣竟然也会体恤百姓，看着一副好首领的样子。“这应该只是他的台词而已吧。”俊彦一边仔细观察阿沐渣，一边暗自思忖道。

“要保证我们的士兵有酸菜吃，听到了吗？”管家转过头来喊道。

俊彦瞥了一眼管家，但没有意识到他是在和自己说话。瑞秋则一直低着头，闷声干活，不知道发生了什么。

“说你们两个呢，听见没有。还有，这个女兵，抬起头来！”管家大声训斥道。

“是……遵命。”俊彦回过神来应道。瑞秋也抬起头，看向阿沐渣。

阿沐渣看了一眼瑞秋，仿佛认识她一样，上前一步，叫道：“Rachel！”然后好像突然意识到什么，转过身来，对管家说了句，“记住！”快步离去。

阿沐渣果然认识瑞秋，还喊她的英文名字！

俊彦看了看瑞秋，她立在酸菜池中，张大了嘴巴，异常地惊讶。

“你以前来过秘境系统？”俊彦问瑞秋。

瑞秋摇摇头。

“可他好像认识你。”俊彦直言道。

“是啊，我也纳闷……”

现在可以确认，阿沐渣就是根据 Luke Cohen 已经逝去的儿子所构建的虚拟人！Luke Cohen 让秘境公司持续不断地更新“儿子”的底层人设，所以“他”才会认识瑞秋。想一想，阿沐渣这个虚拟人也挺悲哀的，有着现代人的“思想”，却要天天“装腔作势”地去扮演一个古人。当然，也有可能“他”乐在其中吧！无论如何，瑞秋刚才的反应让俊彦很是欣慰——她像是完全不知道这回事。

看来，自己的“假想故事”又被验证了一部分。不过瑞秋接下来的一句话，却完全出乎俊彦意料！

“你知道我刚才看到了什么吗？”瑞秋缓缓地说道。

“看到什么了？”俊彦疑惑的问道。

“他腰间佩戴的东西，形状很像是养父家中实验室里的那块金属氖陨石！”瑞秋答道。

俊彦顿时有些发蒙，“你是说，你养父家中的那块金属氖是这个世界上第二块火焰牌？”

“火焰牌？”瑞秋眨眨眼睛，满眼困惑。

这时，秘境系统响起画外音：“体验时间到，感谢您光临秘境。”

第三十三章　神谕

离开上海博物馆的多媒体展厅，俊彦和瑞秋走到一幅书法作品前，是宋代王安石的《楞严经旨要》。旁边铭牌介绍，作品是 20 世纪 80 年代一对夫妻捐赠的。这两天博物馆正在举行一个受赠文物展览。

只知道王安石是一位杰出的政治家和文学家，没想到字写得也是如此精妙，俊彦暗自赞叹。瑞秋伫立在作品前，盯着上面的经文看。不知道她是在欣赏书法，还是在想刚才秘境系统中的遭遇。

“一切浮尘，诸幻化相，当处出生，随处灭尽。”瑞秋轻声念了几句经文，又沉默下来。

“瑞秋，刚才在‘秘境’中去的那个村寨，四周都是高山，你之前梦到过吗?”俊彦说的是“丝城”，秘境中的僰人村寨是以“丝城”为原型构建。根据之前瑞秋舅舅的描述，瑞秋的妈妈和外婆都梦到过一个地方——“四周被山围着，中间有很大一块平地，庄稼长的特别好。有一座山很高，就像是泊尔坡。”

瑞秋有点疑惑俊彦为什么要这样问，“确实有些似曾相识的感觉，但我不确定。有些很怪异的梦和那个外星球无关，经常反复，但我却无法准确描述那些梦的具体内容……俊彦，你为什么这么问?”

俊彦看着瑞秋：“是时候告诉你了，有关你的身世!”瑞秋很是吃惊，有点忐忑，又有点期待。

俊彦于是把他知道的，和瑞秋身世有关的一切讲述出来：瑞秋的祖先是僰人，丝城大战后，逃到了何家寨。她的妈妈何孝珍从小就生活在何家寨，经常梦到丝城的那个僰人村寨。为此，何孝珍离开了何家寨的丈夫，找到僰人村寨，并在那里重新嫁给了她的爸爸。可就在她刚出生不久，爸爸因病去世。何孝珍带着两岁的她到夏老的考古队求职，并在食堂工作。小时候的她深受夏老爱人小岚的喜爱，但是她有次在小岚阿姨的营房里见到了那块作为僰人权利图腾的火焰牌，开始对其产生依赖，没有了火焰牌就会导致精神症状的出现。后来，由于火焰牌被鉴定为陨石，同时被认定为丝城遗址重要文物，火焰牌被从她身边带走。她开始频繁发病。火焰牌是小岚阿姨从阿王山山谷中捡回的，小岚阿姨为此深感内疚，再加上对她深深的疼爱之情，遂以抓蝴蝶为由，带她前往上海寻找专家进行诊治。但是在去上海的火车上，她意外走失。小岚阿姨百般寻她未得，导致精神抑郁患上失语症，并且一直没有要自己的孩子。她的妈妈精神也受到严重打击，被送回何家寨后，在五六年前去世。最后，通过她在儿童福利院的照片，夏老确认了她就是之前在火车上走失的那个“玲子”。

瑞秋静静地听着，听完已经眼含热泪，自己内心深处一直想要了解身世的愿望终于实现。“谢谢你做的这一切，俊彦。”

“夏老是著名的历史学家，现在是秘境的特别历史体验官，我和夏老因缘际会，既是同事又是朋友，这一切仿佛自然而然就由我来完成了。帮你查明身世，帮夏老和小岚阿姨找回失去的玲子，了却心结，我也很荣幸这件事由我来做到了。”

“我前面和夏老初步说了你目前的情况，他很想和小岚阿姨一起与你见面，但是……”

“但是，你担心小岚阿姨再遭受刺激，因为我依然还会发病？”俊彦点点头，瑞秋果然冰雪聪颖。

又沉默了一会，瑞秋对俊彦说道：“也许，我可以见见你上次说的那位精神科医生……”

屋子里烟气缭绕，挂满了白色的帐幔。一个青年男子坐在一把藤椅上，手肘撑在旁边的一张方桌上，托着额头，一副哀愁的模样。方桌上的香炉里，插满了香，有的燃烧近半，有的快要燃尽。

“族长，夫人她重新活过来了！”一个卫兵冲进屋内，上气不接下气地喊道。

男子一跃而起，“什么！”

“夫人在院子里。”卫兵说道。

男子冲到院内，参加葬礼的人群已经炸了锅：一些人围在院子里，嚷嚷着什么；一些人躲到院子里的角落，害怕地探头观望着。

“族长来了。”有人大喊一声。

围着的人群顿时散开，露出中间的一个女子：脸上化着浓妆，穿着出殡时的丧服，呆呆地立在院子中央；左手上托着一只橙色的方盒；右手拿着两块像是某种金属的牌子，牌子有着像火焰一样的边缘。

族长擦了擦眼睛，快步上前，上下仔细打量该女子。

“夫人，真的是你吗?”他双手抓住女子的肩膀，急切地问道。女子一脸茫然，嘴巴张了张，却什么话也说不出来。

族长吩咐手下把女子手里的东西接了过来，然后扶着她缓步往屋里走，“大夫跟我一起进来。”他命令道。

族长进屋后把女子安置在一张竹床，女子躺下后，面无表情地盯着屋顶。也许是屋子里烟气过于浓重，她咳嗽了几声。

族长冲身后的大夫招了招手，让他给女子诊治。大夫手有些发抖，唯唯诺诺地不敢上前，族长见状骂了他几句。他哆哆嗦嗦地伸出手来，摸了摸女子的额头，贴着她的手腕测了测她的脉搏。接着，他从桌子上取来一盏油灯，俯下身来，在灯光的照耀下，仔细观察女子的眼瞳，看了又看。

过了一会，大夫站起身来，对族长说道：“体表温热，脉象正常。最为奇特的是，此前导致夫人殒命的恶性眼疾也已经没有大碍。只是，此番起死回生，估计伤到元气。我开一些草药，后面按时服用，调养一段时日，应该就可以康复。”大夫说完，从随身皮囊中掏出笔墨，开出一副药方，“这个方子里有醉心花，一定不能过量服用。”

族长闻言大喜，吩咐手下道：“把这些帐幔等都撤掉，全部换上喜庆的，大摆宴席，庆祝三天。”

阿王山山脚下，族长夫人的悬棺葬仪式正在进行。铜鼓声声，哀乐震天。阿强是僰人族群中威望最高的背尸人，他穿着一身由布片缝制而成的“软甲”，戴着一顶背尸人专有的通天帽：帽子周边悬垂着一圈彩绳，将他的耳朵、后脖颈全部罩住；面部垂下的彩绳则编成两根宽宽的彩带，绑在他的脸颊两旁。

阿强含上一口酒，从旁边的火堆中抽出一根木柴，仰头向天，将口中的酒朝着燃烧的木柴喷出，一团火焰随即腾空而起。他开始念念有词，祈求神灵保佑。过了一会，他转身扛起地上一块红色的木板，朝着族长夫人的尸体走去。

阿强用木板背着族长夫人的尸体，在阿王山的绝壁上艰难地攀登着。前面，他的几个徒弟已经将棺木一片片背上悬崖，将棺材组装好，并将其安置在了悬崖的木桩上。背尸体上山是整个悬棺葬仪式中最难的一步，阿强虽然年事已高，但是族长夫人这么尊贵的身份，必须由他亲自来背。

经过最陡的一段崖壁，阿强使出浑身力气，咬牙坚持，左右脚交替缓慢向上爬行，一步步地往上蹭，一步走错，就有可能跌落悬崖，摔得粉身碎骨。终于，他走完了这段刀削般的绝壁，再有几十步就可以到悬棺的安放位置。崖壁上有一个小的可以容身的平台。这个平台被用于祭祀先人，周边画满了岩画。阿强停下来歇一歇，他把绑着族长夫人尸体的木板从肩上卸下，放在平台上，大口喘着粗气。

天气阴沉，像要下雨的样子。一定要在下雨前把族长夫人安葬好，阿强想。

眼前出现一道亮光，就像是闪电。说下雨就要下雨了吗？阿强往天上望去，却发现光来自头顶上方的一个岩壁凹槽。有传说阿王山藏有宝物，难道是什么宝物？好奇心驱使下，阿强顺着岩壁向上攀爬了几步，探头往凹槽内看去。他看到了一个方盒，光正是方盒发出的，看来真的是一个宝贝，阿强大喜……

里面装的什么呢？带着方盒回到平台后，阿强用手摸索着方盒，看看是否能够打开。

突然间，阿强感觉自己一下子飞了起来，被“吸”进了方盒，四周陷入一片漆黑。阿强“伸手”摸向四周，可是手脚完全不听使唤，就像是没有了一样！阿强一惊，晕了过去。

醒来的时候，“方盒”已经没有了光芒，旁边还有两块灰色的牌子。阿强长吁一口气，看来刚才自己被花“醉倒”了——阿王山岩壁上有很多醉心花，每次“背尸”，他都要格外留心这些花……时候不早了，赶紧收拾下继续往上爬吧。他瞧向绑有尸体的木板，这一瞧，半个魂魄又给吓了出来！只见族长夫人睁着眼睛，身体舞动着，正在努力挣脱捆绑她的布条……

“恭喜族长，是一对龙凤胎。”接生婆掀开里屋的门帘，对等候在外屋的族长喊了一句。

族长兴奋异常，两只大手不停地搓着，来回地踱步。夫人起死回生后，最开始就像失忆了一样，谁也不认识，话也不会说。不过，在他的疼爱下，经过三年时间的调养，她已经完全恢复。现在更是给他生下了一对孩子，神灵真的是庇护僰人族群。

不一会，接生婆从里屋走出，身后还跟着夫人的两个贴身丫鬟，各自怀里抱着一个刚出生的孩子。族长凑上前去，低头观望着自己的亲骨肉。虽然是龙凤胎，但是孩子的体形一点也不小。男孩子长着一张方脸，一看就很像自己。女孩子脸瘦瘦的，眼睛很大，和夫人一个模样。

“族长，夫人让你给孩子们起名字。”一个丫鬟说道。

“好，我来起，我来起。”族长重新盯着两个孩子的脸庞看了会，双手一拍，“有了，男孩叫阿大，女孩就叫阿幺。”族长说完哈哈大笑，仿佛对自己起的这两个名字颇为满意。

阿大和阿幺的周岁宴会，僰人族群中有头有脸的人物都来道贺，族长府上热闹非凡。酒过三巡，族长携夫人和两个孩子向宾客答谢并致辞。

“三年前，神灵不忍我和夫人分开，把夫人的病治好，重新送了回来。大家知道，夫人是带着神灵的旨意回来的。”讲到这里，族长从怀中掏出两块金属牌，“这两块‘神牌’，就是神灵赐给我们的宝贝，用来保护我们僰人族群永远繁荣昌盛。从今往后，‘神牌’就代表了我们的神灵。持有‘神牌’的人，我们就要听命于他！”族长说完把“神牌”举了起来，挥舞一下，然后递给众人传阅。

等大家传阅完毕，族长重新收回“神牌”，继续讲道：“阿大和阿幺，从小就得到了神谕。今天，我要把这两块‘神牌’分别传给他们两个。阿大成人后，将成为我的继承人，也就是我们未来的阿大王。阿幺会辅助他，共同领导好我们的族群。”

讲到这里，宴席上掌声雷动。起死回生，这在僰人族群中从来没有过。毫无疑问，这是神灵显灵！大家都感谢神灵对自己族群的庇佑，忠心拥戴这两个带着神谕出生的王。

等大家安静下来后，族长继续讲道：“我还有一件喜事要宣布。丝城村长阿旦的儿子，今年五岁了，他将会成为阿幺的丈夫，待阿幺成年后完婚。”

丝城村寨是僰人族群中非常重要的一股力量，之前，族长和丝城村长因为地盘曾经发生过矛盾，现在族长将自己的女儿阿幺早早许配给阿旦的儿子，看得出来他用心良苦。这对僰人族群来讲肯定是一件天大的好事，团结将使得僰人族群更为强大。大家纷纷举起碗中的酒，庆祝喜上加喜。

阿大王和阿幺妹守候在阿妈的病榻前，阿大王紧紧地攥着阿妈布满皱纹的手，阿幺妹则俯身在阿妈的胸前，哭泣着。

“阿妈，您不要离开我们。”阿大王说道。

“阿妈，神灵不是不让您死吗？”阿幺妹也抬起身。

阿妈的面颊已经消瘦得不成样子，眼睛缓缓睁开，嘴巴张了张。阿幺妹赶紧将一碗草药端到她跟前，用一个调羹舀了一勺，递到阿妈的嘴里。

喝了几勺草药后，阿妈吃力地撑起身子，靠在草枕上，看着自己的儿女，缓缓说道：“那一次，我死后，被神灵发现，神灵重新派我回来，让我来找寻生命的意义……”她虽然眼眶深陷，但是眸子清澈如水，“这一生，我体验过了……我想，我已经找到了答案……”

阿妈喘着气，声音变得越来越小。阿大王扶住阿妈，又拿了一个草枕过来，帮她把头垫得更高一点。

阿妈转过身去，看向床边的桌子。上面有个铺着红布的木托，供奉着那个橙色的“方盒”。阿妈指着“方盒”说道：“这是神灵的‘母体’，我死后，把它和我葬在一起，就葬在我之前死掉时准备好的那个悬棺位置。”

阿大王点点头：“阿妈您放心，我会按照您的吩咐去做。”

阿妈伸出手来，从自己胸前的衣兜里掏出一样东西——是一把系着红绳的铜锁，上面刻着一个棋盘。她把它递给阿幺妹，“这把铜锁里藏有‘母体’的秘密，将它一代代传下去，有一天，我们的后人会需要……”

阿妈示意阿幺妹戴上铜锁。阿幺妹看了哥哥一眼，从母亲的手中接过铜锁，将它系在了自己的脖子上。

接下来，阿妈说了一番话，但是阿大王和阿幺妹听不太懂，他们认为那是神灵的指示："生命体的意识，是族群意义上的，并不是个体意义上的。复制千千万万个'我'的结果，就是自我毁灭……那种永生，其实就是死去而现在的我死去，却是真正意义上的永生……"阿大王和阿幺妹跪在地上，接受神谕。

阿妈说完，脸上露出一丝微笑，看向屋顶的空无之处，那里似乎有着一片浩瀚的星辰。

第三十四章　意识碎片

诊疗室内，窗帘紧闭，非常昏暗。一台便携式投影仪在播放着一些影像，投放在房间一侧的白墙上：列车缓缓行驶在一望无际的草原上，从窗户看出去，天高云阔，绿草幽幽。但影像仿佛是循环的，都是相似的画面。

瑞秋坐在软椅上，徐医生坐在她的身旁，俊彦和瑞秋的养母坐在身后，一起看向画面。

瑞秋的身体开始不自主地剧烈抖动，养母站起身刚想说什么。

“嘘——”徐医生做出一个噤声的动作，小声地说道：“她现在仍然在深度催眠状态下，正在进入新的梦境……”

过了一会，瑞秋的身体停止抖动，开始说话，讲述了一个梦境。

阿王山的山顶上，僰人军队已经被明朝大军围困了两个多月。军帐中，僰人的主要将领聚在一起，商讨下一步的对策。阿大王坐在军帐中央闭目休养，他之前在山下的战役中受了重伤。大军的指挥重担，实际上已经落在他的妹妹阿幺的肩上。阿幺妹勇敢坚韧，富有头脑，虽然身为女将，但很受拥戴。她在认真听取军情汇报。

“储备的酸菜、腊肉已经快要吃完了，这几天，大家只能啃干粮。”伙头军的首领说道。

一个将领发言：“现在士兵们吃不上菜，吃不上肉，还不能痛痛快快地打仗，士气受影响很大。”

阿幺妹听后皱起眉头，她摆摆手，示意其他将领汇报。

“今天阴雨，而且是‘赛神节’，据前哨可靠报告，困山的明军部队已经退回到寨中进行休养。”另外一个将领说道。

“我们酒还有不少，不如让兄弟们大喝一顿，过个‘赛神节’，涨一涨士气。这天气，明军今天不可能会有什么动静。”刚提到士气问题的那位将领建议道。

阿幺妹听后点点头，看了看众将，“大家觉得可好？”

两个多月来，酒在山上一直是被禁止的，将领们早就想喝上一碗，没有人有意见。

但是，这一切都是明军的阴谋。就在僰人大军喝得醉醺醺的时候，明军重新集结到阿王山下，开始总攻。僰人军队不堪一击。眼看大势已去，阿幺妹将两个心腹叫到帐中，让他们带领僰军的家眷撤离。可是明军已经快要攻到山顶，该如何走呢？

就在大家想不出什么办法的时候，阿幺妹的女儿开始说话，十六岁的少女脖子上系着阿幺妹传给她的铜锁：“阿王山北坡那块绝壁，是用来进行悬棺葬的地方，非常陡峭，常人根本无法攀登。明军没有在那一边进行困山，我们可以尝试从那里……”

她的话被采纳。从绝壁上攀爬而下非常危险，可谓九死一生，但是毕竟有生的希望。最后决定，两个心腹各自带着一部分家眷，爬下崖壁，沿着山脉，分头向两个方向撤离。临走前，阿幺妹把腰间的“神牌”解了下来，交给女儿，紧紧地抱了抱她。阿大王也颤颤巍巍地站起身来，掏出自己身上的那块“神牌”，系在自己的小儿子阿真的腰间。

“神灵会护佑我们的。”

讲到这里，瑞秋突然瘫软下来，像是垮掉一般。徐医生摸了摸她脖颈处的脉搏，轻声说道：“她已经脱离了催眠状态，让她休息一会。你们去办公室等我吧。”

瑞秋养母神色忧虑，在徐医生办公室坐立不安。

“阿姨，不要太担心，徐医生经验很丰富。”俊彦安慰道。

瑞秋养母叹了口气：“在云南老家时，她在我面前发作了一次，我又惊又担心。希望能治好她。”

从俊彦口中得知身世，并了解了自己的精神症状与幼时经历有关后，瑞秋把情况告诉了养母，说到要寻求精神治疗的想法，养母很支持。俊彦找到了徐医生，徐医生问过一些基本情况后，想通过催眠进一步找到隐藏在瑞秋潜意识中的一些深层因素。

“护士带她去休息室了。”回到办公室，徐医生说道。

“徐医生，她的那些梦是怎么回事?”瑞秋养母迫不及待地问。

“俊彦跟我说过，瑞秋小时候曾在考古队待过……”徐医生开始谈她的一些初步判断，她怀疑瑞秋的梦境与她儿时在考古队的经历有关——她跟随生母在考古队待了很长一段时间，又经常到考古队的营房去玩，无意间听到了很多僰人的事情，沉淀在她潜意识层面。“瑞秋属于典型的‘研究型人格’，这种人格的特点是对各种新奇事物充满探索欲。”

俊彦点了点头。瑞秋曾说过她从小就对各种事物充满好奇，喜欢探究事物背后的原因，这点两人倒是很像。

徐医生继续讲道：“幼年的瑞秋似懂非懂，但又反复不断地去想象一些听到的画面，再在头脑中经过加工，就形成了梦境。在这些梦境的不断浸染下，解体出了另一个自我，形成精神分裂。”

“但她后来……”俊彦想问为什么瑞秋到美国后精神病状会消失。

“但在美国的时候，我没有观察到她的这些问题。”瑞秋养母先一步把俊彦的疑惑讲了出来。

“催眠前和瑞秋谈话时，她提到还经常梦到一个外星球，我也问了她在美国的一些经历。”徐医生略作停顿，“到美国后，一方面，各种从没见过的新奇事物一下子汇聚到了她的脑海；另一方面，爸爸讲的物理知识等深深吸引了她。僰人相关的梦境被压到了潜意识的更深一层，取而代之的是一个宇宙故事，她的精神症状也因此潜伏起来。”

瑞秋养母深深点点头，“徐医生说得很有道理，那有什么治疗方案吗？”

“初步的方案是药物治疗为主，辅以催眠疗法。”

“催眠疗法，刚才不是已经……我看她催眠时的反应还挺大的，不会有事吧？”瑞秋养母面露担心。

“刚才的催眠只是了解她潜意识的一些概貌，还不是治疗。在后续的催眠疗法中，我们会深度对她进行引导，放心吧。”

“需要很长的疗程吗？我没时间在国内从长住，最近事情也比较多。”

“阿姨，我可以陪她来，您放心吧。”俊彦此时说道。

瑞秋养母好像仍然有所担心，她看了看俊彦：“好吧，麻烦你了，俊彦。”

俊彦陪瑞秋再次来到精神诊所，接受催眠疗法。进入催眠状态后，瑞秋讲述了一些以前对她模糊不清的外星球梦境。

Y8023 面前，悬空着一具“古代猴子”的虚拟躯体。这个虚拟躯体高度模拟了“猴子”的内部结构，有逼真的“皮肤”“骨骼”“内脏”“血管”和“神经”等。通过虚拟躯体，可以研究古代猴子的生活习惯以及遗传机制，甚至可以模拟一些可能的身体病变。

眼前的这只猴子“病了”，它的脑部长出了一个小块“肿瘤”，快要压迫到它的“脑神经”。Y8023 要给它做个“手术”。

“手术”措施准备就绪，Y8023 操纵一个虚拟手术刀，缓缓打开“猴子”的“头颅”……

“肿瘤”被“切除”，但 Y8023 迟迟没有对“猴子”的头颅进行“缝合”，他在犹豫要不要进行一个“实验”，这个“实验”可能会让 Y8023 一举成名，更有可能让 Y8023 万劫不复，就像当年 Y11 一样。

“实验”基于 Y11 的“意识碎片”理论——将一个完整的意识分解为“意识碎片”，意识体的子代可以“继承”部分的“意识碎片”。

“意识碎片”理论实在是让 Y8023 着迷，如果该理论能够实现，某种意义上就可以解决“分布式生命体”的信息冗余，同时也能保证“生命体”的安全。“分布式生命体”之所以会有信息冗余，是因为安全的需要——“分布式生命体”的分身一旦出现问题，就可以依靠在其他分身那存储的信息来恢复。而在“意识碎片”理论中，如果一个父代意识出了问题，只要它的子代足够多，就可以通过把子代的意识碎片汇聚起来，恢复父代意识。

当然，“意识碎片”理论也存在瑕疵——存在父代信息恢复不了的风险。之前 Y11 在做实验时就失败了，导致了一些意识体的消亡，相当于犯了“过失杀人罪”。

Y8023 终于没能忍住，他打算先在“猴子”身上进行实验，至少这不会“犯法”……

这是一座有着圆形穹顶的巨大建筑，四周的墙壁上排列着一行行的架子，架子上每隔一小段距离有一个“方盒”，这些“方盒”就是氖星意识体的“母体”。

“意识碎片”实验在“猴子”身上获得了成功，Y8023 欣喜若狂，这次它准备在“意识体”身上来进行实验……

Y8023“穿着”机械躯体，站在圆顶建筑的中央，静静地“看着”眼前的这些“母体”。Y8023 刚刚又去了那个“海底矿场”，和 Y11 讲了前面的“猴子实验”以及自己接下来的计划。Y11 并没有阻止 Y8023，它给 Y8023 讲了一些需要注意的细节，并把自己意外在“海底矿场”发现的一些氖能“赞助”给了 Y8023。对 Y11 来说，这可能是它“重见天日”的一个机会。

Y8023 抬头看了眼建筑穹顶的星空，没有再犹豫它脱离自己的机械躯体，“飞”进了一个“母体”……

听催眠中的瑞秋讲到这里，俊彦的心扑通扑通地跳。瑞秋所讲述的圆顶建筑，和他在秘境糖豆屋中看到的那个作品太像了，而且那个作品的名字也叫作“母体”！

瑞秋又接着讲述起来，俊彦赶紧收起思绪。

“Y8023 差一点就能成功，但是功亏一篑，它的实验最后还是失败了！这次实验导致了很多意识体的消亡，Y8023 成为一个犯下严重罪行的‘罪犯’！就像 Y11 一样，氖星的‘法律委员会’给了它两个选择：在‘氖星’禁闭，或者被流放到茫茫宇宙的一个寂寞角落。”

“它选择了后者对吗？”俊彦禁不住问道。

“嘘！不要说话。”徐医生阻止道。

瑞秋还是被惊醒了！她身体剧烈抖动了一下，睁开眼睛，额头全是汗。

三月初的一天，俊彦站在秘境公司的一楼大厅，等夏老一起坐地铁。离 Camus 上市的日子越来越近，很多部门在紧锣密鼓地加班工作，虽然已是晚上十点，公司的楼群依然灯火通明。

前台边上的大屏幕显示着一串数字，是 Camus 的预订量——“978625”。元宵节后，Camus 启动了预售，到现在近两周的时间，Camus 的预订数量已经接近百万台。

“在看什么？”夏老拍了拍俊彦的肩膀，望向大屏幕，“科技的力量真是太强大了。”

俊彦笑了笑，夏老还是老样子，不出三句话，他就会赞叹科技的发展速度。

和夏老一起走出公司大门后，夏老说道：“俊彦，丝城遗址失窃案的嫌犯抓住了！”

“是吗？什么时候抓住的？文物找回来了吗？”俊彦停下脚步，急切地问夏老。

“昨天中午抓住的，是一个盗墓惯犯。据他交代，在那口悬棺里，有个方盒子，形状像是一本硬皮书。文物被之前联系他的买家买走了，目前下落不明。”

上次对瑞秋进行催眠治疗后，俊彦曾和徐医生探讨瑞秋的病情。瑞秋催眠后讲述的梦境极为离奇，却又头头是道，就仿佛亲身经历过一样。徐医生也很惊讶，她告诉俊彦，她还是第一次遇到做梦这么“系统性”的患者，连她都忍不住去怀疑瑞秋“梦境”的真实存在。徐医生和俊彦开玩笑说：“根据瑞秋的梦境，都可以写一个剧本了。一个外星球遭流放的意识体来到了地球，进入了族长夫人的身体，‘意识碎片’一代代传承给了她的后代。也就是说，在瑞秋的身体里，确实存在着‘另一颗灵魂’……”

俊彦曾拿《氖星》剧本中描述的意识体和瑞秋开过多次类似的玩笑，但这一次，他并没有觉得徐医生的“玩笑”是一个玩笑……他认真考虑起这种可能性——瑞秋继承了不明意识体的部分意识！

验证这个“十足荒唐”的猜测并不难：根据瑞秋催眠后描述的梦境，“族长夫人”去世前叮嘱将“母体”放在她的悬棺内，并将一把铜锁传给了女儿，告诉她里面蕴藏了“母体”的秘密。瑞秋的铜锁正是她祖上一代代传下来的，是不是就是她梦中的那把铜锁？铜锁上的七星棋局指明的会不会是阿王山岩壁上那口悬棺的位置！如果那口悬棺里真的有瑞秋梦中提到的“母体”，只要对其进行分析就行了。

在泊尔坡举行的民族文旅研讨会上，那位研究员曾论证过，阿王山岩壁上的悬棺布局其实是一个星空图。据此，俊彦对七星棋局所蕴含的方位进行了解谜，定位了岩壁上的一口悬棺。他咨询夏老该悬棺有没有进行过考古挖掘，或者有没有考古挖掘的可能性。夏老已经多年不在考古界工作，为此特意问了丝城遗址的工作人员，得到的消息却是——那口悬棺前不久被盗了！

现在嫌疑犯找到了，文物虽然没找回，但嫌犯描述的文物形状和瑞秋梦中描述的“母体”形状很像！难道……

夏老下地铁的时候，俊彦满脑子还在思考着这些问题，他机械地朝夏老挥了挥手。

地铁的隧道壁上，每隔一段距离就有一幅牛奶广告的草原大画幅图片。地铁飞驰起来，一系列的图片交叠在一起，变成在地铁窗户上播放的连续画面，就像徐医生对瑞秋催眠时用到的影像。

出地铁后，俊彦给孙剑打了个电话，想把悬棺等情况和孙剑说一下。

电话接通，还没等俊彦开口，孙剑有些焦急地说道：“俊彦，情况有些变化，我们刚查到‘能链系统’的实际控制人其实是……”

第三十五章　春菜

春分前的一天，是周六。俊彦早早起床，去城市超市选了些时令水果，又买了束花，想着瑞秋应该会喜欢。昨晚，瑞秋打电话邀请他去吃春菜。“我在野地里挖了点荠菜，还在竹园采了春笋，你明天中午来尝尝呗?”

去往海湾的路上，经过大片尚未开发的田野。寒冬洗礼过后，春意悄然来临。田野里的油菜花已经充分绽放，一浪一浪地随风起伏。俊彦拿出手机拍了张照片，发给瑞秋。不一会，瑞秋以小学生写作文的口吻回复道：“春姑娘迈着轻盈的步子走来，她染绿柳梢，吹青小草……”俊彦会心一笑，看来瑞秋今天心情很好。

瑞秋在小区的大门口等俊彦，套头衫运动裤的装扮，整个人看上去非常放松。“好漂亮，谢谢你俊彦。”她把花从俊彦手中接过来，闻了闻。“上海的春天真舒服。在美国住在明尼苏达，那里基本上都没有春天。我给你说啊，我昨天……”她一边带着俊彦往小区里面走，一边和俊彦讲她昨天的采摘经历。

进入瑞秋家，瑞秋养母正在客厅沙发上坐着，看到俊彦进来，起身向他打招呼："俊彦你来了，过来坐。今天瑞秋是主厨，我们只需要等着就好啦。"

"阿姨好。"打完招呼，俊彦略显惊讶地看了看瑞秋。

"怎么，对我的厨艺没信心吗?"

"没有没有，我对吃的从不挑剔。"俊彦说完皱了皱眉，又是一个很烂的玩笑。

"那还是没信心!"瑞秋笑着走进厨房。

"俊彦，要谢谢你，瑞秋一直在吃徐医生开的药，效果还是很不错的。"在沙发上坐下后，瑞秋养母说道。

俊彦很是欣喜。

"唯一的一点，就是嗜睡，有睡不完的觉，哈哈。"瑞秋从厨房探出头来说。

餐桌上春意盎然，有很多"春菜"：油焖春笋、葱油蚕豆、香干马兰头、荠菜豆腐羹。除了这些春菜，还有上次吃过的炒牛干巴。

"这次的干巴牛肉，是我们春节回昭通老家带来的，很正宗。"瑞秋养母说道。

俊彦尝了尝："看来瑞秋把您的手艺都学到手了。"

吃完午饭不久，瑞秋就开始犯困，回到房间休息。瑞秋养母让俊彦把客厅的两张单椅搬到窗前，和他一起坐在那里晒太阳。午后的阳光温暖和煦，透过落地窗洒在身上。近窗的草坪上开着一朵小花，几只蝴蝶围着花嬉戏追逐。

"瑞秋能有你这样一个朋友，我很诧异又很开心。她其实有些孤僻，从小没有什么朋友。"瑞秋养母看着窗外说道。

"可能和她小时候的遭遇有关吧，缺乏安全感。"俊彦说道。

“所以，你为瑞秋做的一切，我很感恩。俊彦，你是个善良的孩子。今天，一方面一起吃个饭，另一方面，也想和你聊一聊。”

俊彦突然有些紧张，不知道瑞秋养母要和自己聊什么。

瑞秋养母缓缓说道：“明天是三月二十日。对我来说，每年到这个日子都会有点难熬……”

今年的三月二十日，是中国的传统节气春分。按照计划，Camus 明天即将开始发售，俊彦很清楚这个日子。但是，他不知道瑞秋养母为什么会对这个日子如此敏感。

“高中时，我只身一人前往美国求学。最开始，我在一所语言学校补习。有天晚上，一位禽兽老师将我强行拖到了厕所，意图不轨。我当时害怕极了，想呼救却怎么都发不出声来，身体拼尽全力挣扎……正在那时，瑞秋的爸爸出现了，他救了我。”

瑞秋养母突然和自己讲这些，出乎俊彦的意料，他默默地听着。

“瑞秋的爸爸 Cohen 是犹太裔，和我一样，也是一个人从奥地利到美国求学。我们有很多的共同话题，成了非常好的朋友。那个年代，种族主义盛行，校园霸凌时有发生，那个对我意图不轨的老师，就是一名种族主义者，对亚裔等充满歧视和暴力。出于对公平正义的追求，我和 Cohen 发起了一个反种族主义社团，团结了很多少数族裔的学生，在学校和当地社区进行各种反种族主义活动。迫于公众压力，那位老师最后被学校开除了。我和 Cohen 非常兴奋，以为我们的行动取得了很大的成就。但是不久，社团的一位黑人学生在超市买东西时被怀疑盗窃，警察到场后，他试图翻自己的口袋证明什么都没有拿，却在翻口袋的瞬间被白人警察直接射杀。这件事当时引爆了美国反种族歧视的系列活动。但是我和Cohen却再也没参加这种活动，也退出了社团，因为我们意识到这不是一个‘理想社会’，要获得真正意义上的平等和自由，就必须先让自己变得强大。”

俊彦能看出，尽管此事已经过去多年，但是在瑞秋养母平淡的表情下，仍难掩愤怒和失望。

“我和Cohen互相依靠，发奋读书，拿到优异的成绩，经过奋斗也成为自己所在领域有一定成就的人。后来自然而然地组建了家庭，还有了一个可爱的儿子，我们非常爱他，努力为他营造好的成长环境。但是有一天，他从校园的教学楼跳了下来，那一天正是三月二十日。后来我们才知道，他在学校遭受了严重的种族暴力和欺凌，选择了自杀。”

俊彦此刻明白了为什么瑞秋养母会对这个日子如此敏感，但他实在不知自己该说什么，是安慰呢，还是表示同情。

瑞秋养母叹了口气：“俊彦，你明白吗？就像个诅咒，我们努力拼搏去突围，转了一圈，却又跌到了谷底。”

不知怎么，瑞秋养母讲的这些让俊彦想起英子在车窗上画下的那些“逗号”。“只要我们是肉体之身，和肉体有关的欺凌和罪恶就不会消失，就可能发生。”沉默了一会，俊彦若有所思地说道。

听到俊彦的话，瑞秋养母点了点头。不知道是自己的片刻恍惚还是怎样，俊彦仿佛看到了瑞秋养母的一抹笑意，有点邪魅，让人不寒而栗——上一秒她还沉浸在悲伤和愤怒中，这一秒居然又仿佛在笑！

“俊彦，你能这样想，我很高兴。你先坐会。”她说完从椅子上起身，往二楼走去。

俊彦的目光移到草坪上，蝴蝶已经飞走，窗边的小花孤零零摆动着。

不一会，瑞秋养母从二楼下来，走到俊彦跟前，把一个通体银灰色的精致盒子递给俊彦：“俊彦，送给你，你值得拥有它。”

俊彦并没有特别留意那个盒子，他下意识地立起身来，以为瑞秋养母为了表达感谢送了礼物给他，连忙摆摆手说：“不用，不用啊。”等目光落在盒子上的刹那，俊彦像被电流击中一样。这个盒子，他认得，这是一台 Camus！

瑞秋养母看着俊彦，神情严肃又带着命令的语气：“明天醒来后，第一件事就是把它戴上。未来两天，你哪里也不要去，一直戴着它，不能摘下来。”她伸手扶住俊彦的肩膀，叮嘱道，“不要问为什么，只要按我说的做！”

俊彦打了个寒战：“谢……谢阿姨。”

瑞秋养母又恢复了平静的表情，拍拍他肩膀，示意他坐下。

“我去下洗手间。”俊彦机械地挤出一丝笑容，把盒子放在座椅上，向卫生间走去。此时，他感觉自己的双腿像灌了铅一样，有点抬不起来，每一步，都是如此沉重。

进入洗手间，俊彦把门锁上，一种从未有过的恐惧笼罩了全身。“他们要行动了！没想到他们这么快，已经来不及和孙剑他们商量了，要尽快做出决定！”他移步到台盆前，旋开水龙头，捧起一把凉水冲在脸上……

俊彦拿出手机，从兜里掏出一个巴掌大小的折叠键盘。把键盘铺开，看着手机屏幕，操作起来。不一会，他来到了“能链系统”的“门”前。前几天，他写了一个“伪装”程序，并和末日鱼一起找到了“能链系统”的这道“门”……

现在，俊彦要“锁死”这道“门”！无论里面有什么妖魔鬼怪，都不能让它们出来作乱！

俊彦聚精会神，小心翼翼地操作着，绝对不能出错，仿佛在“网络安全”方面的平生所学都是为此刻而生。

第一次尝试失败了！

第二次尝试又失败了！

俊彦的额头沁出汗珠，他深呼一口气，他还有最后一次机会……

瑞秋养母半躺在椅子上闭目养神，俊彦重新在她身边的单椅上坐下，她睁开眼睛，侧头看了看俊彦，“你没事吧？”

“肚子稍微有些不舒服，没事的。”俊彦答道。

“我想很快会好起来！晒晒太阳吧，再有一会，就要被那边的树挡住了……”

“阿姨……秘境里面那个虚拟人阿沐渣，是您的‘儿子’？”俊彦突然问道。

瑞秋养母猛地坐了起来，完全不相信自己的耳朵。她瞪着俊彦，眼睛里阴云密布，仿佛暴风雨就要来临，“俊彦，你……什么意思？”

“前段时间，我和瑞秋一起在上海博物馆体验了秘境，去了阿王山脚下的僰人村寨，见到了‘阿沐渣’……您知道吗，

‘阿沐渣’认出了瑞秋，喊她的英文名字Rachel!”

瑞秋养母的眼睛里闪现一道亮光，“啊！他认出Rachel了?”不过很快，她把头歪向一边，“Cohen投资了秘境公司，为了缓解丧子之痛，他确实构建了……他始终没有走出来。”

俊彦的目光变得凌厉：“但Luke Cohen所做的一切只是你计划中的一部分而已!”

瑞秋养母立起身来：“俊彦……你在胡说什么!”

俊彦也站起身来：“你是僰人的后裔！瑞秋催眠后提到的阿真——阿大王的小儿子，就是你的先辈。”

“俊彦……你到底是谁!”瑞秋养母审视着俊彦，眼中的阴云已经变成了暴风疾雨，“凭什么这么讲?”

俊彦毫无惧色：“你家中那块金属氖，就是瑞秋催眠后提到的那两块‘神牌’之一——考古界称其为火焰牌。丝城大战后，幸存的僰人分成两部分各自逃亡，一部分逃到贵州毕节，另一部分则逃到云南昭通。中午的时候，你提到，干巴牛肉是春节时从昭通老家带回的。但这次回昭通，你绝不仅仅是为了过个春节。”

俊彦掏出手机，打开一张图片，递到瑞秋养母面前，是一张族谱照片：“这是你资助进行查勘的。”这个族谱，是孙剑他们从昭通的一个文化站长那里拿到的。

瑞秋养母看到照片后，露出一丝痛苦的神情，“你为‘他们’工作?俊彦你太让我失望了……即便我是僰人后裔，即便我考证族谱，又如何?”

“你之所以考证族谱，是想找到所有‘族长夫人’在世的后裔。因为他们的大脑里，有一定概率含有‘族长夫人’的‘意识碎片’。金属氖可以将这些‘意识碎片’激活，里面蕴含的信息，对你极为宝贵，是你构建‘理想世界’的基石。”

“一派胡言，你在写剧本吗！”

“我和瑞秋最初认识就源于一个叫作《氖星》的剧本，但我稍微做了些修改，你可有兴趣听听？”

瑞秋养母没有说话，她背过身去，朝向窗外。俊彦讲起了他的“剧本”——

氖星是一个意识星球，生命体已经进化到没有肉身，只有意识，这些意识生活在各种“虹宇宙”中……有一个意识体来到了地球，但它并不是来找寻所谓的生命意义，它是一个被流放者！

这个意识体就是Y8023意识体，它对氖星的社会形态不满，想按照自己的“理想”重构氖星社会，它所依据的理论是“意识碎片”理论。Y8023偷偷进行“实验”，但失败了，导致了氖星的重大“灾难”，作为惩罚，Y8023被流放到氖星外的茫茫宇宙中。不知道独自面对了多少的寂寞与虚无，最后阴差阳错地到了地球。

Y8023重新看到了实现“抱负”的机会，它要把地球变成第二个“氖星”，一个更加理想化的“氖星”！Y8023在地球上重启了实验，它进入了“族长夫人”的躯体，它的“意识碎片”一代代传承下来……

瑞秋养母转过身来，“够了俊彦！”

瑞秋养母这一吼，激发了俊彦更大的勇气：“你的大脑里也有Y8023的‘意识碎片’，正是这些‘碎片’，向你描绘了那个可以摆脱肉体束缚的‘理想世界’，让你无比神往，不惜代价去实现。你要做的第一步是找到其他的‘意识碎片’，恢复 Y8023 的相对完整意识，再按照它的意图去构建理想世界。你先是激活了你儿子体内的‘意识碎片’，但你还没来得及参透，他就发生了意外。然后你带着丈夫千里迢迢来到中国，功夫不服有心人，你历时半年多找到了瑞秋，瑞秋的症状恰恰表明了她大脑里有 Y8023 最重要的意识碎片……瑞秋没有让你失望，在脑内意识碎片的指引下，她一举解决了金属氖的制得问题。‘理想世界’触手可及，但还剩最后的难题。所以，你急着考证族谱，寻找‘族长夫人’的其他后代。未曾想到，无意间，催眠后的瑞秋透露出了‘母体’，这让你欣喜之极，因为它很可能含有你想要的答案……”

了解到阿王山岩壁上那口悬棺被盗后，俊彦开始怀疑瑞秋养母，因为瑞秋讲述“母体”被放入悬棺时，除了自己和徐医生外，就只有瑞秋养母在场。孙剑他们对瑞秋养母进行了深入调查，最终查出她才是“能链”系统的实际控制人。

“哐”的一声，装有 Camus 的盒子被瑞秋养母重重地摔在了地板上，“俊彦，现在后悔，已经来不及了!”

看着地上的 Camus，俊彦心里明白，这是一台有类脑体的 Camus，可以将自己的意识复制进“秘境”，获得永生。

“有了它，就可以在‘理想世界’的乐土里生活?”俊彦问道。

瑞秋养母身体有些发抖。

“真的谢谢你，感谢你想着带我进入‘理想世界’。不知道在你的规划中，那个世界里包含哪些意识？机会肯定不是每个人都有，可能大部分人都没有，或许‘母体’中隐藏的秘密你已经找到了!”

瑞秋养母看了眼俊彦，冷冷地说道：“一个可以‘永生’的理想世界，又有什么不好?”

“但是，所有那些将要‘永生’的人，他们是否知道，他们的肉体也将随之消失！他们是否拥有选择的权利？并不是所有人都像你一样，认为肉体仅仅是意识的枷锁。就拿你的‘亲人’来说吧，Luke Cohen 知道吗？作为你手中冲锋陷阵的棋子，他真是挺让人‘同情’的。你怂恿他为‘儿子’造梦，名义上是想让‘儿子’越来越像真人，但是通过‘造梦’，你其实只是为了参透儿子的那些‘意识碎片’而已。如果 Luke Cohen 知道了这些，他会怎么想？还有瑞秋，这是她想要的吗？你对她‘爱’的体现，就是将医生的药换成安眠药，让她一觉醒来，就进入那个世界?”

瑞秋养母突然大笑，“你的这个剧本很精彩，但是改变不了任何东西。肉身必然消亡，人类的命运已经注定，现在要做的，只是提前去拥抱命运!”

“是啊，改变不了什么。你掌控着能链，随时都可以让我消失，就像黄埔江边消失的那个警察一样!”

“你明白就好，该结束了!”

俊彦笑了笑：“是的，该结束了。”

窗外的小花开始剧烈摆动，一架直升机出现在院子上空，盘旋着，像一只舞动的蝴蝶……

第三十六章　生日

“针对中国、俄罗斯等国家提出的完全下线并销毁能链系统的要求，白宫发言人再次回应称美国不会将能链系统用于军事用途，但是仍然会致力于推动能链系统的民用。对此，国际社会纷纷表达不满。俄罗斯国防部称，能链如果作为武器系统使用，将会给全球安全带来巨大威胁，甚至引发太空军事竞赛。如果美国坚持对能链系统进行运营，俄罗斯将采取强有力的反制措施……”

候机厅的大屏幕在播放新闻，一则围绕“能链”的国际时讯再次打开了俊彦的思绪。

三年过去了，围绕能链的国际争端日渐浮出水面。而三年前发生的一切，对俊彦来说，仿佛一场梦，那么不可思议，又那么刻骨铭心。

瑞秋养母被捕后始终沉默，但是作为能链的实际控制人，用其窃取海量电能危害国家安全的证据确凿，仅凭这一条就足以对她定罪。由于瑞秋养母的美籍华人身份，美方曾要求将她引渡回美国进行审判，但中国坚持美方必须下线能链系统，双方在这个问题上僵持不下。

Luke Cohen 在美国接受了 FBI 的调查，最终因为在芯片中植入恶意程序被裁定有罪，据 FBI 公布的结果，美国、中国以及欧洲等多达几十个电力公司遭受了恶意程序的不同程度攻击。

没有证据表明瑞秋知情和参与犯罪。在俊彦眼里，她更像是父母的棋子，也是一个受害者。得知养父母的犯罪行为后，瑞秋的情绪很不稳定，在徐医生那里接受了很长一段时间的治疗才逐步平静下来。瑞秋选择留在国内，在相关部门的牵线下，瑞秋加入了上海应用物理研究所，从事凝聚态物理研究，学以致用。和俊彦的友谊非常难得，两人都非常珍惜，忙碌之余，时不时会交流下近况，也经常结伴探访夏老和小岚阿姨。

俊彦的生活已经恢复平静，和孙剑他们来往寥寥。让俊彦唯一放不下的是他已经视为朋友的翁强，每隔一段时间，他就会问孙剑，翁强失踪的案子有没有进展。尽管内心已经做了最坏的打算，但是不到那一刻，俊彦仍抱有一线希望。

前天，一个陌生的电话打到俊彦这里，对方是瑞秋养母的律师，没有基本的寒暄，开门见山地说瑞秋养母要见他。这之前，瑞秋养母也曾委托律师提出要见瑞秋，但是被瑞秋拒绝了。对瑞秋而言，迈过这道“坎”可能需要时间。

瑞秋养母为什么要见自己呢？是想了解什么？难道是因为迟迟见不到瑞秋，要了解下她的近况？俊彦考虑了一下还是答应下来，因为他也想见瑞秋养母一面，只为那一线希望。

催促登机的广播打断了俊彦的思绪，他手持登机牌，大步向登机口走去。

监所依山而建，偏僻而幽静。从会面室的窗户望出去，能看到一条苍翠的山脊。俊彦在会面室等了一会，瑞秋养母在一个警官带领下走了进来。

瑞秋养母冲俊彦笑了笑，在俊彦对面的椅子上坐下。三年不见，她看上去一如既往的平静，只是清瘦了很多。

出于礼貌，俊彦先打了个招呼。

“俊彦，谢谢你能来。现在对我来说，你是一个可以对话的人。”俊彦不是很明白瑞秋养母的意思，只是静静地听着。

“当欲望得到遏制，不再膨胀的时候，周围的时间会慢下来，就会去审视一些内心的东西。”瑞秋养母略做停顿，看了一眼俊彦，“而一旦开始审视自我，它的实验就再次失败了。它考虑了人类的基因、遗传和科技发展速度等各种因素，但是它忽略了人的感情因素。”

听到这里，俊彦意识到瑞秋养母话语中的“它”是指Y8023意识体！如果聊和“它”有关的话题，那俊彦确实是一个难得的可以对话的人。

“曾有很长一段时间，我似乎没有了感情，只剩下欲望，有些是我的欲望也有一些是‘它’的欲望。我所做的一切，是要和‘它’一起去奔赴一个目标。就像你之前说的，我利用了身边所有的人……最近，经常梦到儿子，半夜惊醒……”讲到这里，瑞秋养母目光越过俊彦的肩头，看向铁窗外的山脊，神情有些落寞。

过了好一会，瑞秋养母收回目光，喃喃地说道：“我梦见儿子质问我，秘境中构建的那个‘人’到底是谁……我利用了Cohen对我的爱，对家人的爱……”

俊彦心里一震，脑海深处的一些信息重新排列了起来，他忍不住说道："我之前的剧本做了些修改。你名义上让 Luke Cohen 以儿子为原型构建阿沐渣，但其实阿沐渣只是用来'合成'意识碎片的一个试验品！Y8023 实验成功的标志是通过合成子代的意识碎片'复活'，但是意识碎片的合成是个大难题。你将搜集到的意识碎片以'糖豆屋'作品的形式输入到阿沐渣的所谓潜意识层，进行了合成尝试，但是失败了，这也直接导致了阿沐渣在秘境中犯下'性侵'罪行。意识碎片的合成就是藏在'母体'中的秘密！"

瑞秋养母没有否认也没有确认，只是看着他，带着点欣赏又有点遗憾。

"你知道吗，阿沐渣在秘境中侵犯的那个女孩，叫墨兰，她因为所遭受的伤害而自杀，就死在我面前。那么鲜活的一个生命，对你来讲可能微不足道，但是对我来说，就像一个妹妹一样……"讲到这里，俊彦情绪有些激动，"还有黄浦江边失踪的那个警察……你可能有很多让他消失的理由，但他和墨兰一样，他们都是普通人，背后都有一个家庭……三年过去了，他的家人还没有放弃寻找他。我也想知道他是否还在……"俊彦带着求证的眼神看向瑞秋养母。

瑞秋养母避开俊彦的目光，看向一侧，"俊彦，有些事情发生了，就无法再挽回！"

俊彦知道这句话意味着什么，他的内心瞬间被愤怒和悲伤填满。虽然早已做了最坏的心理准备，当这一刻到来的时候，他还是感到难以接受。

会面室一片死寂。

"会面时间到。"门口警官的话将沉默打破。

瑞秋养母站起身来："谢谢你俊彦，我想你知道该和瑞秋说什么……你会帮瑞秋迈过去的。"

俊彦心情复杂，此刻，他明白了瑞秋养母见他的深意，她向俊彦展现出自我反省和为情感牵绊的状态，希望借助俊彦来换取瑞秋的同情和原谅……但是，她真的有感情吗？

"警官'翁强'，将是我在'墨兰计划'里负责构建的最后一位珍珠人。"访谈完俊彦，苏维维说道。

"墨兰计划难道要停止了吗？"俊彦有些疑惑地问道。

"恰恰相反！墨兰计划有了一个更大的舞台。秘境系统接下来的重点目标是致力于更加开放，内容建设将更多交给用户和开发者去完成，秘境公司将聚焦在底层基础设施的完善上。'墨兰计划'将从秘境公司剥离出去，成立一个去中心化组织，来独立负责墨兰计划的运营和发展。"苏维维还是老样子，说起话来，就像在会议上发言一样。

"那你后面要去做什么？"

"还没定，我有好多的东西都想去尝试，秘境发展到如今八亿用户的体量，正在衍生各种各样的可能性。"

看到苏维维激动的神情，俊彦心生感慨，秘境发展得好快。

三年前，秘境公司经历了惊险时刻。由于数据安全问题，Camus 在上市前一天被国家有关部门紧急叫停，秘境系统也被勒令再次下线。秘境公司 CEO 吴凯涉嫌数据安全犯罪被捕，虽然后来被无罪释放，但被公司董事会解除了 CEO 职位。秘境公司的股权结构也发生巨变，Arksun Capital 退出，被一家国有资本取代。后来，中国在国际上率先出台了脑机接口安全标准。经过半年多的安全整顿，秘境系统重新上线，符合安全标准的 Camus 也最终上市，面向全球发售。

“我什么时候能看到‘翁强’?”回过神来，俊彦问道。

“需要些时间。‘法律委员会’成立后，‘翁强’是秘境里面第一位为‘法律委员会’工作的虚拟警察，涉及到相应法律知识和数据的对接。”苏维维看了俊彦一眼，“我在墨兰计划里负责构建的第一位和最后一位珍珠人都和你有关啊!”

听苏维维这样一讲，俊彦禁不住叹了口气，一股悲痛之情涌上心头。

苏维维捶了下他的肩膀，“老兄，别伤感。一切都在变得更好，不是吗?”

秘境的一个现代商业中心里，有各种各样的虚拟商业体，和现实世界的商业中心有些像。来这里“逛街”的人很多，不亚于上海最繁华地段的人流量。

“听说最近这里的‘商铺’租金涨了很多……”两位女孩经过俊彦身边，手拉手边聊边逛。

俊彦往前走了几步，要找的“咖啡馆”出现在眼前，他约了“翁强”在这里见面。最近，秘境里出现了很多“新鲜”的东西，“数字咖啡”就是其中一种。

走进“咖啡馆”，俊彦一眼就看到角落里坐着一个熟悉的身影，“翁强!”俊彦激动地喊道。

“翁强”也看到了俊彦，他站起身来向俊彦打招呼：“俊彦，好久不见。”

走到“翁强”跟前，俊彦禁不住盯着“他”看，心里唏嘘不已。

“你傻愣着干什么，坐啊。那个来两杯催眠咖啡。”“翁强”转身喊店员。

吧台的店员一脸不解。

“两杯‘双份意式浓缩’。”俊彦向店员解释道。果然很有翁强的范儿，张口就是催眠咖啡……

“最近忙不忙？”俊彦开始和“翁强”聊了起来。

虚拟人“翁强”的人设更新到翁强为孙剑他们工作之前，和俊彦还是有不少的共同话题，两个“人”聊得很愉快。

“在秘境里执法和之前做的网络安全执法还是有很大不同。”“翁强”聊到“新工作”。

“说说看。”

“秘境的虚拟世界是面向全球的，本身没有国界，但是里面的用户却来自各个实际国家。每个国家的法律又各不相同，有的行为在某些国家不犯法，但是在其他的国家可能就会违法。此外，秘境里还有虚拟世界原生的法律主体，也就是虚拟人。所以，秘境里的法律问题有些复杂。”

“虚拟人不是不能作为法律主体吗？”

“但在秘境中，虚拟人并不仅仅是一个‘软件’，它们和真人一样具有唯一的数字身份标识，并且逐渐有了自主行为能力。所以，必须统一进行考虑。”

俊彦点了点头，喝了口“咖啡”，“味道”还不错。

“秘境的‘法律委员会’就是专门来解决秘境里的法律问题，‘法律委员会’通过共识机制，对虚拟世界进行‘立法’和‘执法’，并和各个真实国家的执法部门进行连接。”

“那如果一个‘人’在虚拟世界里犯了‘法’，怎么进行惩罚呢？”

“如果犯法的是一个‘虚拟人’，会根据犯罪程度，对其在虚拟世界里的‘自由’进行限制。重大犯罪者，会被驱离秘境，说白了，就是会从秘境世界里消失。”

墨兰受侵犯的事若放在现在，施暴者就一定会得到惩罚了……“那如果是一个‘真人’呢?”俊彦问道。

“对‘真人’的执法分为两步，第一步和虚拟人一样，会限制其在虚拟世界里的‘自由’。第二步，‘法律委员会’会对接犯罪分子所属国籍的执法部门，在现实世界中进一步进行执法。”

俊彦想了想：“比几年前好很多，但感觉还是有些漏洞。”

“是的。推动各个国家完善相关立法也是秘境‘法律委员会’的工作之一。中国在这方面走在了前面，针对一些虚拟世界重大犯罪问题，中国新制定了有关法条的司法解释，应该很快就会出台。”

“看来，挑战不小啊。”

“翁强”拿起面前的“咖啡杯”，笑了笑，“我喜欢接受新挑战!”

“我觉得夏老还是更喜欢你，昨天说是请我吃饭，却一直在念叨你。”瑞秋说完，将出租车窗户摇下一些，看向窗外。秋天了，路两边的梧桐已是金黄一片。

俊彦知道瑞秋是在开玩笑。和瑞秋相认后，夏老就把自己在秘境公司的工作辞掉了，没事了就做饭招呼瑞秋去吃，可见瑞秋对他有多重要。

“小岚阿姨更喜欢你。”

“哪里啊，你不知道，小岚阿姨也是‘俊彦爱吃这’‘俊彦爱吃那的’。她估计比你自己还了解你的胃口。”

听到瑞秋的“抱怨”，俊彦会心一笑。

今天，瑞秋让俊彦陪她一起去参加文婷女儿的生日派对，说起来，两人相识还要感谢文婷。虽然养母出事了，但是她和文婷一直有来往，瑞秋很喜欢文婷的女儿，她的小外甥女，所以还拖着俊彦做“搬运工”，买了一堆礼物送给她。

文婷家的客厅此刻就像是一个童话世界。充气小树、小动物等装点了一个小城堡；背景墙上挂着“Happy Birthday”“朵朵两周岁啦”的字样；铺了卡通桌布的小餐车上摆着漂亮可爱的生日蛋糕。

文婷带着女儿迎上前来，“快让姨妈抱抱。”瑞秋伸出双手。

“朵朵有没有想姨妈呢?”瑞秋把朵朵抱在怀里，亲昵地去蹭她的小脸蛋，朵朵嘻嘻地笑。

“姨妈给你带礼物来啦。”瑞秋放下朵朵，从俊彦手里接过装礼物的大包。朵朵兴奋地用小手往包里扒，“哇，什么?”

“这是个机器人小公主啊，可以陪朵朵玩，‘她’还会说话哦。喜欢吗?”

“喜欢。”

“那你亲亲姨妈。”

朵朵小手一挥，做出一个很萌的“飞吻”。

“这不算……”

“我妈妈也非常喜欢女孩。”看到瑞秋如此喜欢朵朵，文婷对俊彦说道。

“她肯定也会很高兴的。”文婷的妈妈是瑞秋养母的妹妹，在文婷很小的时候就去世了，这个俊彦是知道的。

“是啊，朵朵外婆肯定也会高兴。”文婷边说边抹了下眼角。

家人的欢声笑语中生日派对进入了高潮，房间里的灯光暗了下来，背景墙前的生日蜡烛被点燃，生日歌响起，朵朵站在蛋糕前，鼓起小嘴，准备吹蜡烛。

但蜡烛并没有吹灭。朵朵突然转过身去，盯着背景墙上自己的影子怔怔地看了一会，然后双腿慢慢弯曲，双手举了起来，跳起了怪异的舞蹈……